ⓒ 손홍주

김탁환

1968년 진해에서 태어나 서울대학교 국어국문학과와 동 대학원을 졸업했다. 대하소설 『불멸의 이순신』, 『압록강』을 비롯해 장편소설 『혜초』, 『리심, 파리의 조선 궁녀』, 『방각본 살인 사건』, 『열녀문의 비밀』, 『열하광인』, 『허균, 최후의 19일』, 『나, 황진이』, 『서러워라, 잊혀진다는 것은』, 『목격자들』, 『조선 마술사』, 『거짓말이다』, 『대장 김창수』, 『이토록 고고한 연예』 등을 발표했다. 소설집 『진해 벚꽃』과 『아름다운 그 이는 사람이어라』, 산문집 『엄마의 골목』, 『그래서 그는 바다로 갔다』 등이 있다.

대소설의 시대 2

대소설의 시대

2

소설 조선왕조실록 19

김탁환

민음사

차례

13장

조씨삼대록

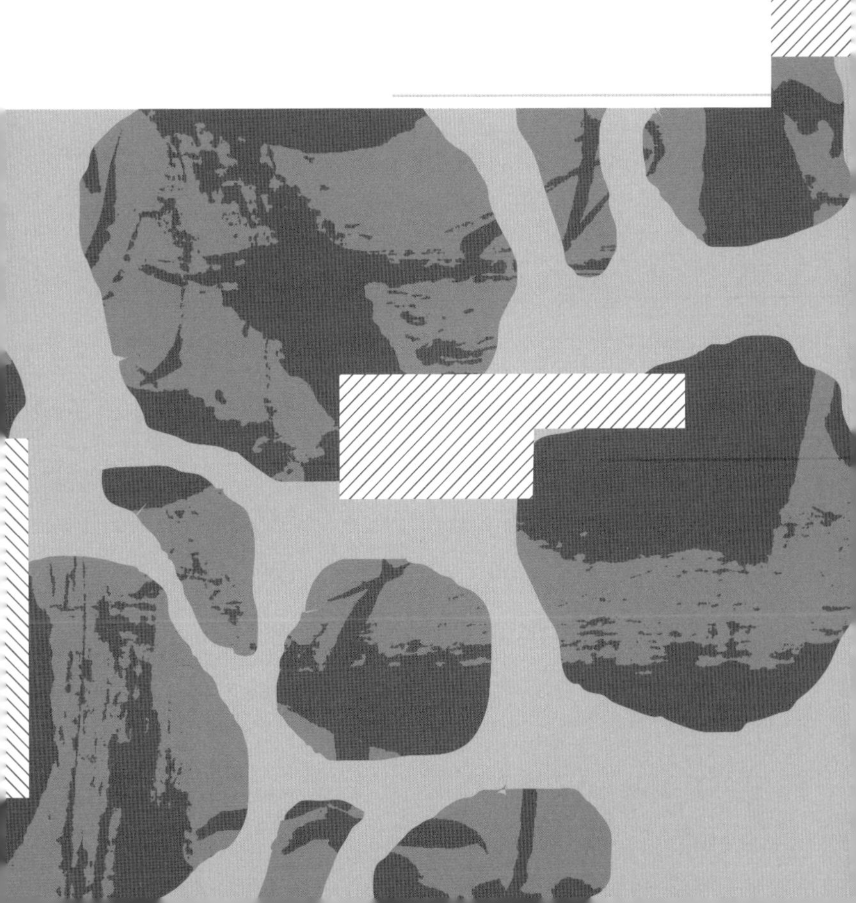

曺氏三代錄. 송나라 조씨 가문 삼대의 이야기.

『현몽쌍룡기』(18권), 『조씨삼대록』(40권), 『양문충의록』(43권)으로 이어진다.

약속한 보름이 거의 다 지나갔다.

내게는 이 보름이 무척 소중했다. 김진의 청에 의해 임두를 찾아간 날부터 경문과 함께 규장각에 머물며 『산해인연록』의 200권을 이어 쓰는 지금까지를 찬찬히 돌아볼 여유가 생긴 것이다. 또한 궐 밖에 머물렀다면 매일 필동으로 가서 임승혜를 만났을 것이다.

이번만큼은 김진이 혼자 사건을 처음부터 끝까지 실로 꿰고, 내가 놓친 지점을 남김없이 지적하도록 두고 싶지 않았다. 거기까지 가기 전에, 내가 허술하게 지나친 부분을 찾고 싶었다. 경문이 집필에 몰두하는 동안, 나는 다양한 물음을 스스로에게 던지고 그 답을 머릿속으로 찾아보느라 바빴다. 그중에서 특히 나를 소름 돋게 한 물음이, 보름을 경문과 보낸 이 방에서 나왔다.

김진은 더 뛰어날 것 같은 소설가와 편을 먹지 말고 더 모자랄 것 같은 소설가와 편을 먹자고 제안했었다. 그 제안은 수문과 경문에 대한 우리 둘의 평가가 상반되었기 때문에 가능했다. 어떤 식이든, 결국 경문과 나를 같은 방에 두겠다는 뜻이다. 즉흥적으로 대충대충 제안하고 대화하고 행동하는 것 같지만, 김진의 언행에는 전부 근거가 있고 의도가 있었다. 그와 함께 굵직굵직한 사건을 해결하며 내가 깨달은 진실이다. 이번에도 이유가 있을 것이다. 그 이유를 김진이 설명해 주기 전에 찾고 싶었다.

이 고민은 곧 임승혜에게 가 닿았다. 앞에서도 언급한 적이 있지만, 경문이 이름을 감추고 방각된 두 작품을 쥐 영감 세책방에 내놓았다고 그녀가 밝히지 않았다면, 나는 어떤 이유에서도 경문을 택하지 않았을 것이다. 그녀는 왜 경문의 비밀을 김진에게 털어놓았을까. 김진에게 알린다는 것은 곧 나는 물론이고 『산해인연록』을 읽어 온 궁중 여인들에게 알린다는 뜻이다. 그녀는 이 사실을 누설하지 않겠다고 경문과 약속했을 것이다. 지금까지 만난 임승혜란 여인은 신중하고 똑똑했다. 귀가 멀고 말을 못하는 탓에 지극히 고요한 그녀가 누군가의 비밀을 드러내는 것은 예사로운 일이 아니다.

도달한 결론 때문에 괴로웠다. 그녀를 만나고 온 날부터 불면의 근거가 되었던 것이다. 그녀는 수문과 경문을 욕심쟁이라고 처음부터 비판했다. 또한 자신에게 둘 다 청혼했지만 딱 잘라 거절했다고 밝혔다. 그 후론 두 사람에게 줄곧 붙여 온 '오빠'라는 호칭도 없앴다고 했다. 욕심쟁이란 비판은 임두를 이어받을 실력을 쌓지 못했으면서 후계자로 나서고 싶은 바람이 지나치다는 뜻일 것이다. 수문은 공공연하게 소설을 네 편이나 냈고, 경문도 은밀하게 두 편을 세책방에 넣었다. 임두가 제자들의 작품 발표를 나서서 막았다는 이야긴 아니다. 경문은 숨겼으니 몰랐을 테지만, 수문은 알고도 내버려 두었다. 묵인이었다.

내가 도달한 결론은, 여전히 믿기진 않지만, 그녀가 경문의 동의를 구해서, 혹은 경문이 시켜서, 비밀이 담긴 서찰을 김진에게 보냈다는 것이다. 이유는 명확했다. 『산해인연록』을 이어 쓸 기회를 수문이 독차지하는 것을 막기 위해서다. 다시 말해 임승혜는 수문과 경문을 똑같이 싫어하고 무시한 것이 아니다. 경문을 위하는 마음이 훨씬 컸다. 연인일까?

경문과 비밀스럽게 만나 왔다면, 내게 베푸는 임승혜의 호의와 관심은 또 무엇이란 말인가. 다친 어깨를 직접 풀어주기까지 했다. 치료의 일환이긴 했지만, 사사롭게는 처녀가 총각의 맨살을 만지는 일이다. 특별한 마음을 먹지 않고는 하기도 힘들고 하지도 않는다. 그 바람에 나는 그녀와 운우지락을 나누는 꿈까지 꾸지 않았는가. 치마가 아홉 개나 겹겹이 나올 때 알아차렸어야 했다. 아홉 개의 치마를 입은 여인은 아홉 개의 꼬리를 지닌 여우만큼이나 현실에는 없고 이야기에만 등장한다. 꿈이어서 슬펐지만 꿈이더라도 아홉 개의 치마를 모두 벗긴 후 그녀를 품어서 좋았다. 아, 어쩌면 내가 품은 것이 아니라 그녀가 나를 품은 것인지도……. 어깨를 내어 주고 누울 때부터 자꾸 그런 생각이 들었다. 남녀 사이에선 마음을 들킨 자가 더 작아지는 법이다.

나는 임승혜의 서찰을 의금부 도사로서 계속 붙들고 늘어지기로 했다. 누군가에게 마음을 주게 되면 흔히 범하는 실수, 저 사람은 오직 진실만을 말할 것이라는 환상과 거리를 두기로 한 것이다. 사랑할 때조차 모든 언행이 진실은 아니며, 사랑하는 척할 때는 더더욱 거짓이 섞여 든다. 임승혜는 무엇을 숨기고 무엇을 바꾸고 무엇을 드러내는가. 경문은 또 무엇을 숨기고 무엇을 바꾸고 무엇을 드러내는가. 임승혜가 그렇게 하는 이유는 무엇이고 경문이 그렇게 하는 이유는 또 무엇인가. 두 사람은 어디서 어떻게 만났는가. 또 어떻게 어디서 헤어질 것인가.

이와 같은 고민을 김진과 나누진 않았다. 궁리를 마칠 때까지 전모를 털어놓지 않았던 그처럼, 나도 끝까지 혼자 쥐고 가 볼 생각이었다. 한 가지만 덧붙이자면, 어쨌든 보름 동안 경문과 동고동락을 하고 나니, 경쟁에선 꼭 이기고 싶은 마음이 간절해졌다는 점이다. 너무 쉽게 금방 사랑에 빠지는 것도 문제지만, 경쟁이 붙으면 반드시 이기고 싶은 열망도 만만치 않은 문제였다. 그땐 후자의 심각성을 몰랐다.

닷새 전부터 수문과 경문은 자지도 먹지도 쉬지도 않고 붓을 쥔 채 낮과 밤을 보냈다. 하루에 한 번 정도는 얼굴을 보던 김진과 나도 닷새 동안엔 각자의 방에서 겨울잠 자는 곰처럼 웅크렸다. 옆방 문이 열리는 소리가 들리면 나가지 않고 기다릴 정도였다. 같은 방에 머무는 경문에게도 말을 아꼈다. 먼지처럼 햇살처럼 있는 듯 없는 듯 머물렀다. 물론 지루했지만 하품도 조심조심 했다. 그렇게 닷새가 흐른 뒤 새벽, 나는 비로소 말을 걸었다.

"술시(오후 7~9시)까진 의빈 마마께 드리기로 했네."

원고를 내려다보는 경문의 콧날이 떨렸다. 자신감이라곤 찾아보기 힘든 얼굴이었다. 닷새 전부터, 붓을 쥔 손이 유난히 흔들리긴 했다. 역시, 어려운가.

"수문 형님 초고만 올리면 안 되겠습니까?"

결국 최악의 질문이 날아들었다. 의빈과 김진과 내게 보이는 것조차 부끄럽다는 것이다. 자포자기였다.

"목이 달아날 거야."

자애롭고 현명하기로 이름 높은 의빈이지만, 결과물이 전혀 없다고 아뢰면 중벌을 내릴 것이다. 그 벌은 경문뿐만이 아니라 나 역시 함께 받아야 한다.

"이리 주게."

경문의 이마에 주름이 잔뜩 졌다. 눈 밑이 검다 못해 푸른빛을 띠었다.

"검토해 보고 결정하자고."

경문의 품에서 빼앗다시피 초고를 받아 냈다. 그리고 읽었다.

완쾌된 창화 공주는 남편인 산동직을 따라 전쟁터로 나갔다. 격렬한 전투가 시작되었다. 적진의 인물들이 새로 등장했다. 적장과 참모와 부장들 그리고 적장의 여인들! 각 인물들은 흥미롭고 신선했지만, 소설을 새로 시작한다는 느낌이 강하게 들었다. 다시 말해 200권에 어울리는 장면이 아니라, 1권이나 2권에 합당한 이야기를 보름 동안 쓴 것이다. 이렇게 벌려 놓으면, 그렇지 않아도 200권까지 오는 동안 등장한 걸물들도 감당하기 어려운데, 더더욱 마무리가 힘들어진다. 전투 장면에서만 쓰고 버리기엔 새로 나온 인물들에게 너무 정성을 들였다.

경문이 충분히 자신의 문제점을 파악하고 있으므로, 논평을 더하진 않았다. 아침을 겸상하는 대신 잠시 홀로 걸내를 걸었다. 바람이 거세어 산책에 어울리는 날이 아니었다. 남쪽에선 봄꽃이 흐드러지기 시작했다는데, 도성은 아직 겨울의 그림자가 완전히 가시지 않았다. 방에 앉아 있다간 고함을 지르거나 경문의 멱살을 틀어쥘 것만 같았다.

벽에 기댄 채 소매에서 수첩을 꺼냈다. 임승혜가 건넨 임두의 창작 일기 '술작(述作)'이었다. 글씨가 작아 달빛에 의지해서 읽으려면 몇 번이나 눈을 끔벅대야 했다. '술작'을 소매에 넣고 다니긴 했지만 여유를 두고 꺼내 읽진 못했다. 경문이 항상 곁에 머물렀고, 내가 잠시만 곁에 없어도 찾았던 것이다. 『산해인연록』은 글자의 좌우가 바뀌고 줄까지 건너뛰는 바람에 읽기가 쉽지 않았지만, '술작'은 바꾸거나 건너뛴 부분 없이 단정했다. 돌에 글자를 새기듯 한 글자 한 글자 정성을 다하는 모습이 눈에 선했다. 하루도 빠지지 않고 그날의 소감을 적어 나갔는데, 분량은 다양했다. 한 줄에 그친 날도 있었고 한 바닥을 넘는 날도 있었다. 단 한 단어만 덩그러니 놓여 있기도 했다. 생활에 대한 기록은 전혀 없었고 모두 소설에 대한 고민뿐이었다.

팔월 십오일

느낌이 좋지 않다. 막히면 서안으로 더 바짝 다가앉고, 관련 서책을 더 오래 읽어 타개책을 찾아 왔는데, 이번엔 그마저 어렵지 않을까. 무너질 수도 있고 꺾일 수도 있다 상상은 했지만, 이토록 감당할 수 없을 정도로 한꺼번에일 줄은 몰랐다.

팔월 십칠일

무릎이 아프다. 아픈 줄도 모르고 앞마당을 걷다가 주저앉았다. 언제 무릎을 다쳤지?

팔월 이십일

이가 세 개나 한꺼번에 빠졌다. 모두 윗니다. 앞니가 아니라서 다행인 건가. 이가 빠질 나이도 되었지만, 왜 하필 지금일까. 말을 줄여야 하는 이유가 하나 더 늘었다.

팔월 이십이일

소설

팔월 이십사일

없다. 내가 잊은 것이 수첩 하나만이 아니었는지도.

구월 삼일

대작의 후반부가 지루한 것은 더 이상 변화를 추구하지 않기 때문이다. 전반부에 시도한 변화를 수습하는 것이 후반부가 되어선 안 된다. 마지막 문장까지 계속 변하는 소설, 그 소설의 이름이 『산해인연록』이어야 한다. 그러므로 지금 내 머릿속에 떠오르는 줄거리들을 버릴 것. 이것들은 대부분 수습이 목표다. 수습하지 않되 산만하지 않은 구상을 찾아야 한다. 그 구상이 어떤 건지 지금은 단 한 줄도 떠올리지 못하지만, 무엇이 옳고 그른지는 안다. 지금의 구상들보다 그때의 구상이 이십이 년은 더 싱싱하다. 죽음을 담을 때조차도!

구월 오일

끼니를 거르고 쓴 적은 많지만, 다섯 끼나 먹는 바람에 글을 쓰지 않은 건 처음이다. 여섯 끼도 먹겠다.

고개를 들었다. 아무도 없던 금천교에 사내 하나가 어느새 올랐다. 대여섯 걸음 다가서자마자 누군지 알 수 있었다.

"쌀쌀한데……."

김진이었다. 금천교에 서서 하늘을 우러르는 중이었다. 물이 찰랑거리며 다리 아래로 흘렀다. 그의 얼굴에서 편치 않은 기운을 읽어 냈다. 아무리 그래도 나보다는 나으리라 여기고, 다가가선 나란히 섰다.

"수문은 어찌하고 있는가?"

시선을 돌려 나를 보곤 답했다.

"경문의 초고만 의빈 마마께 올릴 수 없느냐고 묻더군."

"자네도?"

"자네도?"

동시에 헛웃음을 흘리곤 바람살을 피해 목을 움츠렸다. 내가 물었다.

"그렇게 심각한 수준인가?"

김진이 즉답을 피한 채 걸음을 옮겼다. 검서청으로 돌아가는 내내 나는 그의 등을 쳐다보았다. 이렇게 결론이 나고 보니 허황된 생각까지 끼어들었다. 수문과 경문에게 맡길 것이 아니라, 김진과 내가 『산해인연록』을 이어 쓰는 것이 낫지 않았을까. 두 제자들이 낑낑대는 모습을 곁에서 지켜볼 시간에 우리가 각각 상상의 나래를 폈다면?

김진이 방향을 돌려, 검서청이 아니라 자비대령 화원들이 근무하는 방으로 갔다. 아직 출근 전이라 비어 있었다. 김진이 소매에서 종이 뭉치를 꺼내 내밀었다. 수문의 초고였다. 나 역시 소매에서 경문의 초고를 집었다. 바꿔 읽는 동안 짧은 침묵이 흘렀다. 완전한 침묵은 아니었다. 종이 넘기는 소리에 두 사람이 저절로 뱉는 탄식이 섞였다.

수문은 확실히 경문보다는 경험이 많았다. 사건을 더 만들지 않기 위해 산동직의 출정과 승전 그리고 귀환을 간단하게 요약한 것이다. 그리고 창화 공주의 임신과 출산 역시 빠르게 전개해 나갔다. 그런데 여기서 창화 공주를 괴롭혔던 산씨 가문의 여인들이 발목을 잡았다. 임신한 여인의 태교와 출산을 위해선 문중 여인들의 도움이 필수적인데, 수문은 그 부분을 자연스럽게 풀지 못했다. 도움을 주러 온 산동직의 첩 월애, 우주연, 강파릉 그리고 하녀들과 창화 공주가 맺은 악연을 하나씩 해결하다 보니, 경문이 전쟁터에서 허비한 것과 맞먹을 정도로 분량이 늘었다. 그렇다고 어제까지 원수처럼 굴던 여인들이 하루아침에 방긋방긋 웃으며 공주에게 다가설 수도 없는 것이다. 내가 먼저 평했다.

"안 좋군, 둘 다."

"무척!"

"역시 어려운가 봐."

"문하에 있었다고 쉽게 이어 쓴다면, 그게 어디 대작가 임두의 작품이겠어? 천하에 이처럼 긴 소설을 아름답게 쓸 분은 그 어른뿐인 게지."

오늘은 그냥 지나치지 않고 꼬집어 줬다.

"미리 예견한 사람처럼 말하는군."

"예견하지 않았던가, 자네도?"

"걱정은 했네. 하지만 이토록 형편없을 줄은 몰랐어. 수문은 23년, 경문은 10년이나 임 작가님 문하에서 소설만 읽고 베끼고 쓰지 않았나. 한데 이 지경이라니……."

"격차가 큰 거라네. 소설을 짓는 글솜씨는 물론이고 상상력과 체력까지도! 몹쓸 병을 앓기 전까지, 그러니까 160권에 이를 때까지 선생은 조 노공에게도 밀리지 않았다네."

조 노공은 『조씨삼대록』의 쌍둥이 주인공 조무와 조성의 아버지였다. 이름은 식이고 노공은 작위다. 조 노공은 아흔 살이 넘을 때까지 젊은이 못지않은 체력을 자랑했다. 다른 소설에서 늙음의 징표로 흔히 나오는 백발이나 낙치(落齒) 대신 건강하고 깨끗한 외모로 시종일관 아들과 손자들을 대했던 것이다. 과거 급제 60년 뒤 열리는 회방연에서도 조 노공의 풍채는 젊은이를 압도할 지경이었다. 급기야 여든 살에 요녀 무릉선을 총애하여 크고 작은 문제를 일으키기도 했다.

"조 노공이야 소설 속 인물이니 다소 과장이 섞이기도 했겠지. 하지만 임 자가님이 그렇듯 정정하셨다는 건 믿기 힘들군."

"수문에게 직접 들었다네. 23년 동안 단 하루도 새벽 집필을 어기신 적이 없다더군. 해가 뜨기도 전에, 더운 물에 양손을 넣고 열 손가락을 해초처럼 흔들어 풀고, 깨끗한 옷을 갖춰 입고, 엄동설한에도 창문과 방문을 활짝 열어 환기를 시킨 후, 묵향을 피우며 글을 쓰셨다는 게야. 수문과 경문 그리고 임 낭자는 몸이 아파 쉬기도 하고, 묵을 갈거나 종이를 옮기며 꾸벅꾸벅 졸기도 했지만, 임 작가님은 단 한 번도 그런 적이 없대. 필사 궁녀들과 대취한 밤에도 다음 날 새벽 어김없이 같은 시간에 붓을 드셨다 하네."

"타고났는가 보네. 하기야 그렇지 않으면, 200권에 이르는 소설을 23년 동안 줄기차게 써내긴 어려웠겠지."

"엄청난 자기 절제가 있는 걸세. 23년을 단 한 명의 독자도 만나지 않고 여기까지 온 거니까. 자네도 습작에 매진하고 있으니, 대소설을 짓는 게 얼마나 힘든지 알 게야. 힘이 든다는 게 비유가 아니라, 정말 몸과 마음의 힘을 꾸준히 길렀다가 다 쏟아야 한다네. 수문에 의하면, 160권에 이를 때까진 설암당의 사방 벽이 깨끗했다더군. 내게 초상화와 산수화를 요구한 것도 그 이후 일이지."

"지금은 가계도와 원말명초(元末明初)의 역사를 정리한 글과 등장인물 및 등장 공간을 담은 그림으로 벽이 모자랄 지경인데……."

"몹쓸 병이 들기 전까진, 소설을 따라 읽는 그 누구보다도 넓고 높고 깊게 『산해인연록』 전부를 장악하고 계셨어. 인물과 시간과 장소를 꿰고 계셨으니, 필요할 때 머릿속에서 바로바로 꺼내 쓰셨고, 따로 벽에 적거나 그려 두고 참고할 필요가 없었던 게야. 조 노공보다도 더 대단한 노년을 보내고 계셨던지도 몰라. 임 작가님 같은 분은 임 작가님뿐이셨다네. 수문도 경문도 자네도 나도 상상하기 힘든 경지야."

김진이 이토록 누군가를 극찬하는 것을 그 전에도 그 후에도 듣지 못했다.

"어찌할 작정인가?"

"어찌하다니?"

"술시에 의빈 마마를 뵙고 뭐라 말씀을 드릴 건가 이 말일세. 예견을 했다니 대책도 세웠을 것 아닌가?"

"무슨 대책?"

짧은 반문에 급소를 찔린 듯했다. 김진에게 마지막 기대를 걸었던 것이다.

"임 작가님이 직접 쓰지 않곤 『산해인연록』을 잇기 힘들다는 것만 증명된 셈인가……. 이제 옥에 갇힐 일만 남았군 그래. 수문과 경문은 물론이고 자네와 내게도 중벌을 내리실 거야. 자궁 마마께서 다음 이야기를 손꼽아 기다리고 계신다지 않은가."

김진이 받았다.

"벌을 피할 생각은 없다네. 하지만 어쨌든 두 제자에게 기회를 주고 싶었네. 자네나 내가 쓸 수도 없는 노릇이고……."

거기서 말허리를 자른 뒤 다툴까 잠시 망설였다. 그러나 이제 와서 왜 자네와 나는 안 된다고 생각했느냐고 따져 봤자 소용없었다. 우리는 소설을 애독하고, 또 내 경우엔 잠을 아껴 가며 밤마다 소설 집필에 매달리곤 있지만, 수문과 경문처럼 소설에 삶 전체를 바치진 않았다. 김진은 규장각 서리고 나는 의금부 도사인 것이다. 우리가 제아무리 열심히 소설을 읽고 쓰더라도, 그것은 직업을 벗어난 어디까지나 취미였다. 『산해인연록』과 같은 대작을 이어 쓰려면, 소설가 외엔 직업을 버려야 한다. 직업을 버린다는 것은 모든 것을 버린다는 뜻이다. 나는 아직 준비가 되지 않았다. 김진이 이어 말했다.

"정 상궁에게 연락하겠네. 두 필사 궁녀에게 정서를 부탁해야 할 테니까. 수문과 경문이 악필은 아니네만 그래도 정갈한 궁체로 옮겨 적어 마마께 올리는 편이 낫겠지? 자네가 고르게. 화경희인가 연복연인가?"

소설이 형편없으니 누군들 상관없었다. 수문의 소설을 화경희가 맡고, 경문의 소설을 연복연이 옮겨 쓰기로 했다.

수문도 경문도 김진도 나도 아침과 점심을 건너뛰었다. 필사할 때는 든든히 먹어 둬야 한다고 큰소리 쳤던 두 궁녀 역시 소설을 서둘러 읽곤 밥맛을 잃었다. 정서하는 내내 무

뚝뚝한 얼굴이었다. 설암당에서 보여 줬던 화려하고 걸쭉한 입담도, 활기찬 웃음도 찾을 수 없었다. 정 상궁도 두 궁녀로부터 귀띔을 받은 후 정서한 소설을 몇 군데 읽곤 김진과 나를 외소주방에 딸린 쌀 창고로 불러냈다.

"어찌할 겁니까? 이대로 그냥 올려요?"

김진이 답했다.

"시간은 지켜야지요."

"자궁 마마나 의빈 마마께서 얼마나 소설 읽는 눈이 높으신 줄은 알죠? 저나 경희와 복연이도 찾지 못한 작은 흠집까지도 귀신같이 지적하십니다. 한데 이처럼 허점투성이인 소설을 내밀었다간 불호령이 내릴 겁니다. 근래에 필사하여 올린 소설 중에서도 최악입니다."

내가 받았다.

"다른 방법이 없소."

"사나흘이라도 미루면?"

김진이 답했다.

"사나흘에 해결될 문제가 아닙니다."

"섶을 지고 불구덩이에 이대로 들어가자고요?"

"정 상궁이나 필사 궁녀들이 무슨 잘못이 있습니까? 벌을 받아도 이 도사와 저 그리고 두 제자가 받을 겁니다."

"모르는 말씀 마세요. 출궁당한 필사 궁녀가 한둘인 줄

아십니까? 물론 저도 압니다. 소설가가 작품을 제대로 내놓지 못하는데, 필사하는 우리가 무슨 도움이 되겠습니까? 소설이 빛날 땐 우리들 글씨도 덩달아 칭찬을 받지만, 소설이 어그러지면 그 화가 우리에게도 미친답니다. 두고 보세요. 이건 출궁을 당하고도 남을 상황입니다."

비로소 정 상궁과 두 궁녀의 창백한 낯빛이 이해되었다. 수문과 경문의 작업에 목숨이 걸린 사람이 의외로 많았던 것이다.

해는 벌써 졌다. 인정전 돌계단부터 드리운 어둠이 궁궐 지붕까지 올라오고도 남을 시각이었다. 김진은 유시(오후 5~7시)에 필사 궁녀들이 정서를 끝내자마자 곧바로 연화당에 소설을 올렸다. 나는 술시까지 기다려 소설을 가져가자고 했지만, 김진은 매도 먼저 맞는 편이 낫다는 입장이었다.

소설을 읽은 의빈이 김진과 나를 불러들였다. 술시가 거의 끝날 즈음이었다. 연화당으로 들어서자마자 싸늘한 기운이 내 이마를 쳤다. 윗목에 선 정 상궁과 필사 궁녀들의 낯빛도 이미 흙색이었다.

"이제 어찌할 게야? 내일 아침 자궁 마마께 말씀을 올려야 해. 오늘 낮 후원을 거닐 때도 소설은 잘되고 있느냐고 하문하셨느니라."

나는 차가워진 이마를 바닥에 대곤 즉답하지 않았다. 김진의 답에 따라 방향을 잡으리라, 방으로 들어서기 전부터 작정했던 것이다. 그런데 김진 역시 곧바로 답을 내놓지 않았다. 준비한 답이 없다면, 정말 큰일이었다. 의빈이 질문을 고쳤다.

"누가 더 낫지?"

"도토리들이 키를 재는 것과 같사옵니다."

"그렇지? 둘 다 형편없어. 보름을 그냥 흘려보낸 거야. 어찌해야 하겠는가?"

김진이 또 머뭇거렸다. 의빈의 목소리가 망치처럼 무거웠다.

"솔직히 털어놓거라. 『산해인연록』과 같은 거작을 미완으로 남긴 채 포기해야 하느냐? 이 나라에 소설가가 그리도 없어?"

"……한 번만 더 기회를 주시옵소서."

나는 이마를 살짝 떼곤 고개를 돌려 김진을 곁눈질로 올려다봤다. 수문도 경문도 가능성이 없다고 단정한 것이 오늘 아침이었다. 도토리 키 재기라고까지 솜씨를 폄하한 그들에게 기회를 다시 주자는 것이다. 의빈도 그 점을 상기시켰다.

"방금 도토리 키 재기라고 하지 않았는가?"

"저도 아침까진 그들에 대한 기대를 접었었사옵니다. 그런데 곰곰이 생각해 보니, 임 작가를 아무리 가까이에서 모신 제자들이라고 해도 199권을 보름 안에 자기 것으로 소화한 후 그다음 이야기를 이어 가는 것은 힘겨울 수밖에 없사옵니다. 보름은 적응 기간이라고 봐야 할 것이옵니다. 다시 도전할 의향이 있는지 확인한 뒤, 재도전하겠다면 기회를 마지막으로 주는 게 어떻겠사옵니까?"

의빈은 물론이고 정 상궁과 궁녀들도 이견을 달지 않았다. 임두가 다섯 달이나 원고를 올리지 않았는데도 다른 소설가를 찾지 않고 기다렸던 것은 오직 그만이 이 대작을 감당할 수 있다고 여겼기 때문이다. 그 입장이 지금 와서 흔들릴 이유가 없었다. 의빈이 말했다.

"하기야 임 작가의 폭과 깊이를 보름 만에 잇는 건 무리겠지. 얼마나 더 달라는 게야? 자궁 마마께선 늦어도 내일까진 임 작가의 뒤를 이을 소설가가 정해진다고 알고 계시느니라."

"한 달만 주시옵소서. 그리고 제자들은 지난 보름 동안 규장각에 갇혀 소설을 쓰느라 지쳤사옵니다. 하루만이라도 궐 밖에서 휴식을 취하라 명하시옵소서."

"중벌을 청해도 부족한 판에 상을 달라?"

나도 의빈과 같은 생각이었다. 김진이 그 마음을 반대로 틀었다.

"더 무거운 벌일 수도 있사옵니다."

의빈이 정 상궁을 비롯한 두 궁녀를 쳐다보았다. 내게도 눈으로 물었다. 어찌 생각하는가?

"저도 화광과 뜻이 같사옵니다."

그녀는 수문과 경문이 지은 원고 뭉치를 집어 들고 흔들어 댔다.

"불쏘시개로 쓰기에도 아까운 수준이지만, 화광을 믿고 한 번 더 기회를 주도록 하지. 하지만 한 달 뒤에도 이 따위 졸작을 가져오면, 화광과 이 도사 그대들에게도 책임을 물을 것이야. 알겠느냐?"

"명심하겠사옵니다."

연화당을 나온 뒤, 누가 먼저랄 것도 없이 밤하늘을 우러르며 참았던 숨을 몰아쉬었다. 쏟아질 듯 빛나는 별들이 경문의 문장이었다면? 규장각을 향해 걸음을 떼며 물었다.

"한 달을 더 번다고 저들의 수준이 달라질 것 같은가?"

김진이 되물었다.

"오늘 모든 걸 끝장내길 원했어?"

"대책도 없이 시간만 끄는 길 끔찍하게 싫어하는 사람이 바로 자네 아닌가. 의외였네."

김진이 씁쓸하게 웃었다.

"나도 가끔은 기적을 바란다네."

"믿나, 기적을?"

김진에게서 가장 먼 단어였다.

"믿는 건 아니네만……. 가세. 가서 한 달 더 지옥을 헤맬 의향이 있는지 확인부터 하자고."

김진이 성큼성큼 큰 걸음을 옮겼다. 멀리서 보면 신바람이라도 난 사람처럼 보일 정도였다. 행복이 밀려들 때 우울해하고 견고한 불행 앞에서 히죽히죽 웃는 이가 김진이긴 했지만, 나는 도저히 그렇듯 힘차게 걸을 마음이 들지 않았다.

박제가의 방으로 수문과 경문을 불러 앉혔다. 둘 다 무기력하고 두렵고 창백하고 지친, 단 한 문장도 쓰기 힘든 표정이었다. 김진이 수문에게 먼저 물었다.

"누가 선택받은 것 같습니까?"

수문이 힘없이 답했다.

"경문이겠죠."

김진의 시선이 경문에게 옮겨 갔다. 묻기도 전에 경문이 털어놓았다.

"당연히 수문 형님입니다. 제 글은 연화당에 올리는 것조차 부끄러울 지경입니다."

김진이 눈짓을 보냈다. 이런 식의 통보는 꼭 내게 맡겨 왔다.

"아무도 선택받지 못했소. 최악이니까."

두 제자는 동시에 긴 한숨을 내쉬었다. 항변은 없었다. 잠시 침묵이 흐른 뒤 경문이 물었다.

"궁궐에서 지내는 것도 오늘로 끝이겠군요?"

김진이 끼어들었다.

"선택에 맡기겠습니다."

수문이 되물었다.

"선택받지 못했는데, 선택에 맡기겠다고요? 말장난이 지나치십니다."

내가 받아쳤다.

"말장난이 아니오. 의빈 마마께서 마지막 기회를 주라 하셨소. 화광이 거듭 청하여 겨우 얻은 것이라오. 나는 그대들에게 이렇게 하는 것을 반……."

김진이 말허리를 잘랐다.

"규장각에 계속 머물 것인지는 각자 택하도록 해요."

경문이 물었다.

"기회라고 하셨는데…… 얼마나 더 기회를 주시는 겁니까?"

"한 달이오."

"한 달!"

경문이 되풀이했다. 검은 눈동자가 천천히 위로 올라갔다. 지금까지 좌절한 만큼의 나날이 기다리고 있는 것이다.

경문의 눈가가 가느다랗게 떨렸다. 역시 자신이 없는 것일까. 수문이 물었다.

"하겠다고 하면, 내일부터 당장 시작하는 겁니까?"

경문이 이어 말했다.

"사나흘만 쉬면 안 되겠습니까? 지쳤습니다."

김진이 좋은 말로 달랬다.

"지치긴 이 도사나 저도 마찬가집니다."

두 사람 모두 실망하는 기색이 역력했다. 김진이 다시 내게 시선을 돌렸다. 내가 헛기침을 두어 번 뱉은 후 소매 깊숙이 감춰둔 선물을 꺼내듯 말했다.

"사나흘은 어렵겠으나 하루 정도는 가능하겠소."

수문과 경문이 반색하며 동시에 물었다.

"정말이십니까?"

김진이 궁궐 밖으로 나가는 시간을 확정했다.

"내일 진시(오전 7~9시)부터 모레 아침 진시까집니다. 시간을 어기면 입궐이 불허될 뿐만 아니라 재집필 기회도 사라지고, 또한 약속을 어긴 벌을 받습니다. 자, 이제 각자 이 기회를 붙들 것인지 명확하게 밝히세요."

수문과 경문이 서로 눈을 맞췄다. 수문이 먼저 말했다.

"제 전부를 걸겠습니다. 다시 기회를 주셔서 고맙습니다."

경문이 이어 말했다.

"이번엔 진짜 실력 발휘를 하겠습니다."

수문과 경문은 모처럼 자시(오후 11시~오전 1시)가 되기도 전에 잠자리에 들었다. 각방을 쓰지 않고 오늘은 박제가의 방에 모여 함께 눈을 붙였다. 다시 경쟁이 시작되겠지만 이 밤엔 스승을 그리워하며 서로를 위로하고 싶은 것이다. 스승의 특별함과 『산해인연록』의 탁월함에 열변을 토하진 않았지만, 함께 보낸 세월을 전제로 깔고 툭툭 선문답하듯 대화를 이어 갔다. 엇박자로 웃음이 흘러나오기도 했다.

어차피 집필은 모레 아침 외출에서 돌아와서부터 시작될 것이다. 그때까진 밀린 잠이나 충분히 자 두는 것이 남는 장사였다. 김진과 나는 늦은 저녁이라도 해결하자며 규장각을 나섰다. 정 상궁에게 연락하여 궐 안에서 간단히 요기를 할까 했는데, 김진이 돈화문을 향해 곧장 걸어갔던 것이다. 수문과 경문이 잠자리에 들었으니, 우리가 규장각에서 할 일은 없었다. 의빈의 배려로 깊은 밤에도 도성을 자유롭게 돌아다닐 수 있으니, 손맛 좋은 가게에서 배를 채운 뒤 뜨뜻한 방에서 잠을 청하고 싶었다. 내일 진시 이전에 돌아와선 수문과 경문을 배웅하면 되는 것이다.

돈화문을 나선 김진은 곧장 운종가를 따라 서쪽으로 방향을 잡았다. 인달방으로 접어들었을 때부터 나는 행선지를 짐작했다. 예상은 틀리지 않았다. 공나명의 집 대문을 두드리기도 전에 여인들 웃음소리가 흘러나왔다. 담벼락을 맞댄 좌우 앞뒤 집들을 모두 사들인 부자라더니, 순라꾼들에게까지 이미 손을 써 둔 것인지, 늦은 밤 여흥인데도 조심하는 기색이 없었다.

후원 별채로 들자 불콰하게 취한 백동수가 우리를 맞았다. 좌우에 앉은 기녀들 역시 볼이 벌겋게 익었다. 김진이 눈짓하자, 그녀들이 가야금을 벽에 기대 두곤 물러갔다. 백동수가 주안상에 놓인 잔부터 채우며 툴툴거렸다.

"왜 이리 늦은 게야? 기다리다가 저녁은 건너뛰고 술로 빈 배를 위로하던 중이었다네."

김진이 술잔을 들지도 않고 답했다.

"제자들이 잠드는 것까지 보고 나오느라 그랬습니다. 술은 그만 하시죠. 새벽부터 움직이셔야 하는데……."

"움직이다니? 대취한 후 여기서 늘어지게 잘 요량이었네만, 새벽에 내가 어디로 움직인단 게야?"

김진에게 잔을 빼앗기기 전에 나는 서둘러 도화주(桃花酒)를 털어 넣었다. 목을 지나 위까지 빈 속을 따라 뜨거운 기운이 알싸하게 퍼졌다. 쌀쌀한 봄밤엔 이렇게 술부터 한두 잔 마신 뒤에야 의논이든 뭐든 시작하는 게 상식이다. 백동수가 술잔에 입을 댔을 때 김진이 답했다.

“두 제자가 어찌하는가에 달렸습니다.”

호리병을 집어 자작(自酌)하려다가 말고 물었다.

“수문과 경문이 어찌하는가가 형님과 무슨 상관인데? 형님은 그들을 만난 적도 없어.”

김진이 내 손에서 호리병을 빼앗은 뒤, 준비한 답을 꺼냈다.

“내일 진시부터 모레 진시까지 두 분이 그들을 각각 나눠 맡아 미행하셔야 합니다.”

“미행이라고?”

김진이 내기를 걸듯, 천진난만한 표정으로 다시 내게 양자택일을 요구했다.

“자, 선택하시죠. 누가 수문을 맡고 누가 경문을 책임질 건가요?”

14장

현몽쌍룡기

現夢雙龍記. 송나라 조씨 가문의 탁월한 쌍둥이 형제 이야기.
꿈에 쌍룡을 보고 쌍둥이를 낳았다.
『현몽쌍룡기』(18권), 『조씨삼대록』(40권), 『양문충의록』(43권)으로
이어진다.

백동수가 수문, 내가 경문을 맡기로 했다. 백동수는 수문과 경문 모두 만난 적이 없기 때문에, 내가 먼저 택하면 남은 사람을 자신이 미행하겠다고 했다. 나는 경문과 임승혜의 관계를 계속 따져 보고 싶었기 때문에 주저하지 않고 경문을 지목했다.

인달방 술자리를 정리하고 별채에서 셋이 나란히 누웠다. 가운데 누운 김진이 강조한 미행의 원칙은 하나뿐이었다.

"목숨이 위태롭지 않는 한 나서지 마세요. 그림자처럼 따르기만 하세요. 미행당한다는 사실을 두 사람이 알면 절대로 안 됩니다."

나는 김진이 언제부터 이것을 계획했는지, 두 제자가 궁궐을 나서면 어디로 가리라 예상하는지 묻고 싶었다. 그러나 김진이 자진해서 설명하기 전까진 참기로 했다. 몰아세우고 따질수록 더 늦게 열리거나 아예 닫아 버리는 것이 김진의 입이었다. 주량의 절반도 마시지 못한 백동수가 물었다.

"임 작가님 댁으로 가서 두문불출한다면? 피로를 풀며 쉬기엔 그곳보다 익숙하고 편한 곳이 없지 않겠나?"

김진이 짧게 답했다.

"그 댁으로 가지 않을 가능성이 크지만, 간다 하더라도 곧 나올 겁니다."

백동수가 불편한 내 마음을 들여다보는 것처럼 이어 물었다.

"언제부터 이런 음모를 꾸민 건가?"

김진이 되물었다.

"음모…… 라고요? 청전 자네도 내가 음모를 꾸민다고 생각해?"

내가 답했다.

"음모란 게 악인들이 제 나쁜 욕심을 채우려고 꾸미는 짓이니, 이 미행을 음모로 받아들이진 않겠네. 자넨 악인이 아니니까."

"고맙군. 내가 두 제자를 속이려는 건 사실이야. 그래야 그들의 진짜 모습을 확인할 수 있으니까. 궐 안에선 자네나 나도 있고, 또 정 상궁과 필사 궁녀들이 수시로 드나드니,

긴장하며 지낼 수밖에 없었어. 게다가 임 작가님의 뒤를 잇고자 경쟁 중이었고."

"허면 자넨 누구를 양세와도 같은 놈이라고 보는가? 수문인가? 아니면 경문?"

양세는 『현몽쌍룡기』의 대표적인 악인이었다. 김진과 나는 『현몽쌍룡기』에 등장하는 유난히 많은 음모들을 검토한 적이 있었다. 소설에서 악인은 등장하기 마련이지만, 『현몽쌍룡기』의 악인들은 서로의 이해관계에 따라 모이기도 하고 흩어지기도 하면서 복잡한 양상을 띠었다. 강도나 절도나 사기는 악행에 끼지도 못할 만큼, 강상의 도리를 넘어서는 음모를 꾸며 댔다. 여주인공의 정절을 모함하는 것은 오히려 평범했고, 임신을 조작하거나 모함을 위해 친자식을 죽이기도 하고, 살인 청부와 납치를 서슴지 않았다. 그 중심에 양세가 있었다.

"양세가 누군데? 악독한 살인마인가?"

백동수가 답답한 듯 물었다. 김진이 친절하게 답했다.

"『현몽쌍룡기』란 소설에 등장하는 악인입니다. 권모술수에 능하죠."

백동수가 짜증을 부렸다.

"자네들이 소설을 즐기는 건 존중하겠네. 하지만 내가 검술이나 마상무예를 예로 들며 세상 고민을 설명하지 않듯이, 자네들도 내가 있을 땐 소설 속 인물이나 사건으로 대화를 나누지 말아 주게. 이거 원 소설 안 읽은 사람은 서러워서 살겠나."

김진이 순순히 사과했다.

"죄송합니다. 주의하겠습니다. 『현몽쌍룡기』를 비롯하여 소설이 필요하시면 언제든 말씀만 하세요. 즉시 가져다 드리겠습니다. 오늘은 한 마디만 더 보탤게요. 청전! 양세와 같은 자가 수문인지 경문인지는 아직 모르겠네. 어쩌면 둘 다일지도 모르고 혹은 둘 다 아닐 수도 있어. 하지만 저들, 수문이나 경문이 포함되었을 수도 있고 아닐 수도 있겠지만, 하여튼 두 제자가 뭔가를 꾸미고 있는 건 사실이라네. 난 그걸 알아내야겠어."

곧장 잠들지 않고 여기까지 대화가 오갔으므로, 처음부터 품었던 질문을 꺼내도 어색하지 않을 듯싶었다.

"자네에게 지난 보름이란 기간은, 또 한 달을 더 얻어 낸 것도, 결국 내일 하루 그들을 풀어 주고 미행하기 위함이겠군. 안 그런가?"

김진도 부인하진 않았다.

"눈에는 눈, 음모엔 음모로 맞설 수밖에."

"유일한 길이었나?"

"거의 그랬다네. 언젠가 자네가 내게 설명하지 않았는가.

사람이란 생사를 넘나드는 상황, 예를 들어 전쟁이라든가 지진이라든가 돌림병과 같은 극한 처지에 놓였을 때, 악한 놈은 더 악해지고 착한 자는 더 착해진다고."

"이건 전쟁도 지진도 돌림병도 아니잖은가?"

"수문과 경문에겐 그 셋을 합쳐 놓은 것보다 더 위태롭고 불안할 거야. 소설가라면 누구나 그러할 걸?"

자네도 알지 않느냐는 듯 김진이 왼팔을 뻗어 내 오른 손등을 톡톡 쳤다. 소설가만의 천국과 지옥을 떠올렸다. 소설이 술술 잘 풀리는 날은 천국이며 꽉 막혀 제대로 문장이 나오지 않는 날은 지옥이었다. 수문과 경문은 지금 지옥 속에 있었다. 그 지옥에서 벗어나기 위해, 그들은 내일 단 하루를 어떻게 보낼까. 김진은 바로 그걸 몰래 지켜보고 싶은 것이다. 나도 마찬가지였다.

새벽에 궁궐로 돌아갔다. 수문과 경문을 궐 밖으로 내보내는 일은 김진의 몫으로 돌리고, 백동수와 나는 돈화문 앞 골목에서 대기했다.

진시, 약속한 시각에 돈화문이 열렸다.

김진의 고개가 먼저 대문 밖으로 나와선, 백동수와 내가 기다리는 골목을 쳐다보았다. 나는 가볍게 손을 들었다가 내리곤 뒷걸음질 쳐 숨었다. 수문과 경문이 곧 거리로 나왔다. 책보자기 하나 들지 않은 맨몸이었다. 두 사람은 잠시 서로를 쳐다본 후 동과 서로 갈라졌다.

"나중에 보세."

백동수와 나도 나뉠 시간이었다.

그가 먼저 수문을 따라 동편으로 향했고, 나도 곧 경문을 따라 서편으로 걸음을 뗐다. 수문의 행로는 나중에 따로 확인해야겠지만, 경문은 곧장 필동으로 향했다. 정선방, 대묘동, 산림동을 거쳐 필동에 이를 때까지, 가끔 걸음을 멈추고 주변을 경계하긴 했지만, 목적지를 바꾸진 않았다. 이대로 임두의 집으로 들어가 버린다면 나는 협문 밖에서 서성일 수밖에 없었다. 골목에 웅크린 채 기다리느니 지금처럼 바쁘게 뒤를 좇는 편이 나았다.

경문이 협문을 두드리자, 임승혜가 문을 열어 주었다. 앞니를 훤히 내보인 함박웃음을 보니, 내 가슴을 송곳으로 찔리는 기분이었다. 은밀히 그림자처럼 미행하라는 김진의 당부가 없었다면, 당장 들어가서 따졌을 것이다.

연인!

서로의 마음을 확인한 남녀만이 짓는 표정이었다. 비록 경문이 『산해인연록』을 이어 쓰는 소설가로 선택되진 않았지만, 수문이 무혈입성하는 것만은 막았다. 임승혜가 김진에게 보낸 서찰이 큰 역할을 했다는 건 거듭 강조해도 지나치지 않다. 두 사람은 이제 뜻밖에 주어진 한 달에 대해 의논하리라. 아, 그 전에 보름이나 보지 못한 그리움을 풀겠지. 포옹하고 입을 맞춘 후 마주 보고 서선 서로의 옷을 벗기겠지. 경문을 위해 목욕물을 데워 놓았을지도 모른다. 내 어깨를 만졌듯이, 경문의 어깨를 가슴을 배를 두 팔과 두 다리를 어루만지겠지. 보름 동안 소설을 쓰느라 뭉친 근육들을 풀겠지. 혈을 뚫겠지. 그리고 그러다가 서로의 가장 깊숙한 곳으로 파고들겠지. 내 오른 소매에 넣어 둔 '술작'을 꺼냈다. 임승혜는 왜 이걸 경문이 아니라 내게 준 것일까. 이보다 더 집필을 독려하는 선물은 없을 텐데.

두 사람이 집으로 들어간 후 때마침 눈발이 흩날리기 시작했다. 마지막 눈일 듯싶었다. 골목 귀퉁이 은행나무 아래 몸을 숨겨도 어깨와 머리에 내리는 눈을 막긴 힘들었다. 김진이 원망스러웠다. 차라리 수문을 미행하는 것이 나았다는 후회도 들었다. 내일 아침까지 경문이 나오지 않는다면? 시간이 흐를수록 점점 이 최악의 상상이 현실로 굳어졌다. 김진이 명석하긴 하지만 모든 일이 그의 추측대로 이뤄지는 것은 아니다. 폭포와 숲 그리고 지하 서고를 그려 놓고도, 그 장소를 찾지 못해 겨울을 다 허비하지 않았는가. 이번에도 그는 수문과 경문을 출궁시키면, 그들이 팔매질한 돌처럼 어딘가로 갈 것이라고 예측했다. 그래서 백동수와 나를 대기시켜 놓았다가 두 제자를 미행하도록 시킨 것이다. 그런데 팔매질한 돌은커녕 겨울잠 자는 뱀마냥 웅크린 채 꼼짝도 않는다면? 게다가 그 곁에 임승혜가 머무른다면? 나는 시한을 정했다. 해가 중천에 뜨면, 그러니까 오시(오전 11시~오후 1시)가 되더라도 경문이 나오지 않으면, 월담하여 들어가기로! 협문 밖 골목에서 시린 발을 동동 구르며 기다리느니, 들어가서 경문과 임승혜가 무엇을 하는지 두 눈으로 보고 두 귀로 듣고 싶었다.

월담을 하진 않았다. 사시(오전 9~11시)가 끝나기 전 협문이 열리고 경문이 나왔던 것이다. 임승혜가 따라와서 배웅하진 않았다. 경문은 문을 닫곤 돌아보지도 않은 채 곧장 서북쪽으로 방향을 잡고 종종걸음을 치기 시작했다. 눈이 내렸지만 하늘을 올려다보거나 옷을 여며 고쳐 입지 않았다.

명례방, 소정동, 여경방을 지나쳤다. 점점 신문에 가까워졌다. 경문은 가고자 하는 곳이 확실한 듯 주저하지 않고 골목으로 들어섰고 갈림길에서도 외길처럼 속도를 줄이지 않았다. 신문을 나와선 북쪽으로 방향을 꺾었다. 모화관을 지나 무악재를 넘어 홍제원에 이르렀다. 거기서 오르막길로 접어드니 다시 인왕산과 만났다. 깎아지른 거대한 바위에 새겨진 미륵불에 이르러서야 잠시 멈춰 섰다. 10여 명의 사람들이 미륵불을 향해 향을 피우고 정성껏 장만한 음식을 공양하곤 절을 했다.

경문은 그들로부터 멀찍이 떨어져선 어깨와 머리에 앉은 눈을 털어 냈다. 소매에서 꼬깃꼬깃 접은 종이 한 장을 꺼내 폈다. 규장각에서 적은 것일까. 아니면 임 낭자로부터 받은 것일까. 종이와 미륵불을 번갈아 쳐다보던 경문이 이윽고 산길을 다시 올랐다. 눈이 벌써 얇게 깔려 미끄러웠다. 이대로 얼어붙는다면 밤부턴 이 길을 다니기도 힘들 것이다.

표창을 쥐고 걸음을 재촉했다. 경문이 그에게 허락된 단 하루의 휴일을 눈 내리는 인왕산에서 보낼 줄은 몰랐다. 그것도 단순한 등산이 아니라 쪽지에 적힌 대로 찾아가는 길이었다. 나도 이 길은 낯설었다. 대부분은 도성을 벗어나지 않고 인왕동이나 옥류동을 통해 산으로 접어드는 쪽을 택했다.

소리 죽여 뒤를 따르면서 두 사람의 얼굴을 떠올렸다. 먼저 백동수. 그는 지금 어디쯤 있을까. 수문은 임두의 집에 들르지 않았다. 그리고 김진. 김진은 수문과 경문이 임두의 집에 가지 않거나 간다 해도 오래 머물지 않으리란 걸 어떻게 짐작했을까.

갑자기 능선에서 들짐승의 긴 울음이 들려왔다. 나는 바삐 걸음을 옮기면서도 고개를 돌려 소리가 나는 쪽을 쳐다봤다. 인왕산에서 겨울을 나고 있는, 나를 공격했던 늑대들의 울음이었다. 세 마리와 맞서 싸울 때, 다른 놈들도 가까이에 있었겠지? 나를 봤을까? 복수를 위해 내게 덤빌까?

굽이진 길을 다시 살폈다. 그런데 그 짧은 순간에 경문이 보이지 않았다. 잡목으로 가득한 숲이긴 해도, 잎이 모두 떨어진 탓에 경문을 은밀히 추격하긴 어렵지 않았다. 방심한 탓일까. 겨우 짧은 숨을 내쉬었다가 들이마실 정도였는데, 그사이 경문이 감쪽같이 사라진 것이다. 길 위에 마지막으로 남은 경문의 발자국을 찾았다. 거기서 더 이상 길을 따르지 않고 쓰러진 고목(枯木) 사이로 몸을 숨긴 것이다. 썩어 텅 빈 고목 속을 기기도 하고, 고목과 고목 사이를 꼬부랑 할머니처럼 허리를 숙인 채 지나가기도 했다. 눈발이 점점 거세어졌다. 그나마 있던 발자국도 곧 눈에 덮였다. 늑대 울음도 더 가까워졌다. 서너 마리가 돌아가며 울음을 주고받았다. 메아리를 따라 그 울음이 인왕산에 가득했다. 사방 어디로 달아나도 늑대를 만날 것만 같았다. 표창을 하나 더 꺼내 왼손에도 쥐었다. 나는 이 표창으로 맞서 싸울 수 있지만, 경문에겐 쪽지가 전부였다. 빨리 그를 찾아야 한다.

"아악!"

그 순간 사내의 비명이 계곡에서 터져 나왔다. 나는 곧장 비탈길을 뛰어 내려갔다. 발을 헛디뎌 열 바퀴 넘게 구르기까지 했다. 계곡 아래엔 아무도 없었다.

"악!"

이번엔 더 짧은 비명이 계곡 건너 언덕바지에서 들렸다. 그리고 곧 늑대 울음이 뒤따랐다. 나는 쉴 틈도 없이 곧장 비탈을 오르기 시작했다. 미끄러지면서 무릎을 찧고 이마까지 나뭇가지에 긁혀 피가 흘렀지만 멈추지 않았다.

언덕에 올라서서 사방을 살폈다. 서쪽과 남쪽과 동쪽을 살피고 등 뒤로 고개를 돌리려는 순간, 시뻘건 불덩이 두 개가 타올랐다. 나는 순간 깨달았다. 나를 노리는 들짐승은 늑대가 아니라 호랑이였다. 양손에 표창을 뽑아든 채 기다렸다. 겁을 먹고 먼저 표창을 던져선 안 된다. 네 발을 땅에 붙인 호랑이는 날아오는 총알조차도 피한다. 빗겨 맞더라도 치명상을 입진 않는다. 기회는 단 한 번뿐이다. 호랑이의 네 발이 허공으로 떠올랐을 때, 도약하여 먹잇감을 향해 달려들 때, 그 순간 호랑이의 심장을 향해 총을 쏘든, 창을 찌르든, 검을 꽂든 해야 한다. 그러나 내 손엔 겨우 표창만 들렸다. 이것으로 호랑이를 뉠 수 있을까. 표창을 고쳐 쥐었다. 즐겨 쓰던 방법을 버리기로 한 것이다. 늑대에겐 통했지만 호랑이에게도 통할까.

그르릉!

호랑이가 어깨를 흔들었다. 나와의 거리를 재고 있는 것이다. 단번에 도약하여 목뼈를 부러뜨리는 것이 호랑이의 특기였다. 머리를 어깨 사이로 낮추었다가 치켜들었다. 뒷발을 차며 나를 향해 날아올랐다. 그 순간 놈의 심장이 보였다. 나는 표창을 뿌리는 대신 호랑이를 향해 달려 나갔다. 그리고 표창 두 개를 호랑이의 심장에 꽂는 것과 동시에 두 발로 호랑이의 허리를 포옹하듯 감쌌다. 허공으로 올라갔다가 내려서는 호랑이의 힘과 호랑이를 향해 뛰어오르는 내 힘이 부딪친 셈이었다. 표창을 꽂은 후 손을 떼는 것이 아니라, 호랑이의 가슴에 파리처럼 들러붙은 채, 표창을 더 깊숙이 박기 위해, 손목을 최대한 비틀며 힘을 실었다.

"커어억!"

갑작스런 반격을 당한 호랑이는 앞발로 땅을 제대로 딛지도 못한 채 나뒹굴었다. 나는 더욱 두 다리를 조이며 호랑이와 한 몸처럼 굴렀다. 그리고 호랑이는 일어서지 못했다. 절명한 것이다. 나는 내 배와 엉덩이를 누르고 있던 호랑이를 겨우 밀어내고 일어섰다. 피 냄새가 났다. 호랑이에게서 나는 냄새라고 여겼다. 그런데 아니었다. 등 뒤에서 바람을 타고 더 강한 피비린내를 맡는 순간, 소매에서 마지막 표창을 뽑으며 돌아섰다. 그러나 뒤통수를 후려갈긴 몽둥이가 더 빨랐다.

얼마나 쓰러져 있었을까.

누군가의 손바닥이 내 뒤통수를 덮었다. 온기와 함께 정신이 돌아왔다. 황급히 양팔을 머리 뒤로 돌려 그 손목을 비틀었다. 사내가 왼 무릎을 꿇었다. 나는 뒷목의 급소를 주먹으로 때리려 했다. 귀밑까지 번진 턱수염이 눈에 익었다.

"혀, 형님!"

오만상을 지으며 돌아보는 사내는 분명 백동수였다. 나는 황급히 손을 놓으며 물었다.

"여긴 웬일이십니까?"

손목을 빙빙 돌리며 백동수가 되물었다.

"자네는 왜 여기 쓰러져 있어? 내가 발견하지 않았으면, 얼어 죽었을 걸세. 피가 아직 완전히 굳지 않은 걸 보니, 얼마 되지 않았군. 저 산군은 자네가 죽였는가? 정말 표창만으로 싸워 이긴 거야?"

백동수가 가리키는 곳으로 고개를 돌렸다. 수북하게 쌓인 눈이 죽은 호랑이를 무덤처럼 덮었다. 뒤통수가 지끈지끈 아팠다. 백동수가 이곳에 나타난 까닭과 내가 쓰러진 순간을 되짚으려 하니, 두통이 더 심해졌다.

"수, 수문도 여기로 왔습니까?"

"경문도 무악재 넘어 홍제원 지나서 온 게로군. 한데 누가 자넬 공격했어? 표창은 어찌하고 당한 게야?"

의금부 도사이자 마상무예에 능하고 표창의 달인인 나, 이명방으로선 수치가 아닐 수 없었다.

"이리이리 돌아앉게. 머리부터 묶어야겠어."

백동수가 제 소매를 북북 찢었다. 북풍이 맨 살갗을 때리며 겨드랑이로 파고들었다.

"괜찮습니다."

"괜찮긴…… 생각보다 많이 찢어졌네. 이대로 뒀다가 덧나면 큰 낭패를 보게 돼. 돌아앉게."

백동수가 천을 쥐곤 힘껏 내 머리를 둘러 묶었다. 꽉 조이자 두통도 조금 줄었다.

"수문은 그럼 어디로……?"

"여긴 나무도 얼마 없고 바위도 적어서 인왕산 끝자락이라는 게 믿기지 않을 정도군. 도성 안을 세 바퀴나 돌더니 결국 신문을 나와 이리로 들어서더라고. 적당한 거리를 유지하고 계속 쫓는데, 눈에 덮여 불룩 솟아 있는 게 보였지. 처음엔 무덤인가 싶어서 다가갔더니 죽은 호랑이였어. 그리고 아기 무덤 비슷한 것도 솟았더군. 자네였네. 무슨 일이 있었던 건가?"

자초지종은 나중에 탁주 한 사발 마시며 밝힐 수도 있었다. 지금은 미행을 계속하는 것이 훨씬 중요했다.

"수문을 놓친 거로군요. 허면 급히 추격을……."

백동수는 노련하게 내 초조한 마음을 어루만졌다.

"침착하게. 계속 내리는 눈이 발자국을 덮어 버렸다네. 지금으로선 서두른다고 될 일이 아니야. 경문이 자넬 급습해서 이렇게 만든 겐가?"

"갑자기 사라졌는데…… 비명만 들리고…… 다치기라도 했을까 싶어 서둘러 오다가……."

"수문이야 키도 작고 어깨도 좁아 어딜 봐도 몸을 쓸 사람으론 보이지 않지. 하지만 경문은 미남자인 데다가 키도 크고 걸음걸이도 경쾌하니 무예를 연마했대도 이상하게 들리지 않을 정도야. 하지만 솔직히 놀랍군. 아무리 그래도 자네를 한 방에 쓰러트릴 줄이야……. 혹시 다른 자들은 없었는가?"

"이 깊은 숲에 누가 더 있단 말입니까? 없었습니다. 늑대 울음만 계속 들려오고……. 그러다가 호랑이가 나타나서 표창 두 개를 써 버렸……."

백동수가 말허리를 잘랐다.

"늑대들이 계속 운다는 것도 이상하군. 종종 긴 울음을 토하는 건 맞네만, 시도 때도 없이 울진 않아. 계속 울 땐 뭔가 이유가 있는 게지. 발소리까지 죽여 가며 먹잇감을 쫓기도 하지만, 때론 길목을 막고 먹잇감을 위협하여 몰기 위해 일부러 울기도 해. 늑대들이 자넬 노리고 움직인 것 같지는 않으니, 다른 먹잇감을 사냥하고 있었는지도 몰라. 그 먹잇감이 사람인지 멧돼지나 노루인지는 명확하지 않네만……."

"늑대들이 호랑이에게 쫓겼던 건 아닐까요?"

"좀처럼 맞붙진 않아. 호랑이가 산군이긴 해도, 늑대들과 싸워 봤자 득이 없는 걸 아니까. 괜히 쫓아갔다가 다치기라도 하면, 늑대들이 돌변하여 떼로 덤빌 수도 있거든. 그래도 이만하기 다행이야."

거기서 우리는 대화를 마치고 내달리기 시작했다. 백동수와 헤어져 경문을 홀로 찾을까도 잠시 생각했지만, 발자국을 비롯한 흔적이 전혀 남아 있지 않았다. 수문은 일관되게 동북향을 고집했지만 경문은 동서남북을 뒤섞어 움직였다. 김진이 나와 백동수에겐 일러주지 않은, 그만이 짐작하던 대목이 이제부터 시작된 것은 아닌가 생각했다. 수문과 경문이 임두의 집에 머무르지 않을 뿐만 아니라, 결국 같은 곳을 향하리라는 것. 같은 길 위에 서리라는 것. 그 길의 시작점이 바로 여기였다. 물론 내가 알지 못하는 것은 그보다 열 배 백 배 더 많았다. 두 제자의 목적지도 몰랐고, 또한 김진이 그들의 움직임을 어떻게 예상할 수 있는지도 몰랐다. 규장각에서 두 제자와 시간을 보내지도 않았던 백동수는 나보다 더 답답한지 눈 쌓인 숲길을 달리는 와중에도 짧게 물었다.

"화광이 귀띔한 건 더 없어?"

"없습니다."

"우연일까?"

보름 동안 『산해인연록』을 이어 쓴 수문과 경문이 단 하루 출궁을 허락받았을 때, 각자 다른 곳으로 향했다가 인왕산을 택해, 그것도 신문 밖 홍제원까지 가선 같은 숲으로 들어설 우연?

"필연입니다."

"수문과 경문이 미리 이곳에서 만나자고 의논했을 수도……?"

"규장각에 들어올 때까진 사이가 좋았지만, 둘 중 한 명이 임두 작가님의 뒤를 잇게 된다는 설명을 듣고 나선, 보름 동안 서로 쳐다보지도 않았고 밥을 같이 먹지도 않았고 말도 섞지 않았습니다……."

어젯밤은 사이좋게 한 방에서 함께 잠들었으니, 백동수의 추측처럼 서로 의논했을 수도 있다. 그러나 과연 지난 보름 아니 10여 년 동안의 경쟁심이 지난밤 눈 녹듯 사라졌을까.

"대체 어디로 가는 거야?"

아무것도 모른 채 계속 나아갔다. 어느새 해가 지기 시작했다. 산속이라서 그런지 어둠이 깔리는 속도가 더 빨랐다. 앞서 달리는 백동수의 뒷모습도 나타났다가 사라지고 또 나타나기를 반복했다. 두 눈보다 두 귀에 의지하여 걸음을 뗐다. 박자를 타는 발소리를 따라 나도 재게 발을 놀렸다.

"쉿!"

갑자기 백동수가 배를 깔고 엎드렸다. 나도 동시에 엎드린 뒤, 기어서 그의 곁으로 갔다. 백동수가 오른팔을 들어 서남쪽을 가리켰다. 희미한 불빛이 땅바닥을 훑듯이 번졌다. 그 순간 내 머릿속에 그림 지도 한 장이 떠올랐다. 선으로 지형만 대충 그린 지도가 아니라, 산이며 나무며 풀이며 폭포까지 정성껏 그린 지도였다. 김진이 『산해인연록』에 담긴 지하 서고로 가는 길을 표시한 것이다.

폭포가 있었던가.

폭포는 없었다.

또한 폭포에서 지하 서고에 이르기까지 두 줄로 늘어선 바위도 없었다. 나무들이 간간히 질주를 방해하긴 했지만, 김진이 그린 지도 속 풍광과 명백히 다른 것이다. 백동수도 비슷한 생각을 했던가 보다. 나를 보며 짧게 물었다.

"저긴…… 아니겠지?"

"들어가 보면 알겠죠."

차고 축축한 땅에 배를 깐 채 이 궁리 저 궁리 하느니, 들어가서 두 눈으로 확인하는 편이 나았다. 일어서려는 내 팔을 붙들곤 백동수가 물었다.

"수문이 찾아냈을까?"

어쩌면 경문도.

머리가 다시 지끈거리며 흔들렸다.

그들은 어떻게 여길 알아냈을까. 야뇌 형님과 내가 찾아 헤매도 발견하지 못했던, 김진이 그려준 지도와는 명백히 다른 길인데.

마음이 급했다. 불빛을 향해 뛰었다. 백동수도 곧 내달려 나란히 뛰었다. 얕은 둔덕을 넘자, 커다란 바위 두 개가 쌍방울처럼 막아섰다. 바위와 바위 사이엔 기어서 겨우 들어갈 정도의 틈이 있었다. 그 틈마저 두꺼운 문으로 막혔다. 그 아래에서 불빛이 새어 나오고 있었다. 이제 저 아래를 확인할 차례였다.

내가 무릎을 꿇고 앉아 문고리를 쥐고 당겨 열려는 순간 문이 먼저 열렸다. 두 사람이 비틀거리며 나무 사다리를 딛고 문에서 나왔다. 쓰개로 몸은 물론 머리까지 덮은 이는 키가 작았고, 어깨를 감싼 채 부축하며 걸음을 내딛는 사내는 호리호리한 체구에 키가 껑충 컸다. 백동수와 내가 앞을 막았는데도, 그는 놀라지 않고 소리쳤다.

"바위로 붙어!"

놀랍게도 그는 김진이었고 쓰개로 얼굴을 가린 여인은 임승혜였다. 백동수와 김진이 왼쪽 바위에 숨고 임승혜와 내가 오른쪽 바위에 등을 대려는 순간, 굉음과 함께 불기둥이 솟구쳤다. 바위까지 흔들렸다. 네 사람이 동시에 허공으로 튕겼다가 나뒹굴었다. 문을 향해 서 있었다면 모두 죽었을 것이다.

15장

창란호연록

昌蘭好緣錄. 명나라 장씨 가문 세 남매와 그들의 혼인 이야기.
한창영과 장난희의 좋은 인연이 담겨 있다.
『창란호연록』(13권), 『옥란기연』(7권)으로 이어진다.

임승혜는 혼자서도 견딜 수 있다며 우리를 별채에서 내보냈다. 해가 뜨기엔 이른 시각이었다. 김진과 백동수와 나는 수문과 경문이 기거하던 사랑채에서 잠시 몸을 녹이며 쉬기로 했다. 다행히 목숨은 건졌지만 폭발 당시의 충격으로 크고 작은 부상을 입었다. 백동수는 어깨부터 땅에 닿았다며 계속 자세를 바꿔 앉았고, 김진은 퉁퉁 부은 발목 탓에 절뚝거렸다. 나는 오른 팔뚝이 찢어져 천으로 우선 압박하여 감았다. 뒹굴면서 손에 쥐었던 표창이 팔뚝을 찌른 것이다. 다행히 피는 멎었다. 표창을 배우고 아껴 늘 지니고 다닌 후론 처음 당한 사고였다. 부끄럽고 또 부끄러웠다.

"어찌 된 일인가?"

자리에 앉기도 전에 백동수가 물었다. 산을 내려오는 동안 내가 줄곧 던지고 싶던 질문이었다.

"먼저 사과부터 하고 싶습니다. 야뇌 형님과 청전을 사지(死地)로 몰았습니다. 두 분 모두 하마터면 목숨을 잃을 뻔했어요."

"사지? 죽음의 땅이라고? 나는 수문을 청전은 경문을 뒤쫓았는데, 그들이 향할 곳을 자네는 미리 알고 있었는가? 임 낭자는 어찌하여 그곳에서 나온 겐가? 그곳을 폭발시킨 자들은 누구고?"

나는 질문을 보태지 않고 김진이 차근차근 설명하기를 기다렸다. 제법 긴 이야기가 될지도 모른다는 생각이 들었다.

"기회를 드리고 싶었습니다."

내가 첫 질문을 던졌다.

"수문과 경문에게 보름을 이미 줬고 또 한 달을 더 주기로 하지 않았는가?"

"그들만이 아닐세."

기회를 얻을 사람이 수문과 경문만이 아니다? 그럼?

"임두 작가님입니다."

임두! 그 이름을 듣는 순간 망치로 뒤통수를 얻어맞은 기분이었다. 김진의 이 음모 아닌 음모가 목표로 삼는 것이 무엇인지 분명해진 것이다.

"임 작가님의 지하 서고가 정말 있었군. 거기서 지금까지 숨어 계셨던 건가?"

"맞네. 임 작가님은 『산해인연록』을 어떻게든 자신이 끝맺고 싶어 하셨어."

백동수가 질문을 이었다.

"고래 벼루가 한강의 기도에서 발견되지 않았는가? 납치되었든, 아니면 매병이 심해서든, 자세한 내막은 알기 힘들지만, 임 작가님이 이미 강에 빠져 숨을 거두신 게 아닌가 걱정했었네. 한데 그곳에서 지내셨다고?"

김진이 답했다.

"처음엔 막연한 추측이었습니다. 물론 저는 2000권 짜리 대설이 있다고 믿진 않습니다. 다만 『산해인연록』을 쓰기 위한 자료를 따로 모아 둔 서고가 있지 않을까 궁금했죠. 이곳 필동의 서고도 알차지만, 199권까지 선생이 참고한 서책들을 모아 두기엔 턱없이 부족하니까요. 초정 형님도 임 작가님의 박람강기(博覽强記)에 혀를 내두르셨지요. 수만 권은 읽어야 구사할 수 있는 문장이라 하셨습니다."

내가 끼어들었다.

"그곳이 맞긴 맞는 겐가?"

"응."

"자네가 건넨 그림 지도와는 전혀 달랐네."

"그래서 사과하는 걸세."

"소설을 옮겨 그릴 때 착오가 있었던 겐가?"

"전에도 강조했듯이 소설에 나온 대로 그렸다네. 지하 서고로 가는 길이 대설에 자세히 적혀 있다고 했지만, 대설을 볼 수 없으니, 『산해인연록』에 요약된 대로 그렸을 뿐이야. 야뇌 형님이 이곳저곳 폭포들을 찾아다녔지만 성과가 없다는 소식이 들려올 때마다 몇 번이나 글과 그림 지도를 비교하며 확인했다네. 현은 선생이나 단원 형님이 그린다 해도 이보다 더 정밀하진 못하다네."

"하지만 달랐지."

"달랐지. 소설에 나온 그대로 똑같이 그리려고만 애썼고, 또 그걸 여러 번 확인한 게 문제였네. 차이가 훨씬 중요한데도 말이야."

나는 김진의 생각을 따라잡기 어려웠다. 글과 그림을 똑같도록 하는 게 당연하지 않는가. 차이가 나서 달라지는 게 오히려 문제일 텐데…….

"차이가 중요하다고?"

"두 가지 차이를 고려했어야 했네. 그랬더라면, 오늘이 아니라 적어도 2월 초엔 지하 서고를 찾았을 거야. 미행을 붙여 자네나 야뇌 형님을 사지로 몰지 않고도 말일세."

내가 먼저 차이를 짚어 나가기로 했다.

"무악재를 지나 홍제원까지 가서 인왕산을 서북쪽에서

올라왔다네. 우리가 찾던 지하 서고가 거기가 맞다고 하니, 당장 든 생각은 폭포가 없다는 것일세. 특히 경문 그리고 수문이 오늘 오른 그 길엔 맑은 날은 물론이고 비나 눈이 오는 날에도 물소리가 들리지 않아. 폭포 따윈 전혀 없다고."

백동수가 이어받았다.

"청전과도 의논했네만 우린 수성동 쪽을 의심했었지. 비나 눈이 오면 물소리가 시끄러워 잠을 이루지 못하는 곳이지 않은가? 폭포가 하나 둘 셋까지 만들어지기도 하고. 오죽하면 이름이 물 수(水)에 소리 성(聲)일까. 어려서부터 인왕산을 수없이 돌아다녔지만, 수문을 미행한 그 길은 물이 없는 곳이야. 바위에 새긴 미륵 부처님만 계시지."

나는 고개를 끄덕였고 김진은 말꼬리를 붙들었다.

"바위에 새긴 부처님도 계시고, 바위에 새긴 폭포도 있습니다."

"뭐라고?"

"거대한 바윕니다. 미륵불을 새겨 넣고도 그 아래가 절반 가까이 남을 정도죠. 거기에 무엇이 새겨져 있는지, 혹시 아십니까?"

백동수가 답했다.

"'바위 탑 위 바위 미륵! 바위 미륵 아래 바위 탑!' 이런 노래를 들었던 것도 같네."

그랬던가? 경문을 미행하느라, 바위에 새긴 미륵불 아래를 유심히 살피진 못했다. 절을 하는 백성들 머리 사이로 긴 사각형들이 줄지어 내려온 것 같기도 했다. 그것이 탑이었던가. 김진이 보충 설명을 했다.

"맞습니다. 바위 미륵불 아래 바위 탑을 새겼죠. 범종을 새긴 바위도 있고요. 미륵불은 두 길이나 높은 곳에 계셔서 손이 닿지 않지만, 바위 탑은 어린아이도 가서 만질 정도로 낮습니다. 그 탑을 만지면 병이 낫는다는 풍문이 돌았던가 봅니다. 팔도에서 중병에 걸린 환자들이 몰려와 공양을 드리고 탑을 만졌죠. 오늘도 꽤 있지 않던가요?"

백동수가 답했다.

"열 명쯤. 절을 마치곤 바위로 다가가 양 손바닥을 붙이곤 소원을 빌더라고. 나는 미륵불에게 기도를 드리는구나 여겼다네. 한데 탑을 만졌던 거로군."

"처음엔 사각형이 또렷했을 겁니다. 멀리서 봐도 탑이라는 걸 금방 알 수 있을 정도였죠. 한데 수많은 이들이 바위 탑을 만지다 보니 사각형의 모서리부터 점점 닳기 시작했답니다. 그다음엔 짧은 선이 그다음엔 긴 선까지 옅이지면서 경계가 모호해졌죠. 사각형이라기보다는 흔히 폭포를 그릴 때 아래로 죽죽 그어 내린 줄과 비슷해졌습니다."

"바위 폭포다 이 말인가?"

"오늘 저는 바위 미륵을 보진 못했습니다. 신문을 나와 모화관까지 올라간 것은 두 분과 같은데, 거기서 임 낭자는 곧장 숲으로 들어가더군요. 지름길이었죠. 한참을 더 올라가서 숲이 시작하는 곳에 곧장 닿았습니다. 때마침 숲속에서 까마귀가 열 마리쯤 날아오르더군요. 그 새들을 보면서 불현듯 깨달았습니다. 사시사철 변치 않고 흐르는 폭포를! 지름길이 아니라 무악재를 넘어 홍제원을 지나 사람들이 흔히 다니는 길로 접어든다면, 바위에 새긴 미륵불을 만날 수밖에 없는 겁니다. 물소리가 나는 곳에만 물소리가 있는 게 아니라 바위에도 있고 우리네 마음에 있다는 걸, 그 차이를 생각 못한 겁니다."

나 역시 바위에 새긴 폭포를 떠올린 적은 없었다. 인왕산엔 유난히 바위에 새긴 부처들이 많았다. 이 산을 답사하는 동안, 임두도 그 부처들을 자세히 살폈고, 그중에서 예전에는 탑이었으나 지금은 폭포에 가까운, 수많은 이들이 기적을 바라며 몰려드는 곳에 관심을 가졌을 것이다. 사건을 곧이곧대로 풀어 가기보다 꼬고 비틀고 흩고 다시 모으기를 즐기는 임두로선 바위 폭포가 무척 마음에 들었을 수도 있다. 김진이 거기까지 예측을 했으면 좋았겠지만, '이야기의 신'이 파 놓은 함정에 독자가 속는 건 지극히 당연한 것이다.

"또 다른 차이는 뭐지? 물이 흐르는 폭포와 바위에 새긴 폭포처럼, 장소가 달라진 건가?"

"아니야. 장소는 그대로지. 하지만 소설 속 세상과 소설 밖 세상이 달라져 버렸어. 상전벽해(桑田碧海)랄까……."

"소설 속 세상과 소설 밖 세상이 다르다?"

"임 낭자를 미행하여, 숲을 통과하고 계곡을 건너 어린 나무들이 군데군데 서 있는 비탈로 들어섰을 때, 나는 또 깨달았다네. 여기구나! 여기가 두 줄로 선 거대한 바위들 사이로 길이 난 곳이로구나. 지하 서고가 가까웠구나."

백동수가 잘라 말했다.

"나도 청전도 거기로 왔네. 하지만 두 줄로 선 바위 따윈 없었어. 헛것이라도 본 겐가?"

"저도 형님도 또 청전도 헛것을 보지 않았습니다."

"한데 차이가 나지 않는가? 자넨 줄지어 선 바위가 있는 곳을 찾았다 하고, 우린 보지 못했으니……."

나도 백동수를 거들었다.

"같은 곳에서 다른 걸 볼 수도 있어? 개소리야 그건."

김진이 백동수를 보며 설명했다.

"시간이란 괴물이 개입하면 얼마든지 달라집니다. 봄 여름 가을 겨울 나무의 꼴이 전부 다르지 않습니까?"

"이건 나무가 아니라 스무 개의 바위라네. 100명이 달려들어도 들 수 없는 바위!"

"들어 옮겼다는 게 아닙니다. 바위는 그 자리에 그대로 있습니다."

"뭐? 그게 말이 돼? 그 자리에 있는 바위를 청전과 내가 못 봤다고? 눈 뜬 장님 취급인가?"

"바위를 사라지게 만드는 게 어렵긴 해도 불가능하진 않습니다. 두 줄로 선 바위들 사이로 임 작가님이 지나간 날이 언제쯤일까요. 지하 서고가 『산해인연록』에 처음 등장하는 86권 이전이겠죠? 적어도 10년은 족히 넘었습니다. 그리고 우리는 오늘 그곳을 지나왔습니다. 그 10년 동안에 무슨 일이 일어났는지 아십니까?"

10년! 나는 비수에 옆구리를 찔리기라도 한듯 움찔 몸을 떨었다. 그렇게 인왕산 전체가 흔들린 적이 있었다.

"산사태인가?"

"그렇다네. 10년 전 여름이었지. 엄청난 폭우와 함께 산이 무너져 내렸어. 그때 쏟아진 흙들이 두 줄로 늘어선 바위를 덮친 걸세. 계곡 가까이 움푹 팬 곳에 놓인 바위들인지라, 흘러내린 흙을 막는 역할을 했지. 두 줄로 나란히 선 바위들이 위에서부터 흙을 막아 내다가 덮이면 그다음 바위로 넘어가고 또 그다음 바위가 덮이면 그 다음다음 바위로…… 이렇게 차례차례 자취를 감춰 버린 걸세. 자연이란 놀랍지. 그 위에 다시 풀이 나고 나무가 자랐어. 아뇌 형님!

내일이라도 당장 그곳에 가서 파 보도록 하세요. 허리까지만 파 들어가도, 그 아래 묻혀 있던 바위를 발견하실 수 있을 겁니다."

"그랬군. 그랬던 거야."

백동수가 탄식하는 사이, 내가 따지고 들었다.

"86권엔 예전 풍광을 담았다 해도, 199권에 그곳을 다시 쓸 땐 풍광을 바꾸었어야 하지 않나?"

"왜 바꿔야 해? 있든 없든, 있다가 사라졌든, 사라졌다가 나타났든, 소설가는 맘대로 적어도 돼. 바뀐 풍광을 옮길 이유가 없지. 더군다나 그 서고를 꼭꼭 숨겨 두고 싶었다면, 더더욱 현재 모습과 다른 옛 풍광을 건드리지 않으려 했을 거야."

충분히 그럴 수 있는 일이다. 나는 질문의 방향을 바꿨다.

"수문과 경문도 그 차이를 알아차린 셈인가?"

"맞아. 나보다 훨씬 똑똑한 사람들이지. 나는 임 낭자를 따라 숲에 닿은 후에야 바위 폭포도 또 시간이란 놈의 장난도 알아차렸는데, 두 사람은 규장각에 앉아서, 스승의 소설을 꼼꼼하게 다시 읽는 것만으로도 두 가지 차이를 깨닫고 지하 서고의 위치를 짐작했어. 궁궐에 갇힌 채 소설을 쓰게 하지 않았다면, 당장 지하 서고로 달려갔을 걸세."

"왜 처음부터 야뇌 형님이나 내게 알려 주지 않았는가?

미리 알았다면……?"

"미행을 더 잘했을 거라고? 야뇌 형님과 자넨 최선을 다 했어. 자책하진 말게. 그리고 이건 어디까지나 내 짐작일 뿐이었으니까. 그들이 지하 서고의 위치를 파악했는지 따져 묻지도 못하는 상황이었어. 나는 두 가지 차이를 몰랐기 때문에, 수문과 경문에게 기대를 걸 수밖에 없었네. 그들이 지하 서고의 위치를 알아냈다면, 여유가 단 하루뿐이라면 당연히 그곳으로 달려가리라 여겼던 걸세. 그들도 모른다면 그걸로 지하 서고를 찾는 일은 영영 불가능해졌겠지."

백동수가 끼어들었다.

"그런데 화광 자넨 수문도 경문도 아닌 임 낭자 뒤를 밟았군."

"맞습니다. 솔직히 낭자를 따르는 게 지하 서고를 발견할 가능성이 가장 크다고 생각했습니다."

"그 이유가 뭔가?"

"고래 벼루 때문입니다. 앞에서 말씀드렸듯이, 임 작가님은 매병을 앓고 계시기 때문에, 기도로 건너가서 벼루를 두고 나오실 수 없습니다. 그렇다면 누가 대신 그곳에 다녀갔다는 뜻이죠. 벼루를 임 작가님으로부터 받은 이는 임 낭자일 수밖에 없습니다. 다시 말해, 임 낭자는 실종된 임 작가님의 은신처를 알고 또 왕래를 해 왔단 뜻입니다."

"자네가 그렇게 추측했다면, 수문이나 경문을 따를 것이 아니라 임 낭자를 잡아들여 문초하면 간단히 끝날 일 아닌가?"

"그게, 더 복잡할 수도 있습니다. 임 낭자는 신중한 사람이니까요. 은밀히 미행도 붙여 봤지만 그녀는 전혀 움직이지 않았습니다. 미행이 붙으리라 예상하고 철저히 대비하는 게지요. 이런 상황에서 붙들어 문초한다면, 임 낭자는 단 한 글자도 쓰지 않고 버틸 겁니다. 모진 고문도 그녀의 입을 열긴 힘들어요. 임 낭자가 약속한 날에 오지 않으면 임 작가님은 은신처를 옮길 겁니다. 그리 되면 정말 난처하지요."

나는 말꼬리를 붙들었다.

"한데 그토록 조심하고 또 조심하는 임 낭자가 오늘은 지하 서고로 자진해서 갔군."

"경문의 역할이 있었네."

"경문이라고?"

"내가 처음부터 낭자를 미행한 건 아니야. 돈화문에선 경문을 미행하는 자넬 뒤쫓았지."

"그랬나? 전혀 몰랐으이. 한데 왜?"

"수문과 경문 중 한 사람 정도는 선생 댁에 들르지 않을까 싶었어. 자신감에 넘친 수문은 낭자를 만나지 않고 지하 서고를 찾는 쪽을 택했고, 경문은 우선 낭자를 만나 설득하려 했던 듯싶어. 경문으로서도 짐작은 가지만 명확하진 않으니까, 좋은 말로 낭자를 다독여 만약 그녀가 은신처로 가는 길을 알려 준다면, 수문보다 훨씬 빨리 지하 서고에 도착할 테니까 말일세. 한데 낭자가, 수문이든 경문이든, 선생의 은신처를 알려 줄 리 없지. 두 제자로부터 거리를 두기 위해 댁을 떠난 것도 큰 이유 중 하나이니까. 결국 경문은 헛걸음만 하고 서둘러 인왕산을 향해 갔던 거라네. 한데 낭자 입장에선 경문의 출현에 당황했을 거야. 스승이 계신 곳을 솔직히 알려 달라는 말을 들었을 땐, 은신처가 위험하다고 직감했을 테고. 그래서 그녀도 경문을 보낸 뒤 지체하지 않고 지하 서고를 향해 떠났던 걸세. 수문과 경문은 야뇌 형님과 청전 자네가 미행하는 바람에 멀리 돌고 돌아야 했지만, 낭자는 지름길로 곧장 갔어. 그래서 야뇌 형님이나 청전보다 내가 먼저 지하 서고에 도착할 수 있었던 걸세."

"수문과 경문은? 서고 안에 있던가? 우리도 자네 지시대로 각각 그 두 사람을 쫓던 길이었네. 중간에 내가 호랑이와 싸웠고 둔기에 뒤통수를 맞아 잠시 기절하는 바람에 시간을 허비하긴 했네. 그 일들만 없었다면 수문과 경문을 놓치지 않았을 텐데, 안타까워. 수문과 경문이 우리처럼 불빛에 이끌려 서고를 발견했다면 들어가 보고도 남을 시간이긴 해."

김진이 머뭇거리며 즉답을 못했다. 백동수가 다그쳤다.

"왜 그러나? 뭘 봤기에?"

"……낭자가 들어간 후 주변을 경계하며 살피고선 따라 들어가긴 했습니다. 바위와 바위 사이로 싸늘한 기운이 몰려든 데다 사다리가 좁고 미끄러웠어요. 이윽고 냉기가 끝나고 복도를 지나 방으로 접어들었단 느낌이 드는 순간, 정신을 잃고 쓰러졌습니다."

내가 물었다.

"정신을 잃어? 이유가 뭔가?"

"정확하진 않네만, 쓰러지기 직전 낯선 향을 맡았네."

"향? 어떤 향?"

"지금까지 맡지 못한 거였어. 우리나라는 물론 대국이나 일본에서도 쓰지 않는 향이었네. 정신을 겨우 차려 보니 내 옆에 임 낭자가 쓰러져 있더군. 다리 쪽에서 뜨거운 기운이 밀려 올라왔네. 턱을 들고 살피니 불꽃이 천장을 타고 번졌어. 불붙은 나무들이 우박처럼 떨어졌다네. 낭자를 흔들어 깨운 후 쓰개로 씌워 부축해서 나왔던 걸세."

"'바위로 붙어!'라고 외쳤지?"

"폭발의 기운을 느꼈다네. 그 이상한 향내 위로 유황 냄새가 코를 찔렀다네. 누군가 지하 서고를 흔적도 없이 날려 버리려 한다면, 불을 지르는 것만으론 부족하지. 바위가 폭발을 견디기를 바라는 게 최선이었네."

"다른 사람은 없었나?"

"모르겠네. 기절했다가 깨어나 급히 나온 것이 전부이니……."

"임 낭자는 자네보다 먼저 들어갔다고 하니, 뭔가 더 봤겠지? 자네 추측이 옳다면, 그곳은 임 작가님의 비밀 서고이고, 그 서고를 임 낭자가 은밀히 왕래한 것이 되네. 그렇다면 임 작가님은 어찌 되었는가? 화염과 함께 화약이 터질 때 지하 서고에 계셨다면, 끔찍한 최후를 맞으신 게 되지 않는가?"

김진은 섣부른 추측에 답하지 않고, 이야기를 끊었다.

"자네가 직접 임 낭자에게 확인해 주게. 나는 이만 일어서겠네. 아무래도 내일 진시에 돈화문에서 수문과 경문을 기다리려면 미리 궁궐로 들어가 눈을 붙이는 편이 낫겠어. 형님은 어쩌시렵니까?"

"난 인달방 공나명 집에 가서 쉬어야겠네. 여기선 잠이 올 것 같지도 않고."

일어서려는 두 사람의 손을 붙잡아 당겼다.

"나만 두고 가는 법이 어디 있습니까?"

김진이 가만히 뿌리치며 답했다.

“임 낭자 청이기도 하다네. 잠시 쉬었다가 이 도사님을 뵙고 싶다 하였으이.”

두 사람이 떠난 후, 나는 곧바로 별채로 건너갈까 고민했다. 그러나 겨우 목숨을 구한 후 춥고 험한 산길을 오르내린 그녀가 조금이라도 더 쉬기를 바랐다. 벽에 등을 기대곤 다리를 뻗었다. 다친 팔뚝이 욱신거렸다.

경문은 어찌 되었을까. 나를 따돌리고 정녕 지하 서고로 내려갔을까. 갔다면 그곳에서 임 작가님을 만났을까. 만난 후엔 어찌 했을까. 불은 왜 난 것이며 화약은 어떤 연유로 폭발한 것일까. 지하 서고가 불타오를 때 경문은 어디에 있었을까. 거기에 있었다면 무사히 빠져나왔을까. 아니면…… 아니라면?

질문이 꼬리에 꼬리를 물고 이어졌다. 수문도 떠올리긴 했지만 경문이 서너 배는 더 많이 생각났다. 보름이나 경문과 좁은 방에서 숙식을 함께한 탓일까. 그와 함께 하지 않는 이 밤이 허전하고 낯설었다. 뒤통수가 바늘로 찌르듯 아파 왔다. 하루 종일 계속되는 두통을 선사한 이가 정녕 경문 너라면?

마음을 다독이기 위해, ‘술작’을 꺼냈다. 책갈피가 놓인 곳을 확인하니 '구월 십오일'이었다.

구월 십오일

한 편이면 된다, 이걸로 충분하다고 말해 왔다. 그러나 이마저 완성시키지 못한다면, 내 인생은 어찌 되는가.

구월 이십삼일

일 권부터 다시 읽다가 사 권에서 멈췄다. 꼼꼼하게 읽는다고 마무리 지을 방법이 떠오르진 않을 것이다. 생각이 하나로 모이지 않고 오히려 수십 수백 수천으로 늘어난다. 이야기 수천 개를 늘어놓은 채, 이게 마무리라고 우긴다면? 마무리란 항상 이야기'들'이어야 하는데, 단 하나라고 독자들을 속여 온 거라면? 그러나 이야기'들'로 끝낸다는 건 『산해인연록』이 더 이상 소설이 아니란 뜻이다. 평생 소설을 써 왔는데, 마지막 작품은 소설이 아니길 바라는가. 소설이 아니어도 상관없는가. 마무리 지을 방법을 잃었고 잊었지만, 소설이 아니길 바란 적은 없다. 그러므로 『산해인연록』의 마무리는 하나다. 하나여야 한다. 그 하나는 내가 쓴 걸 내가 읽으며 정리한다고 떠오르지 않는다. 알면서도 엉뚱한 짓을 하는 중이다. 내 소설을 위해 아무것도 할 수 없다는 걸 인정하기 싫고 두려워서? 텅 빈 기억이 더러

워서? 그래도 헛된 희망을 이따위 다시 읽기에 둘 순 없다. 정직하자!

시월 일일

새가 울었다. 각기 다른 소리가 다섯 개쯤. 설암당에서 새소리를 들은 적이 없다. 환청인가. 창을 열어도 새는 보이지 않았다.

시월 삼일

스물네 살 때 쓰려고 했던 소설 제목이 떠올랐다. 수중에 잠겼다가 수면으로 올라온 돌멩이처럼. 근사한 제목인데, 왜 쓰지 않았을까. 이제 영영 이 제목을 내가 쓰진 않을 테니, 수문에게 줄까 경문에게 줄까. 그들이 기꺼워할까.

시월 칠일

승혜에게 털어놓을 뻔했지만 참았다. 무너지면 건잡기 힘들다. 버텨야 한다.

눈을 떴다.

임승혜의 크고 맑은 눈이 보름달처럼 나를 내려다보고 있었다. 황급히 일어나 앉았다. 창을 보니 어둠이 여전했다.

그녀가 휴대용 먹물에 붓을 찍어 종이에 썼다.

—미안해요. 깨웠네요.

나는 붓을 넘겨받으려 했지만, 그녀는 붓과 먹물통을 건네는 대신 얼굴을 쳐다봤다. 천천히 또박또박 말했다.

"아 니 오. 내 가 건 너 가 려 했 는 데 깜 빡……."

말이 끝나기도 전에 그녀가 붓을 놀렸다.

—미안해요. 하지만 어쩔 수 없었어요.

"임 작 가 님 은 살 아 계 시 오?"

그녀의 미간이 좁아졌다. 급한 마음에 확인하고 싶은 것부터 먼저 물은 것이다. 그녀가 적었다.

—어제까지는요.

"오 늘 은? 만 나 지 않 으 셨 소, 지 하 서 고 에 서?"

—하하재입니다.

"하하재?"

—강 하(河) 아래 하(下) 집 재(齋)! 하하재로 들어간 뒤, 이상한 냄새를 맡고 곧장 정신을 잃었어요. 화광 님이 깨우지 않았다면 거기서 죽었을 거고요.

결국 그녀도 서고에서 아무것도 보지 못한 셈이다. 그녀가 이어서 썼다.

—할머닌 소설을 다 마칠 때까지 하하정에서 나오지 않겠다고 하셨어요. 누군가 일부러 그 향을 서고에 넣은 거라

면, 할머니께서도 저처럼 정신을 잃으셨을 거예요. 그랬다면…….

“속 단 하 지 마 시 오. 날 이 밝 는 대 로 조 사 할 것 이 오.”

—고마와요. 말씀 미리 못 드려 미안해요. 할머니가 누구에게도 이야기하지 말라 하셨어요.

“수 문 과 경 문 에 게 도?”

고개를 끄덕였다.

“기 도 에 고 래 벼 루 를 가 져 다 놓 은 건?”

—할머니 부탁이셨어요.

“사 람 을 샀 소?”

—개용단까진 아니고 변복(變服)했다 치죠.

인왕산에서 얼핏 나타났다 사라진 이가 당신이냐고 다시 묻고도 싶었다. 구미호가 아니라 임승혜 당신이었냐고. 그러나 그 질문에 그녀가 정직하게 답한다는 확신도 없었고, 그 답을 내가 믿지 못할까 두렵기도 했다.

“왜 나 를 남 으 라 했 소?”

—저와 대화를 원하는 눈빛이셨잖아요?

“아 니 오.”

—아닌가요? 제가 착각한 거라고요? 그럼 이만 나가겠습니다.

나가려고 일어서는 그녀의 앞을 먼저 일어나서 막았다.

"몇 가 지 궁 금 한 게 있 긴 하 오."

그녀가 다시 앉아 수첩에 썼다.

—그럴 줄 알았어요.

나는 마음이 급했으므로, 천천히 묻는 대신 그녀의 붓을 빼앗듯이 들곤 재빨리 썼다.

—왜 내게 거짓말했소?

—거짓말한 적 없어요.

—수문의 청혼은 거절했지만 경문의 청혼은 받아들인 것 아니오?

그녀의 두 눈에 미소가 스쳤다.

—왜 그리 생각하시죠?

—『산해인연록』을 이어서 쓸 기회를 경문에게도 주려고 화광에게 서찰을 보내지 않았소? 방각 소설 두 권을 썼다는 비밀까지 밝히면서. 경문의 비밀을 당신이 어떻게 아는 게요? 또 그 비밀을 화광에게 알려도 좋다고 경문의 동의를 구한 것 아니오? 당신은 수문은 물론이고 경문을 비난했었소. 그들이 욕심쟁이라고.

—소설에 관해선 그들이 욕심쟁이인 게 맞죠. 확실히 해 둘게요. 저는 경문의 청혼을 거절했어요.

—그렇다면 왜 그런 호의를 베푼 게요? 두 사람에게 더

이상 '오빠'라고 부르지도 않는다면서?

— 거짓말하진 않았지만, 친절하게 설명하지 않은 부분이 있는 것 같군요. 청혼을 받은 후로 더 이상 예전처럼 오누이로 지내긴 어려워졌어요. 하지만 경문과는 친구가 되었답니다.

— 친구?

— 네. 친구!

나는 거기서 붓을 받아 쥐곤 잠시 그녀의 얼굴을 쳐다보았다. 예의에 어긋나는 일이긴 했다. 기녀들과 더러 사랑이니 우정이니 운운하는 경우가 있지만, 아무리 할머니 문하에 든 제자들이라고 해도, 남녀가 친구로 우정을 나누는 것은 상상하기 어려웠다.

— 수문과는?

— 아무런 사이도 아니죠.

— 수문과는 아닌데 경문과는 친구인 이유가 무엇이오?

— 『창란호연록』 혹시 읽었나요?

— 왜 여기서 그 소설을 꺼내는 게요?

— 읽었어요?

— 읽었소. 『옥란기연』까지.

『옥란기연』에도 구미호가 나온다는 사실이 얼핏 스쳤다. 임승혜가 붓을 든 채 내 얼굴을 잠시 쳐다보았다. 그리고 아주 길게 그 이유를 써 나갔다.

—『창란호연록』은 장씨 가문, 한씨 가문, 이씨 가문 이렇게 세 가문의 이야기죠. 그중에서도 한제의 아들 한창영과 장두의 딸 장난희, 이 부부가 특히 흥미롭습니다. 소설 제목도 한'창'영과 장'난'희의 좋은 인연에 대한 기록, 이렇게 풀 수 있지 않을까요? 할머니는 한씨 가문의 가장인 한제에 관해 어찌 생각하느냐고 수문과 경문에게 물으셨어요. 한제는 신의를 저버린 인물이죠. 그는 장씨 가문의 가장인 장두가 정치적 곤경에 처하자 배신합니다. 장난희를 며느리로 인정하지 않고 내쫓으려 들지요. 이로 인해 친구들뿐만 아니라, 자식 세대로부터도 비난을 사죠. 모두들 끔찍하게 한제를 싫어하고 증오합니다. 수문은 자업자득이라 했어요. 제 잇속을 챙기느라 악행을 저질렀으니 혐오의 대상이 되는 게 당연하다고요. 한데 경문은 다른 의견을 내더군요.

—다른 의견이 있을 수 있습니까?

나 역시 한제를 비난하며 『창란호연록』을 완독했다. 한제를 거듭 욕하기 위해 『창란호연록』을 읽는다는 독자가 쥐 영감 세책방엔 차고도 넘쳤다. 그만큼 한제는 신의를 저버린 인물로 악명이 높았던 것이다.

—경문이 설명했습니다. 한제가 속이 좁고 악행을 저지른 것은 부인하기 힘든 사실이라고요. 하지만 한제를 비난

하기 전에 잠시라도 그가 왜 그런 길을 걷게 되었는지 살펴보자 하였어요. 가세가 기운 탓에 어려서부터 힘들게 자랐죠. 겨우 집안을 일으켜 이제 겨우 살 만할 즈음, 친구를 돕느라 다시 가문이 곤경에 처할까 두려웠던 거라고 했어요. 그렇더라도 신의를 지키는 게 옳지만, 한제도 나름대로 고민을 했단 거죠. 소설 속에서 한제에게 당한 인물들이 그를 비난하는 건 이해하지만, 거기에 독자인 자신의 저주까지 얹긴 싫다고 했답니다. 『청백산』이나 『김풍운전』이 다시 읽혔어요. 거기서도 악인이 등장하지만, 한 목소리로 그 인물을 혐오한다거나 그 인물을 괴롭히고 죽이는 걸 당연하게 여기진 않아요. 악행에도 이유를 만들어 놨죠. 그래서 그날 이후 비록 청혼은 거절했지만 우정은 나누기로 했어요. 경문도 동의했고요.

—비밀 서고인 하하재로 가는 길을, 친구라서 가르쳐준 건가요?

이렇게 적고 곧 후회했다. 그렇지만 확인할 건 확인해 둬야 했다. 내 질문을 읽는 그녀의 눈이 초승달처럼 작아졌다. 그리고 적었다.

—와서 묻긴 하더군요. 보름 동안, 규장각에서 『산해인연록』을 다시 읽고 200권 이후를 쓰면서, 하하재 가는 길을 추측했나 봐요. 내게 자신이 그린 지도를 보여 주며 이 길

이 맞느냐고 물었답니다. 저는 대답하지 않았어요. 길이 맞는지도 답하지 않았고, 지하 서고가 있다는 사실 자체도 답하지 않았어요. 친구와의 우정도 중요하지만, 그보다 더 중요한 게 있으니까요. 임두, 내 할머닌 이 세상에서 제게 가장 소중한 분이세요. 그분 말씀을 어겨 가며 경문의 질문에 답할 만큼 제가 철부지로 보이나요?

철부지.

세 글자가 가슴을 찔렀다. 나는 경문에 대한 질문을 멈추고, 말머리를 돌렸다.

—하하재에서 임 작가님은 어떠셨습니까?

—도착한 날부터 소설에 매달리셨어요. 잠깐 선잠을 잘 때를 제외하곤 계속 쓰셨죠. 설암당에서 줄곧 할머니를 도우면서, 얼마나 긴 시간 집중해서 작업하는지 봐 왔지요. 하루에 절반을 꼬박 쓰기만 하셨으니까요. 하하재에선 더욱더 집중하셨어요. 제가 오늘은 그만 쉬시라고 말릴 정도였답니다.

나는 묻지 않을 수 없었다.

—하하재에서 '휴탑'을 찾았기 때문인가요?

—찾으셨죠. 그렇다고 온종일 글만 쓰는 게 '휴탑' 덕분인 건 아니죠. '휴탑' 외에도 할머니가 찾은 게 더 있답니다. 잃은 게 더 있는 셈이기도 하고요.

잃은 건 기억일 것이다. 찾은 건 무엇일까?

내가 쓰지 않고 고개만 갸웃거리자, 임승혜가 내 손에서 붓을 빼앗아 다시 썼다.

—이틀을 꼬박 글만 쓰셔서, 제가 종이에 적었어요. '할머니!' 이렇게요. 그런데 고개를 돌려 뚫어지게 저를 보시다가 물으시는 거예요. '왜 스물네 살 밖에 안 된 나를 할머니라고 부르는 건가요? 그러는 당신은 누구요?'

—당신을 못 알아봤군요. 자신을 스물네 살로 생각한 거고. 스물네 살인 줄 알고 그때처럼 글을 썼다 이 말입니까?

—할머니가 종종 그러셨어요. 스물네 살 때가 참 좋았노라고. 열아홉에 다섯 살 위인 할아버지랑 결혼한 할머니는 경기도 수원에 살았대요. 집성촌이라, 마을 전체가 일가친척이었다는데, 그중에서도 할아버지 댁이 가장 부자였다고 해요. 할머니가 스물세 살 되던 해에 할아버지는 과거에 급제하여 한성부 주부(主簿)가 되었답니다. 그때부터 할아버지는 한양에 거처를 마련하여 지내셨고, 할머니는 수원에서 계속 머무셨다고 해요.

—남편과도 떨어져 지내고, 층층시하 시집살이가 심했을 듯도 한데, 어찌 그때가 가장 좋은 시절이라고 하는 겁니까?

임승혜는 답을 쓰지 않고 내 얼굴을 가만히 들여다보았

다. 김진이 꽃을 살필 때처럼, 온통 앞에 놓인 대상에 집중하는 눈빛이었다. 그 대상이 바로 나라는 것이 행복하고도 불편했다. 시선을 피할까 아니면 뭐라도 적을까. 생각이 많았지만 나는 꼼짝도 못한 채, 거미줄에 걸린 나방처럼 가만히 있었다. 작은 소리만 나도 쨍하고 이 순간에 금이 갈 것만 같았다. 이윽고 임승혜가 품에서 서찰 하나를 꺼냈다. 겉봉에 적힌 세 글자가 눈에 띄었다.

'스물넷.'

그리고 그것은, 부드러우면서도 'ㅁ'과 'ㄹ'이 큼직큼직한 임두의 필체였다.

"무 엇 이 오, 이 게?"

그녀가 서찰을 내 손에 쥐어 주곤, 붓으로 썼다.

—하하재와 필동을 오가느라, 제가 먼저 지쳐 잠든 날이 많았어요. 그런 날 중 하루에 할머니는 소설 대신 이 글을 쓰셨나 봐요. 스물네 살이 된 손녀에게 스물네 살 시절 당신을 알려 주려고. 나만 보라 하셨지만, 당신께 보여 드릴게요.

스물넷엔 스물넷을 기억하지 않았다. 언제나 스물넷처럼 지내리라 믿었던 탓이다. 지금이 오히려 스물넷, 그 시절의 내가 더 잘 떠오른다. 어제는 그냥 내가 스물넷인 줄 알았다. 스물넷의 기억이 흐릿해지다가 사라지면, 나는 죽어야 한다. 꼭 죽을 것이다.

바빴다. 맏며느리로서 할 일은 다했다. 누구는 그 일만 하고도 코피를 쏟고 병이 들어 누웠다. 베개가 젖을 만큼 운다고도 했다. 나도 그럴까 걱정하며, 남편이 홀로 한양으로 올라간 지도 일 년이 지났다. 편히 잘 지낸다고 편지를 네 통이나 띄웠지만, 그는 여전히 믿지 못하는 듯, 힘들면 언제든 상경해도 좋다고 적었다. 한양 구경도 언젠간 꼭 해 보겠지만, 스물넷, 올해는 아니다. 바쁜 시간을 아껴 할 일이 있다. 내게 기쁨을 주는 이것은 바로 소설.

정월 초이틀부터 별채엔 여자들이 일곱이나 모였다. 재작년 평안도 안주로 시집갔다가 처음 친정 나들이를 온 시누이는 나보다 두 살이 적으니 스물둘. 한 달 말미를 얻어 왔으니, 이제 떠날 날이 보름밖에 남지 않았다. 시아버님과 시어머님은 새벽부터 소설들과 백지 다발을 문지방 앞에 쌓아 두고 들어가셨다. 『소현성록』과 『소씨삼대록』 그리고 『현씨양웅쌍린기』이다. 아버님은 이것을 시누이에게 선물로 주려는 것이니, 아버님까지 포함하여 여덟 사람이 이 소설을 보름 동안 옮겨 적어야 한다고 하셨다. 시누이는 빠지라고 했건만, 백씨 가문 여인들 속에 자신의 필체도 나란히 두고 싶다 졸라 한 자리를 주기로 했다.

세 작품을 모두 읽은 이는 나와 아버님과 어머님뿐이다. 나머지 다섯 사람은 두 작품이나 한 작품을 읽었다. 한 작품도 읽지 않은 이는 다행히 없다. 읽지 않은 작품일수록 권지일부터 필사하도록 배려했다. 중간이나 말미를 맡으면, 인명이나 지명이 틀려 버리기 때문이다. 나는 다른 이들이 전부 고를 때까지 기다렸다가, 나머지를 전부 맡았다.

보름 만에 필사를 마친 후 아버님이 대표로 후기를 적으셨다. 고향이 그립고 친정이 보고프면, 이 소설을 읽으렴!

다음 날 어머님이 조용히 나를 부르셨다. 『소현성록』에서 늘인 장면과 『현씨양웅쌍린기』에서 줄인 장면을 정확히 짚으셨다. 나는 흥에 겨워 넣고 뺐는데, 앞으론 더도 덜도 않고 똑같이 필사하겠다고 맹세했다. 어머님은 웃으시며, 내가 넣고 빼는 바람에 소설이 훨씬 나아졌다고 칭찬하셨다. 그리고 원한다면, 당신이 쓰고 계신 소설을 함께 지어도 좋다고 하셨다. 혼인한 지 이제 겨우 오 년이고, 집안 대소사 챙길 일이 많다며 주저했더니, 어머님은 당신도 시어머님 그러니까 시할머님께서 결혼하고 오 년이 지났을 때 소설을 짓지 않겠느냐고 권하셨다는 말씀도 하셨다.

할머님이 지은 『남씨삼대록』 다섯 권을 필사하며, 어머님과 함께 그 후속 연작인 『남진고유』를 썼다. 가끔 작은 시누이까지 합세하여, 셋이서 필사와 창작을 번갈아 하기도 했다. 스물넷 정월 내가 참여했을 때 『남진고유』는 일곱 권을 넘어가고 있었는데, 섣달에 마쳤을 땐 열세 권을 더하여 스무 권이 되었다.

아버님도 소설을 즐기셨지만, 별채는 온전히 여자들만의 방이었다. 집안일을 마치고 나면, 어머님은 늦은 밤에라도 꼭 나를 별채로 부르셨고, 작은 시누이도 따라 들어오는 경우가 많았다. 어떤 날은 사촌 육촌 팔촌 여인들까지 다 같이 모여 소설을 돌려 가며 읽기도 하고 옮겨 적기도 했다.

별채에서 계속 소설만 읽고 쓴 것은 아니다. 여인네 중 하나가 괴로운 마음을 털어놓으면, 돌아가며 울기도 하고 화도 내고 웃기도 했다. 어머님은 주로 끝까지 듣곤 몇 마디 조언을 하셨다. 그중 어느 이야기가 마음에 들면, 어머님은 그 이야기를 꺼낸 이에게 비단이든 보석이든 값을 치른 후, 나를 부르셨다. 우리는 적어도 열흘은 그 이야기를 『남진고유』의 네 가문 즉 남씨, 진씨, 고씨, 유씨 중 어느 가문의 이야기로 넣을 것인지, 또 어디를 얼마나 바꿀 것인지를 의논했다. 온종일 붓 한번 들지 않고, 이야기만 하다가 보낸 날도 적지 않았다. 그 대목을 마치고 나면, 어머님은 또 사촌 육촌 팔촌 여인네들을 모두 모아 읽고 평해 달라 청하셨다. 나는 그들을 위해 사나흘 전부터 음식 준비를 했다. 어머님은 부엌을 내게 맡기셨지만, 소고기와 청주는 꼭 빼놓지 않고 올리라 하셨다.

『남진고유』 스무 권이 나오는 동안, 백씨 문중 다른 여인들도 저마다 소설을 짓느라 노력했다. 작품을 시작하거나 중간쯤 썼거나 혹은 마쳤을 때, 그들은 아기처럼 원고를 품고 별채로 왔다. 어머님 소설 짓는 솜씨가 문중에서 으뜸이셨기 때문에, 저마다 잔뜩 긴장한 채 품평을 기다렸다. 어머님은 열 중 일곱은 칭찬부터 하셨고, 나머지 셋도 기분 상하지 않게 타이르듯 지적하셨다. 형편없는 작품을 읽고도 칭찬부터 늘어놓으시는 걸 보며 곁에 앉은 내 미간이 좁아졌던가 보다. 어머님은 형편없는 것은 맞지만, 그렇다고 소설 쓰는 기쁨까지 앗아서는 안 된다고, 소설로 인해 상처 주거나 상처받는 일이 있어서는 안 된다고 말씀하셨다.

나 역시 『남진고유』를 어머님과 쓰면서 따로 소설을 한 편 더 썼다. 스물넷이기에 가능한 일이었다. 먹지도 않고 자지도 않고 씻지도 않은 채 소설에 전부를 갈아 넣던 시절! 『남진고유』 권지팔과 권지구를 읽으시곤, 아버님이 나를 칭찬하셨다. 대국의 남경에서 함께 살던 네 가문이 동서남북으로 흩어졌는데, 각 지역의 역사와 지리를 풍부하게 썼다는 것이다. 어머님이 대부분을 하셨고 나는 몇 군데 첨언한 것에 불과했지만, 아버님은 그 정도도 대단하다며 아예 혼자 소설을 지어 보라 권하셨다. 혼인 전 친정 오빠 곁에서

사서삼경과 『열녀전』과 『삼국연의』를 외울 정도로 거듭 본 것이 도움이 되긴 했지만, 혼자 소설을 쓸 자신은 없었다. 어머님은 한 장 한 장 쓸 때마다 읽어 주겠노라 격려하셨고, 정확히 석 달은 그 약속을 지키셨다. 『오룡기』로 시작했다가 결국 제목을 『칠룡기』로 바꾼 일곱 권까지 가서야 끝이 난 소설을, 스물넷 그 여름과 가을에 썼다. 오룡이 칠룡으로 늘어난 것은 오촌 시숙모님이 하필 그 여름에 세쌍둥이를 낳았는데, 그 이름에 '룡(龍)' 자를 넣었던 탓이다. 세쌍둥이를 소설에 넣어 달라는 숙모님의 청을 처음엔 정중히 거절했으나, 어머님과 작은 시누이는 물론이고 별채에 드나드는 여인들이 모두 재미있겠다고 평하는 바람에 못 이기는 척 끌려가서 주인공을 두 명 더 늘였다. 보름 밤을 더 지새워 소설을 썼지만, 힘들긴 해도 후회하진 않았다. 여인들의 충고대로 소설이 훨씬 다채로워졌던 것이다.

스물넷, 가장 기뻤던 저녁은 동짓달 보름이었다. 시월 보름에 어머님을 모시고 개성에 다녀왔다. 어머님과 이미 세 차례 만나 서로가 지은 소설을 평한 적이 있다는 서씨 가문에서 가장 나이가 많은 여인이 대문까지 마중을 나왔다. 여든을 훌쩍 넘기셨지만, 어머님을 보시곤 먼 곳에서 온 친구 보듯 환하게 웃으셨다. 별채에 도착하자마자, 어머님은 가마에 가득 넣어 온, 할머님과 어머님 그리고 백씨 문중 여인들이 지은 소설 백여 권을 내놓았다. 그리고 서씨 가문 여인들이 지은 백여 권의 소설을 가마에 차곡차곡 넣었다. 수원으로 내려온 나는 그때부터 한 달 꼬박 백여 권의 소설을 읽었다. 어느 것은 비슷했고 어느 것은 달랐으며 어느 것은 신기했고 어느 것은 평범했다. 대국을 등장 공간으로 삼아 가문을 중심에 두고 여인들의 삶이 다채롭게 펼쳐진다는 큰 틀은 같았다. 우리는 백여 권 스물일곱 편의 소설 중에서 한 편을 골랐다. 『춘씨북정기』에 대한 칭찬을 어머님이 쓰셔서 개성으로 보내셨다. 서씨 가문에서 서찰이 도착한 날이 동짓날 보름 저녁이었다. 백씨 문중의 여인들 백여 명이 별채를 채우고 뒷마당에 모여 섰다. 우리가 보낸 백여 권 스물세 편의 소설 중에서 서씨 문중에서 고른 소설이 밝혀지는 순간이었다. 어머님이 겉봉을 뜯고 제목을 또박또박 읽으셨다. 놀랍게도 『칠룡기』, 내가 혼자 처음으로 쓴 소설이었다.

혹자는 처음부터 내가 백 권이 넘는 대소설을 쉽게 써 내려간 줄 안다. 결코 그렇지 않다. 시가 천재들의 예술이라면 소설은 둔재들의 예술이다. 내 나이 스물넷, 소설을 즐기기 위해 별채에 모여든 여인들이 있었다. 날렵한 손짓을 자랑하던, 목젖이 보일 만큼 입을 크게 벌린 채 웃던, 땀을 뻘뻘 흘리며 한 글자 한 글자 정성을 다해 옮겨 적던, 소설로부터 시작하되 기회만 있으면 문중 대소사로 건너가서 남자들을 흉보던, 이곳도 괜찮지만 더 먼 저곳까지 한 번만이라도 가 보기를 원하던, 재밌으면 눈을 비비면서도 듣고 재미없으면 첫 줄만 읽고도 하품을 해 대던, 백씨 문중 여인들이 없었다면, 나는 감히 소설을 즐기지 못했을 것이다. 쓰는 것만이 즐기는 것이 아니라 읽는 것, 옮겨 적는 것, 함께 떠드는 것, 소설 밖으로 나가더라도 막지 않는 것, 소설 밖에서 들어오더라도 환영하는 것 역시 쓰는 것만큼이나 소설을 즐기는 것임을 고맙게도 나는 겨우 스물넷에 알아 버렸다. 그리고 다신 그 즐거움으로부터 떠날 수 없었다.

백 권 이백 권 혹은 삼백 권도 홀로 쓰는 여인이 있다면, 그녀에게도 틀림없이 스물넷 시절이 있으리라. 지금은 그 별채도 허물어지고, 왕래하던 여인들도 저마다의 인생을 살아 버렸다. 함께 모여 소설을 즐기던 날은 다시 오지 않으리. 나 홀로 대소설을 계속 쓰는 것은 스물넷에 만난, 소설과 삶을 뒤섞어 고통의 경계도 슬픔의 구별도 기쁨의 한계도 없애 버렸던 여인들을 기억하며, 내 소설에 한 사람 한 사람 넣는 즐거움 덕분이다. 스물넷, 여인들의 품평을 바로 앞에서 듣지 못해 아쉽지만, 그녀들이 정말 이 방에 찾아든다면, 적어도 백 일은 이 이야기 저 이야기 하느라 붓을 들지 못할 것이다.

스물넷처럼 쓰고 읽고 옮겨 적으며, 스물넷처럼 살고 싶다. 솜씨는 지금이 더 낫지만 즐거움은 그때가 더 컸다.

너도 그랬으면 좋겠다.

16장

명주기봉

明珠奇逢. 송나라 현씨 가문 이야기. 가문의 보물로 전하는
명주(明珠)에 얽힌 기이한 만남을 다룬다.
『현씨양웅쌍린기』(10권), 『명주기봉』(24권), 『명주옥연기합록』(25권),
『현씨팔룡기』로 이어진다.

김진과 나란히 돈화문 앞에서 기다렸다.

구름 한 점 없이 청명했다. 어제 인왕산 자락을 헤맬 때는 바람이 찼지만, 하루 만에 봄이 성큼 더 다가온 기분이었다. 돈화문을 지키는 군졸들은 그래도 춥다며 문안으로 들어와 몸을 녹이라고 권했다.

진시에 돌아온 이는 수문 혼자였다.

나는 수문을 데리고 높은 담을 따라 50보 쯤 걷다가 멈췄다. 김진도 뒤따랐다. 경문이 언제 올지 모르기 때문에 자리를 완전히 뜰 수는 없었다. 수문을 벽에 세우고 잡아먹을 듯 노려보며 물었다.

"지하 서고에 갔었소?"

"지하 서고? 그게 뭡니까?"

시치미를 뗐다.

"신문을 나가 홍제원을 지나 인왕산으로 들어갔지 않소? 야뇌 형님과 대질을 해야겠소? 지하 서고를 찾는 게 아니라면 거기까진 왜 간 게요?"

수문은 내가 어디까지 알고 있는지 확인한 후, 준비한 답을 내놓았다.

"솔직히 말씀드리죠. 맞습니다, 지하 서고를 찾아가긴 했습니다. 『산해인연록』 86권과 199권에 거듭 나오는 그 길로 가면 혹시 서고에 닿지 않을까. 2000권의 대설을 믿진 않지만, 『산해인연록』에 관한 자료들이 가득 들어 있지 않을까. 거기서 『산해인연록』을 마무리할 방법을 찾을 수 있지 않을까. 마지막 동아줄을 잡는 심정으로 가긴 했습니다. 하지만 두 줄로 늘어선 바위들 사잇길을 못 찾아서, 헤매다가 하산했습니다. 미행을 하셨으니, 아실 것 아닙니까?"

10년 전 산사태로 바위가 덮인 것을 모른단 말인가. 따져 물으려는데, 김진이 말머리를 돌렸다.

"경문을 만난 적도 없겠군요?"

"경문도 인왕산으로 왔었나요? 금시초문입니다."

교활하기 그지없었다. 증거나 증인을 내밀면 꼬리를 내리고, 그 전까진 전혀 모른다고 발뺌하는 식이다. 손목이라도 비틀고 싶었지만 김진이 막아섰다.

"내가 우선 데리고 들어가겠네. 이 도사 자넨 경문을 기다릴 게지?"

더 이상 질문하지 말라는 뜻이다.

"응!"

"수고하게, 그럼."

사시를 지나 오시까지, 아침과 점심을 건너뛰며 기다렸지만 경문은 오지 않았다. 어제 난타당한 뒤통수가 계속 욱신거렸다. 돌아오면 뒤통수부터 한 대 쥐어박고 자초지종을 따지려 했건만.

정 상궁이 돈화문까지 나온 것은 미시(오후 1~3시)도 한참 지나서였다.

"그만 들어가세요."

"조금만 더 기다리겠소."

가까이 다가서선 귓속말로 권했다.

"벽에도 귀가 있는 곳이 바로 궁궐입니다. 하물며 여긴 정문이에요. 문을 지키는 군졸들 사이에 벌써 한차례 소문이 돌았을 겁니다. 의금부 도사가 반나절이나 문 앞에 서서 도대체 누굴 기다리느냐고, 자기들끼리 수군거릴 게 눈에 선해요. 이 정도 기다렸으면 됐습니다. 따르세요."

연복연과 화경희가 밥과 반찬이 담긴 소반(小盤)을 각각 들고 박제가의 방으로 들어섰다. 김진과 수문과 나, 그리고 정 상궁과 두 명의 필사 궁녀가 둘러앉았다. 정 상궁이 말했다.

"의빈 마마께서 특별히 내리셨습니다. 어제 팔까지 다쳤는데, 어서 드시고 기운을 차리셔야죠."

나는 여전히 화가 가라앉지 않았다.

"너무너무 고맙다고 마마께 꼭 전해 주시오. 하지만 지금이 판국에 밥이 입으로 넘어가겠소?"

화경희가 달랬다.

"먹어야죠. 화가 나도……."

연복연도 맞장구를 쳤다.

"먹고 힘을 내야 쥐새끼마냥 달아난 경문을 찾든가 말든가 하죠."

김진이 답답한 마음을 풀어 주기라도 하듯 새 소식을 전했다.

"경문이 오지 않더라도, 한 달 동안 소설을 더 쓸 기회를 수문에게 주라는 의빈 마마의 분부시네. 자네와 나 둘이나 수문 곁에 붙어 있을 필요는 없을 듯해. 자넨 가 보도록 해. 의금부와 형조에서도 벌써 어제 폭발 사건에 대한 조사를 시작했다는군."

숟가락 네댓 번 젓가락 한두 번 드는 것으로 식사를 마쳤다. 정 상궁이 다시 권했지만 이 정도면 충분하다고 사양

했다. 필사 궁녀들이 소반을 들고 일어섰다. 정 상궁이 문을 나서려다가 돌아서선 인사를 건넸다.

"고생 많으셨습니다. 인왕산으로 가실 게지요?"

그 질문을 마중물 삼아 따지고 들어갔다.

"혹시 그대들은 알고 있었던 게요?"

"무얼 말입니까?"

"하하재가 뭐긴 뭐겠소?"

"하하재가 뭡니까? 처음 듣습니다. 너흰 알아?"

정 상궁의 질문에 화경희와 연복연이 동시에 답했다.

"모릅니다."

나는 포기하지 않고 고쳐 물었다.

"『산해인연록』에 나오지 않느냐? 폭포를 지나 두 줄로 늘어선 사잇길로 들어서면 지하 서고가 있다고……."

화경희가 알은체를 했다.

"2000권 대설에 자세히 있으니 궁금하면 찾아보라는 그 대목 말씀인가요? 그건 어디까지나 『산해인연록』의 가치를 높이기 위해, 소설 속에 만들어 둔 집이지요. 2000권에 달하는 대설이 없듯, 그딴 집이 실제 있을 리 없습니다. 그 집 이름이 하하재인가요? 『산해인연록』엔 하하재란 이름은 나오지 않습니다만……."

연복연이 보충했다.

"86권에서 그 대목을 읽고 큰언니에게 졸랐던 적이 있어요. 대설 그거 진짜 있으면 읽게 해 달라고, 2000권이니 평생 읽다가 죽어도 좋겠다고. 지하 서고도 몰래 만들어 뒀으면 필사 궁녀인 우리에겐 보여 달라고도 했어요. 그때 큰언니가 뭐라 그랬는지 알아요?"

김진이 흥미로운 눈으로 되물었다.

"뭐라 했습니까?"

"천상계에는 모두 일곱 개의 도서관이 있다더군요. 그중 여섯 개는 천상계에 널리 읽히는 서책들을 모아 놓은 곳인데 반해, 마지막 한 개는 읽지 말아야 할 서책들을 둔 곳이라 했습니다. 여러 인물이나 동물이 천상계에서 지상계로 거듭 귀양 간 까닭이, 법도를 어기면서 이런저런 욕심을 채우려 들기 때문이란 것이죠. 옥황상제는 욕심을 만드는 상상을 아예 못하도록 막으라는 명을 내립니다. 상상이 담긴 서책들을 모조리 거둬 일곱 번째 도서관에 넣고 일곱 개의 자물쇠로 거듭 문을 잠갔답니다. 그러고 나서 한동안은 천상계에서 지상계로의 적강(謫降), 즉 귀양 살러 내려가는 인물과 동물이 전혀 없었다는군요. 작가나 작품을 특정한 게 아니라, 상상이 담긴 작품 전체를 없앴으니, 곧 그처럼 상상하는 것 자체를 막은 겁니다. 머지않아 상상의 즐거움조차 잊게 되겠죠. 한데 일곱 번째 도서관을 지키던 문지기

하나가 너무 심심했대요. 다른 도서관엔 하루에도 수천 수만 수억 명이 오가는데, 이 도서관만 아무도 얼씬거리지 않았으니까요. 옥황상제마저도 관심을 두지 않았답니다. 상상을 가둔 도서관이 있다는 것조차 잊기 시작한 셈이죠. 문지기는 생각했답니다. 이왕 잊힐 것이고 찾는 사람이 없으니, 내가 들어가서 읽는다고 누가 알까. 그래서 일곱 개 자물쇠를 열고 들어갔고, 그 안에서 욕심을 불러일으키는 상상 가득한 서책들을 읽었답니다. 대부분 소설이었다는군요. 문지기는 서책들을 읽어 갈수록 두려워졌답니다. 무엇이 두려웠을까요?"

김진이 답했다.

"옥황상제가 무거운 벌을 내릴 테니, 그것이 두려웠겠죠."

연복연이 고개를 저었다.

"중벌이 내려 지옥에 가더라도 두렵진 않았다고 합니다. 지옥에서 갖은 고생을 하더라도, 상상을 계속 하게 되었으니까요. 상상 속에 고통을 녹이면 되니까요. 정작 두려운 건 문지기인 자신마저 일곱 번째 도서관에 갇혀 살다가 죽는 거죠. 이 도서관에만 들어 있는 상상이 영원히 사라지는 게 두려웠다고 해요. 결국 문지기는 상상이 가장 많이 담긴 서책 2000권을 가지고 지상계로 달아났답니다. 그리고 땅을 파곤 은밀히 그 서책을 보관했단 거죠."

내가 끼어들었다.

"임두 작가님이 전생에 그 문지기였고, 일곱 번째 도서관에서 가져온 서책 2000권을 보관한 곳이 지하 서고다 이거요?"

연복연이 답했다.

"맞습니다. 큰언니가 그렇게 말씀하셨어요."

"임 작가님이 천상계에서 서책 2000권을 가지고 내려왔을 리 없지 않소?"

연복연과 화경희와 정 상궁 그리고 김진까지 동시에 미소를 지었다. 연복연이 맞장구를 쳤다.

"맞아요. 거대한 농담이죠. 2000권 대설도 없고 지하 서고도 없다는 걸 소설가답게 풀어내셨던 거겠죠? 이제 답이 되었나요?"

세 여인이 나간 뒤, 나는 잠시 김진과 수문을 번갈아 살피며 앞으로의 일을 생각했다. 아무리 깊은 산속이었다고 해도, 그토록 요란한 굉음에 불길이 치솟았으니, 당연히 의금부와 좌우포도청과 형조의 관원들이 움직일 것이다. 경문이 돌아오지 않는다면, 규장각에서 내가 할 일은 없었다. 나를 계속 규장각에 묶어 두지 않는 것만도 다행이었다. 떠날 땐 떠나더라도 확인하고 싶었다. 말없이 시선을 내리고

만 있던 수문에게 물었다.

"경문이 왜 오질 않는 것 같소?"

"제가 어찌 압니까?"

"굉음은 들었소?"

"전혀! 궁궐 안은 봄인데 산속은 아직 겨울이더군요. 응달엔 얼어붙은 눈이 그대로 쌓여 있었어요. 올핸 유난히 겨울의 꼬리가 긴 셈이죠. 앞에서도 말씀드렸듯이 바위들 사잇길을 이리저리 찾다가, 도저히 추위를 견딜 수 없어 포기하고 내려왔습니다."

"그리고 어디로 갔소?"

"네?"

"굉음이 들리기도 전에 일찍 하산한 것이잖소? 그리고 다음 날 진시까지 어디서 뭘 했소?"

"신문으로 내려와선 시장 통에서 뜨듯한 메밀국수부터 한 그릇 먹었습니다. 속이 든든해지자 한기가 사라지면서 몹시 노곤해지더군요. 웃돈을 주곤 가게 뒷방에서 잠시 눈을 붙였습니다. 그리고 깨어났더니 인왕산에서 폭발음이 들렸다고, 가게 손님들이 수군거리더군요. 필동으로 갔습니다. 어쨌든 한 달 더 기회를 얻었으니 임 낭자를 만나기는 해야 할 것 같고, 또 사랑채에 들러 제 손에 익은 붓과 먹을 더 챙겨가려 했지요. 보름 꼬박 소설을 쓰느라, 가져간 붓 세 자루가 털이 다 빠졌거든요. 먹도 하나밖에 남지 않았고요."

"임 작가님 댁으로 갔다고?"

"협문으로 들어가려는데, 화광께서 거한과 함께 나오셨어요. 급히 몸을 숨겼습니다. 조심조심 가선 하인에게 물으니, 이 도사님이 임 낭자와 사랑채에 계신다고 하더군요. 거기서 이 도사님과 맞닥뜨리기도 싫고, 또 저를 미행한 거한이 돌아올까 두렵기도 해서 그 집을 나왔습니다. 운종가를 돌아다니다가, 늦은 밤엔 광통교 쥐 영감 세책방으로 기어들어갔죠. 거기서 이런저런 소설을 읽다가 잠시 눈을 붙인 뒤 진시에 맞춰 돈화문으로 갔던 겁니다. 이게 답니다. 확인해 보십시오."

소설을 네 편이나 쓴 소설가답게 하산 후 일정이 일목요연했다. 모르긴 해도, 신문 안 시장에서 국수를 먹은 것과 필동 집에 잠시 들른 것과 쥐 영감 세책방에서 밤을 보낸 것은 사실일 것이다. 그러나 그 사이에 과연 그가 어디서 무엇을 했는지는 좀 더 따져 봐야 했다. 나는 다시 수문에게 하산 전 상황을 물었다. 이 질문을 강력하게 던지기 위해, 그가 미리 준비했으리라 여겨지는 하산 후의 장황한 이야기들을 들었던 것이다.

"10년 전 산사태가 나서 바위들이 모두 묻힌 걸 몰랐단 게요?"

수문이 눈을 번쩍 뜨고 주먹을 쥐락펴락 하며 놀라는 시늉을 했다. 찌그러진 코가 더욱 낮아 보였다.

"몰랐습니다. 그랬군요. 그래서 바위들이 없었던 거군요."

"경문은 어땠을 것 같소? 당신처럼 산사태도 몰랐고 바위를 찾는다고 헛고생을 했을까? 아니면 당신과는 달리 쉽게 아주아주 쉽게 비밀 서고를 찾았을까? 혹시 출궁 전날 밤 한 이불을 덮고 자며 의논하진 않았소?"

'쉽게'란 말을 일부러 반복했다.

"서로 한숨만 푹푹 쉬다 잠들었어요. 한 달을 더 얻었지만 막막하긴 마찬가지니까요. 경문도 인왕산으로 갔다면, 『산해인연록』 86권과 199권을 읽고 지하 서고를 마지막 희망으로 삼았을 법도……."

말허리를 자르고 넘겨짚었다.

"난 이렇게 추측하오. 비밀 서고를 발견했든지, 아니면 바위들을 찾아서 헤매다가 내려왔든지, 당신은 경문을 거기서 만났소. 그리고 다퉜겠지."

수문이 작은 눈을 끔뻑이며 고개 저었다.

"인왕산에서 만난 적도 없지만, 설령 만났다 해도 우리가 왜 다툽니까? 『산해인연록』에서 지하 서고 가는 길을 나만 확인했다면 혼자 은밀히 가는 게 맞지만, 거기에서 만났다는 건 둘 다 같은 대목에서 같은 추측을 했다는 뜻이니, 힘을 합쳤을 수도 있지 않습니까?"

"보름 동안 그렇게 서로를 무시해 놓고서?"

"무시한 적 없습니다. 너무 힘드니까, 어떻게든 스승님의 대작을 이어 써야 하기 때문에, 서로를 건드리지 않은 것뿐입니다. 소설가라면 누구나 그랬을 겁니다. 우리는 수문과 경문입니다. 『현씨양웅쌍린기』에서처럼, 형제의 정이 차고도 넘치는 관계라 이겁니다. 스승님이 붙여 주신 이름 그대로 도우며 화목하게 지내려 노력했습니다. 경문이 들어오고 10년 동안 다툰 적이 한 번도 없어요. 우릴 사마영주와 사마예주 취급하지 마십시오."

사마영주와 사마예주는 『현씨양웅쌍린기』에 이어 나온 『명주기봉』에 등장하는 쌍둥이 자매다. 자매는 현수문의 아들 현웅린을 차지하기 위해 처절하게 다툰다. 악녀인 언니 영주는 동생 예주를 모함하여 귀양을 보내고 죽이려 든다. 수문과 경문이 사마영주와 사마예주처럼 경쟁하고 있다면, 현웅린의 자리엔 임승혜가 놓이는 것인가.

"그대들이 수문과 경문인지, 아니면 사마영주와 사마예주인지는 곧 드러날 게요. 인왕산에서 경문을 만난 적이 없다는 말 반드시 확인하겠소. 옆방에 경문이 없다고 안심하지 마시오. 다시 부여된 한 달이란 기간이 수문 당신에겐 마지막 기회일 게요. 한 달 뒤에도 납득할 만한 소설을 쓰지 못한다면, 그땐 홀로 돌아온 걸 후회할 게요. 지켜보겠소."

지하 서고, 하하재는 땅 전체가 함몰하여 정사각형의 깊고 검은 구덩이로 바뀌었다. 발을 디딜 때마다 재가 날려, 천으로 입과 코를 가렸지만 기침이 끊이질 않았다. 졸(卒)들이 사각형으로 사건 현장을 에워싼 채 장창을 들곤 경계했다. 구경꾼은 의외로 적었는데, 홍제원에서 여기까지 오려면 언덕을 두 개 넘고 숲을 셋이나 지난 후 마른 계곡을 건너 능선을 다시 걸어야 했던 것이다. 분주히 돌아다니는 의금부와 형조의 관원들 저편 장창 사이로 낯익은 두 사람을 발견했다. 한 명은 야뇌 백동수이고 또 한 명은 임승혜였다. 백동수는 나를 보자마자 두 제자가 약속대로 돈화문에 나타났는지부터 물었다. 임승혜도 궁금한지 다가와선 눈을 맞췄다.

"수문은 왔고, 경문은 아직……."

말끝을 흐리며 임승혜에게 눈으로 물었다.

'혹시, 연락 온 게 있소?'

고개 저었다.

"이렇게나 많이 나올 줄은 몰랐네. 줄잡아 100명은 넘어 보이지? 열 명이면 족할 일을, 의금부도 형조도 좌포청도 우포청도 괜한 욕심들을 내는 것 같아. 게다가 뭘 그리 까칠하게 구는지, 아예 요기서 더 가까이 오지 말라네."

백동수가 바삐 잿더미로 변한 서고를 보며 혀를 차 댔다. 관직이 없는 백동수나 여자인 임승혜를 불에 탄 현장에 들이지 않은 것이다.

"형님! 여긴 제게 맡기시고 임 낭자와 함께 내려가시죠. 댁까지 모셔다 드리세요."

"뭐가 뭔지 그래도 내가 좀 봐야……."

"형님이 여기 계시면, 또 낭자까지 저렇게 언 손 언 발 동동 구르면 의심받기 십상팔구입니다. 가세요. 뭔가 나오면 곧바로 알려 드리겠습니다. 인달방에 계실 거죠?"

백동수가 그래도 아쉬운 표정을 지었다. 내가 임승혜에게까지 눈으로 승낙을 받아 내자, 하는 수 없다는 듯 답했다.

"그래. 꼭 연락 줘야 하네."

"그럼요."

고개 돌려 아는 얼굴부터 찾았다. 2년 전 의금부에 들어온 도사 동님출이 눈에 띄었다. 도사 중에서도 나이가 가장 어려 '막내'로 통했다. 구덩이로 껑충 뛰어 내려서며 물었다.

"뭐 좀 나왔어?"

동 도사가 손사래를 치며 재부터 훑은 뒤에 나를 보곤

고개를 갸웃거렸다.

“규장각 뜨듯한 방에서 서책들 뒤적이며 편히 쉬시고 계실 줄 알았는데, 여기까지 웬일이십니까?”

“나왔냐고?”

동 도사는 나를 끌고 현장을 벗어나선 참나무 아래까지 열 걸음쯤 걸어간 뒤 목소리 낮춰 답했다.

“그게 좌우포도청은 주변을 살피고 화재 현장을 뺑 둘러 지키는 정도인데, 형조에선 한사코 조사를 함께하겠다고……. 우린 제가 애들 이끌고 나왔는데 저쪽은 정랑까지 다녀갔습니다. 저녁엔 참판 영감이 온단 소문도 있고요. 우리도 윗분들이 오셔야 하는 거 아닌가 싶기도 합니다.”

정5품 형조 정랑이 사건 현장에 직접 나오는 것은 드문 일이다. 게다가 형조의 이인자이자 당상관인 종2품 형조 참판까지 거론된다면?

“그래서?”

“결국 현장을 둘로 나눠 살피기로 했습니다. 저희가 맡은 북쪽은 아직 나온 게 없습니다. 죄다 타 버리는 바람에…… 서책이 엄청나게 많았겠구나 짐작만 합지요. 그런데 형님은 여긴 왜 오신 겁니까? 그리고 아까 그 덩치는……?”

“말을 삼가게. 야뇌 형님이셔.”

동남출의 눈이 튀어나올 듯 커졌다.

"아! 그 어른이 마상무예의 달인이라는……. 형님께 표창술을 가르쳤다는……. 맞죠?"

"다음에 뵈면 나를 대하듯 정중하게! 알겠는가?"

"명심하겠습니다. 한데 그 옆에 있던 여인은 또 누굽니까? 보아하니 기녀 같지는 않고……. 하기야 기녀가 여길 오는 게 더 이상하죠."

동 도사에게 밝힐 일은 아니었다. 임두가 궁중 여인들을 위해 『산해인연록』을 23년이나 써 왔다는 것은 여전히 비밀이었다. 독자들은 세책방을 통해 나오는, 유난히 길고 천천히 이어지는, 그렇지만 완성도 높은 소설로만 받아들여야 한다.

"야뇌 형님 사촌 여동생!"

적당히 얼버무렸다.

"네에……. 나이 차이가 꽤 나는 오누인가 봅니다. 한데 사촌이라 해도 오누이가 참으로 다르게 생겼네요."

동 도사도 완전히 믿진 않는 표정이었지만 그 정도에서 넘어갔다.

"뭐든 나오면 먼저 알려 줘."

"그럼 이제부턴 여기 계실 겁니까? 규장각 일은 마무리하셨고요? 거기서 무슨 일을 하셨는지는 여전히 비밀이지요? 겨우 한 달 남짓이지만 형님이 안 계시니 의금부가 참

썰렁했습니다."

"썰렁하기까지야……."

"뭔가 허전할 때마다 형님이 들려주신 이야기가 맛깔났거든요. 저뿐만 아니라 다른 도사와 서리와 졸까지 다들 그럽니다. 이 도사님은 말이 많은 편은 아니지만, 한번 이야기를 꺼내면 그게 참 엄청나게 흥미진진하다고요."

그랬던가. 김진이 늘 새로운 이야기를 먼저 이끄는 탓에, 나는 내가 이야기를 괜찮게 한다고 생각한 적이 없었다. 당장 내일부터 의금부로 출근할 예정이었지만, 슬쩍 은혜를 베풀 듯 말했다.

"막내, 너를 위해서라도 곧 의금부로 갈게."

동 도사와 헤어져, 형조가 맡았다는 남쪽 구덩이로 걸음을 옮겼다. 불과 일곱 걸음도 떼지 않았을 때, 귀에 익은 걸걸한 목소리가 들려왔다.

"어허! 멈추시오. 거기부턴 우리 소관입니다."

형조 사령 마춘식이었다. 그가 썩은 감자코를 흔들며 반겼다.

"청전 형님 아니십니까? 야뇌 형님께도 아까 인사 드렸는데, 여기서 제가 가장 존경하는 두 분 형님을 뵐 줄은 몰랐습니다. 근데 야뇌 형님은 안 보이시네요."

"내려가셨나 보지. 그건 그렇고 뭣 좀 나왔나? 정랑까지 다녀가셨다고?"

마춘식이 되물었다.

"북쪽엔 뭔가 있습니까?"

"나하고 지금 흥정하자는 게야?"

"흥정이라뇨. 아닙니다. 형님과 제가 흥정이나 붙을 그런 시시한 사이입니까. 한데 언제부터 의금부가 숲속 작은 불에도 이렇듯 신경을 썼나요?"

"그건 형조도 마찬가지지. 사건이 터지면, 죄가 가벼운 건 좌우포도청에서 맡고 무거운 건 우리 의금부에서 맡아 조사한 뒤, 잘잘못을 가려 상벌을 정할 때 형조가 들어오는 게 순서 아닌가?"

"꼭 그런 것만은 아닙죠. 형조에 장금사가 왜 있습니까? 우리도 독자적으로 판단하여 움직입니다."

"무슨 냄새를 맡았기에, 독자적으로 판단하여 인왕산까지 움직이는 중인지 묻는 거네."

"독자적으로 귀신도 모르게 움직이는 거야 의금부 따라올 곳이 있나요? 형님이야말로 규장각에서 내내 지내시다가 여긴 어인 일이십니까? 또 무슨 독자적인 판단을 하셨는지요?"

그때 남서쪽 모서리, 책장이 겹겹이 덮인 곳을 뒤지던 형조 서리 하나가 마춘식에게 달려와선 알렸다.

"시신입니다!"

마춘식이 내 앞을 막은 것은 그날이 처음이자 마지막이었다. 검시에 참관하겠다는 요구를 단칼에 자른 것이다. 나는 물론이고 의금부 관원 누구도 허락하지 않았다. 시신이 발견된 곳에 사방으로 장막을 친 뒤, 형조 이속들을 뺑 둘러 세웠다. 동 도사가 붉으락푸르락 화를 냈다.

"형조, 저놈들이 돌았나 봅니다. 조사는 남북으로 나눠 해도, 특이 사항은 함께 파악하기로 약조했는데, 저딴 허튼 짓을 하네요. 내 단칼에 저놈들을……."

기가 막히긴 마찬가지였지만 동 도사를 진정시켰다.

"내가 이야길 해 보겠네. 다투기라도 하면 장막 속 시신에 대해선 영영 알기 힘들 수도 있어. 분을 삭이도록 해."

장막에서 형조 관원들이 나오기까지 기다렸다가, 마춘식을 데리고 숲으로 들어갔다. 뒤따라오던 마춘식이 신에 묻은 눈을 털며 툴툴거렸다. 응달엔 꽁꽁 언 눈이 수북했던 것이다.

"산삼이라도 캐실 겁니까? 대충 할 얘기 있으면 여기서 하세요. 난 더 못 가겠습니다."

나는 갔던 길을 되돌아와선, 본론을 바로 꺼냈다.

"썩코! 하나씩만 주고받자, 그럼."

"흥정은 안 한다니까요."

마춘식이 눈웃음을 지으며 턱을 들곤 하늘을 올려다보기까지 했다. 나도 그의 시선을 따라 멍든 것처럼 푸르스름한 겨울 하늘을 우러렀다. 내가 먼저 운을 뗐다.

"비밀 서고였어."

"서고라고요? 대체 누가 이런 산 중에 그것도 지하에 서고를 만든답니까?"

"임두!"

"임두면……『산해인연록』을 쓰고 있는 소설가 말입니까?"

"그래."

"이상하네요. 필동 임두 작가님 댁이 으리으리하다는 걸 모르는 한양 사람은 없지 않습니까? 대궐만큼이나 담이 높고 나무 한 그루 자라지 않아, 23년 동안 그 안을 들여다본 이는 없지만……. 그토록 큰 집을 두고 이런 깊은 산속에 서고는 왜?"

"자세한 건 나중에 설명해 주겠네. 하여튼『산해인연록』을 써 온 임두 작가님이 2월 초하루에 사라지셨어. 야뇌 형님과 화광과 내가 은밀하게 찾고 있었던 게고. 비밀 서고가 있다는 건 알아냈지만 위치는 정확히 몰랐다네. 거기가 바로 여기였던 게야. 이제 내게 저 장막 속 시신에 대해 이야기해 주게."

마춘식이 감자코를 킁킁거리며 오른손을 휘휘 저었다.

"자, 잠시만요. 왜 이리 급하십니까. 하나만 묻겠습니다. 임 작가님이 사라지셨다 해도 그걸 왜 의금부 도사인 형님이 찾으십니까? 가족들이 찾아 달란 청을 넣었더라도 좌우 포도청에서 움직일 일이지요. 또 방금 2월 초하루에 임 작가님이 사라졌다고 하셨는데, 형님이 규장각에 드나들기 시작한 것도 그 직전 아닙니까? 두 가지가 연관이라도 있는 겁니까?"

평소엔 맹하게 굴었지만 사건을 파헤칠 때는 개처럼 예민하게 냄새를 맡는 그였다. 내가 원하는 것을 알아내려면, 완전히 숨길 수는 없다는 판단이 들었다. 어느 선까지 드러낼까 잠시 고민했다.

"자네가 상상도 못할 아주 귀한 분이 임 작가님과 『산해인연록』을 오래전부터 아껴 왔다는 정도만 말해 주지. 더 알려고 하진 말게. 자네가 크게 다칠 수도 있으이."

마춘식이 킬킬대다가 웃음을 뚝 그치고, 양팔을 크게 흔들며 위협하듯 말했다.

"더 알려고 하지 마! 다쳐! 이딴 개소린 저한테 하지 마십시오. 저도 때때로 문초할 때 그딴 말을 뱉긴 하지만, 우리끼리 쓸 건 아니죠. 하여튼 알겠습니다. 거명하기에도 부담이 될 정도로 귀한 분이라 이거죠? 시신에 대해선 뭘 알고 싶으신가요?"

"얼마나 훼손되었나? 얼굴은 알아볼 정도인가?"

"알아보다뇨? 폭발로 구덩이가 이렇듯 깊게 팬 걸 보고도 그런 질문을 하십니까? 네 군데 모서리에서 동시에 화약이 팡 팡 팡 팡 터진 겁니다. 사지가 찢기는 게 당연하죠. 하반신은 그나마 살점이 붙어 있긴 한데, 상반신과 머리는 뼈밖에 없습니다. 크고 굵은 뼈들이나마 챙겼습니다."

"남자인가 여자인가? 구별이 가능해?"

"남잡니다. 사타구니에 굵직한 놈이 달렸더군요."

"키는?"

마춘식이 팔을 뻗어 내 키를 재는 시늉을 했다.

"큰 편입니다. 야뇌 형님보다는 작겠지만 형님보단 커요. 그리고……."

"그리고?"

"손에 몽둥이를 쥐었습니다. 우린 보통 모서리가 여섯 개인 육모를 쓰잖습니까? 근데 이건 십이모입니다. 날카로운 모서리가 두 배니까, 살짝 스쳐도 살갗이 찢깁니다. 십이모는 형조도 의금부도 포도청에서도 쓰지 않습니다. 혹시 보신 적 있으신가요?"

"없네."

오른팔을 들어 몽둥이를 쥐는 시늉을 하다가 멈췄다. 찢긴 팔뚝과 얻어맞은 뒤통수가 동시에 아파 왔다. 저 몽둥이를 맞고 내가 기절한 것인가. 몽둥이를 휘두른 이는 정녕 경문인가.

—자네가 이겼네.

동 도사 편에 규장각으로 짧은 서찰을 넣었다. 머리 좋은 내 친구는, 이 한 줄만으로도 경문의 시신이 발견되었다고 알아차릴 것이다.

설암당부터 들렀다가 인달방으로 가기로 했다. 경문의 죽음을 임승혜에게 직접 전하려는 것이다. 충격과 슬픔에 젖은 그녀를 위로하며 곁에 머물고 싶었다.

그녀는 협문에서부터 눈으로 물었다.

'새 소식이 있나요?'

나는 눈을 맞추지 않고 먼저 걸음을 뗐다. 당분간 하하재에서 나올 소식들은 모조리 비보(悲報)였다. 슬픔과 대면할 시간을 조금이라도 늦추기 위해, 보폭을 좁혔다. 설암당에서 마주 앉는 것을 피할 순 없었다. 임승혜가 내민 작은 붓으로 차분히 적었다.

—시신이 한 구 나왔소.

그녀의 눈동자가 심하게 떨렸다. 최악의 상황을 예감한 것이다. 끝 모를 추락이었다.

붓을 더 놀리려는 순간, 내 손목을 쥐었다. 눈을 맞췄다. 그녀의 크고 둥근 두 눈에 어느새 눈물이 고였다. 그녀의 손을 고쳐 쥐었다. 그리고 적으려던 문장을 말로 옮겼다.

"경 문 이 라 오."

그녀가 눈으로 또 물었다.

'할머니는요?'

"시 신 은 더 없 소."

그녀는 북풍 몰아치는 겨울 야산에 벌거벗고 선 사람처럼 떨었다. 나는 왼팔로 그녀의 머리를 감싸고 오른팔로 등을 토닥였다. 뜨거운 기운이 내 어깨에 내려앉았다. 두 가지 다른 빛깔이 뒤섞인 눈물이었다. 친구인 경문의 죽음을 애달파 하면서도 친할머니 임두가 살아 있다는 안도감! 어느 쪽이 먼저일까. 안도의 눈물과 안타까움의 눈물 중 어느 쪽이 더 무거울까.

17장

소씨삼대록

蘇氏三代錄. 송나라 소씨 가문 삼대의 이야기.

『소현성록』(4권), 『소씨삼대록』(11권)으로 이어진다.

이 연작은 16권, 21권, 26권인 이본도 있다.

나는 규장각에서 의금부로 완전히 복귀했다. 김진은 계속 궁궐에서 수문과 숙식하며 지냈다. 봄이니 화원에서 꽃을 가꾸고 키울 마음이 급했겠지만, 금원(禁苑)을 거닐며 겨우 아쉬움을 달랜다고 했다. 김진의 화원엔 2월과 3월 유난히 많은 꽃이 피었다. 2월엔 매화와 홍벽도와 춘백이 고왔고, 3월엔 두견과 앵두나무와 행화와 북숭아가 다투어 선을 보였다. 보름이나 벽 하나를 사이에 두고 지낼 때는 그래도 매일 얼굴은 봤는데, 내가 규장각을 방문하지 않으면 이젠 만나기도 힘이 들었다. 내 업무가 바쁘긴 했지만 규장각에 들르지 못할 정도는 아니었다. 그러나 나는 한 달 동안 한 번도 가지 않았다. 내가 아끼며 공을 들였던 경문이 하하재에서 폭사(爆死)한 충격이 컸다. 미운 정도 고운 정만큼이나 오래 가슴에 남을 듯했다. 임승혜와 연인 사이가 아닐까 의심했을 때는 달려가 두들겨 패고 싶기도 했지만, 막상 그가 세상을 떠나자 보름 동안 더 잘 챙겨 주지 못한 점들이 떠올랐다. 내가 어떻게 했든, 그는 『산해인연록』을 훌륭하게 이어 쓰진 못했을 것이다. 그건 나나 김진이 도와준다고 다다를 경지가 아니었다. 그래도 한 번은 더 웃고 더 행복한 순간을 맞지 않았을까. 한 달 내내 끙끙 마음고생만 하고 저승으로 가 버린 불행의 절반이 내 책임인 것만 같았다.

입궐하지 않는 대신 사흘에 한 번 정도 필동으로 갔다. 임승혜가 함께 저녁을 먹는 것을 즐기기도 했고, 내 입장에선 임두로부터 소식이 혹시 나오지 않았는지 그때그때 살펴 둬야 했다. 그녀는 내가 찾아갈 때마다 반겨 맞은 후 『산해인연록』에 얽힌 소소한 일화들을 들려줬다. 어떤 때는 미리 수첩에 깨끗하게 정서해 뒀다가 내밀었다. 임두가 없다 해도, 그 집은 그와 『산해인연록』에 관한 이야기로 가득 찬 곳이었다. 나는 임승혜가 내민 글들을 읽고 몇 가지 질문을 적었다. 그녀가 주로 수첩의 대부분을 채웠고 내가 끼적인 글은 매우 적었다. 그녀는 『산해인연록』이 얼마나 탁월한 작품인가를 등장인물, 등장 시간, 등장 공간으로 나눠 다채롭게 설명했다. 그 소설을 지은 임두보다도 더 많은 것을 아는 것이 아닐까 하는 생각이 들 정도였다. 긴 설명의 끝에 잠시 맺히는 쓸쓸한 미소에서, 나는 오늘도 새 소식이 없었다는 것을 미루어 짐작할 뿐이었다. 그런 날은 집으로 돌아와 '술작'을 밤늦도록 읽었다. 읽을수록 정신이 맑아졌다.

시월 십육일

퇴로가 없다. 거작을 손질할 시간이 내게 허락될까. 권지 일백구십구까지 이르는 데는 이십이 년이 걸렸지만, 손질은 삼 년이면 넉넉할 듯도 하다. 그러나 내가 삼 년이나 더 살까. 불가능한 꿈이다.

시월 십구일

하루에 절반을 노는 것이 하루에 절반을 쓰는 것만큼 힘들다.

시월 이십일일

낯선 인물들이 점점 늘어난다. 예전엔 이름만 봐도 그 인물에 관해 최소한 백여 가지는 떠올렸다. 그러나 이젠 벽에 붙여 둔 초상을 확인해야 겨우 열 가지 쯤, 어떤 날은 그보다 적다. 동고동락한 그들이 첫인사를 건네는 행인처럼 느껴지다니, 부끄럽고 미안하다.

십일월 사일

왜 이 인물이 요즘은 등장하지 않았을까 궁금했는데, 내가 권지일백삼십이에 이미 죽였다. 내가 죽여 놓고 죽인 걸 잊고 그리워하고만 있었으니, 다시 등장시킬 궁리를 했으니, 한심한 밤이다. 이 인물을 권지이백에 넣었다면 얼마나 황당했을까. 내 몸과 마음이 온전하지 않다고 고백하는 것과 다름이 없다. 아직은 그럴 때가 아니다.

십일월 십일

이번 달에도 어렵겠다. 한 달 남짓 쓴 것을 다 버렸다. 버릴 수밖에 없다.

십일월 십이일

이 집 주인은 『산해인연록』, 나는 하인.

한 달을 꽉 채운 날 김진에게서 연락이 왔다. 이틀 후, 규장각으로 와 달라는 것이다. 화경희가 가져온 쪽지는 놀랍게도 이렇게 끝을 맺었다.

―『산해인연록』 완결을 축하하는 자리이니 꼭 참석할 것.

마지막 문장을 내보이며 물었다.

"완결이라고 적은 게 맞소?"

쪽지를 보지도 않고 답이 돌아왔다.

"맞아요. 210권으로 끝을 냈다더군요. 저도 아직 끝까지 읽진 않았지만, 초고를 검토한 화광의 설명에 따르면, 이번엔 좋답니다."

"좋다! 얼마나 좋단 게요?"

"모레 직접 와서 확인하는 게 낫지 않을까요?"

초대를 받은 이는 나만이 아니었다.

이틀 뒤 사시에 모인 이는 여덟 명이었다. 그 방의 주인인 박제가, 그리고 한 달 하고도 열이레나 그곳에서 생활한 수문과 김진, 정 상궁과 화경희와 연복연, 임승혜 그리고 나였다. 김진이 책상에 놓인 소설들을 내려다보며 설명했다.

"『산해인연록』 200권에서 210권까지입니다. 한 질은 어젯밤 의빈 마마께 드렸고, 여기 두 질이 더 있습니다. 정 상궁과 필사 궁녀들은 의빈 마마께 드릴 소설을 나누어 필사하면서 이미 읽었지요? 다시 읽고 싶다 말씀하셨지만 나중에 따로 기회를 드리겠습니다. 한 질은 박 검서께 드리겠습니다. 예전부터 해 왔듯이, 오탈자에서부터 역사나 지리에 부합되는지 고증하며 살펴 주세요. 나머지 한 질은 임 낭자와 이 도사가 함께 읽었으면 합니다. 따로따로 드리고 싶지만 여분이 없군요. 지금부터 이틀 드리겠습니다. 천천히 하루에 한 권씩 읽으면 열흘이 걸리겠으나, 집중해서 읽으면 모레 이 시간까진 완독하시리라고 봅니다. 한 가지 양해를 구할 것은 소설을 완독한 후 품평을 마칠 모레까진 궁궐을 나갈 수 없습니다. 괜찮으시겠습니까?"

김진은 언제나 이런 식이었다. 나는 오늘과 내일 처리할 업무를 떠올렸다. 동 도사에게 쪽지를 보내 위임하고, 나중에 술이나 질펀하게 사는 것으로 정리했다. 박제가도 흔쾌히 승낙했다.

"이런 날이 또 올 줄은 몰랐으이. 임 작가님이 사라진 후 소설 검서는 끝이라 여겼거늘!"

임승혜 역시 김진과 수문을 향해 밝게 웃는 것으로 이틀 동안의 감금을 받아들였다.

정 상궁과 두 궁녀는 연화당으로 돌아갔고, 박제가는 자신의 방에 머물렀으며 김진은 그 곁에서 삽화 작업을 하겠다고 했다. 수문은 밀린 잠이라도 자겠다며 쌓아 둔 『산해인연록』 옆에 자리를 깔고 누웠다. 임승혜와 마주 앉고도 제대로 시선조차 맞추지 않았다. 그녀 역시 할머니의 대작을 마무리 지어 줘서 고맙다는 인사를 할 법도 했지만, 철저히 외면했다.

나는 임승혜와 함께 옆방으로 갔다. 경문과 한 달을 머문

바로 그 방이었다. 경문이 당겨 앉아 작업한 서안이 먼저 눈에 띄었다. 그 서안 위에 수문이 썼다는 『산해인연록』 열 한 권이 놓여 있었다.

"차 라 도 한 잔 마 시 고 시 작 하 겠 소?"

임승혜가 고개를 저었다. 그녀의 시선이 소설에만 머물렀다. 그 눈엔 읽고 싶다는 간절한 열망보다 원망과 분노가 가득했다.

"먼 저 읽 도 록 해 요."

그녀가 서책을 쥐는 것을 보고 나는 밖으로 나왔다. 적어도 세 권 혹은 네 권을 읽을 때까진 기다릴 생각이었다. 볕이 잘 드는 담에 기대어 하늘을 우러렀다. 나도 모르게 질문이 쏟아졌다.

"이게 어찌 된 일인지 설명 좀 해 줄래? 한 달 전까진 임작가님 발끝에도 미치지 못했는데, 이렇듯 완고를 내다니 믿기질 않아. 수문이 해냈다면 너도 가능한 일이었을까? 수문은 살아서 해냈고 너는 죽어 해내지 못한, 그 차이가 뭘까?"

하늘은 답이 없었다. 구름이 살짝 해를 가려 갑자기 주변이 어둑어둑해졌다. 김덕성이 바삐 나오다가 나를 발견하곤 손을 들어 반가워했다.

"대단하다며?"

"누구한테 들었습니까?"

나는 그와 친한 정 상궁을 먼저 떠올렸다. 두 필사 궁녀로부터 나간 이야기일 수도 있다. 그 짐작을 바로잡아 줬다.

"단원과 함께 자궁 마마를 뵙고 오는 길이라네."

"의빈 마마가 아니라 자궁 마마입니까?"

원고가 벌써 거기까지 옮겨 갔는가. 아니면 함께 모여 읽기라도 했을까. 스물넷 임두가 시어머니와 함께 별채에서 소설을 읽고 옮겨 적으며 즐겼듯이, 혜경궁과 의빈 성씨도 사사롭게는 소설을 즐기는 시어머니와 며느리였다. 궁궐 어딘가에서 함께 소설을 읽으며 밤을 지새우는 것이 전혀 낯선 일이 아니리라. 김덕성이 답했다.

"당장 화광을 도와 삽화를 210권까지 완성시켜 올리라 하셨어. 수문이 쓴 200권부터 210권까지가 흡족하신 게지. 임 작가가 다시 돌아와 쓴다 해도 이보다 잘 쓰긴 힘들 거라고도 하셨네."

그들의 지나친 칭찬이 마음에 들지 않았다.

"아무리 그래도 임 작가님을 따를 소설가가 있으려고요."

김덕성이 받아들였다.

"나도 그리 생각은 하네만……. 하여튼 이대로 마무리를 하라 하시니 이 얼마나 다행인가. 화광의 고생도 이제 끝이 보이는군 그래. 읽어 보았는가, 특히 천상계가 대단하다던데?"

"아직입니다. 두 질을 나눠 읽는 중이거든요. 한 질은 초정 형님이 시작하셨고, 나머지 한 질은 임 낭자가 읽고 있습니다. 저는 낭자가 어느 정도 읽을 때까지 참았다가 달리려고 기다리는 중이고요."

"임 낭자도 입궐했는가. 하기야 할머니의 유작이 마무리된 셈이니 궁금하기도 하겠지."

내가 이의를 달았다.

"유작은 지나친 말씀이신 듯합니다."

"화광에게 우리도 대충 이야길 들었다네. 인왕산 지하 서고에 은거하고 계셨다며? 화마(火魔)를 피하셨다 하더라도, 눈 쌓인 야밤에 산을 제대로 내려오셨을까 걱정이군. 무사히 하산하셨다면, 왜 아직까지 모습을 드러내지 않으시는 겐가? 그동안은 임 낭자가 은밀히 할머니를 돌봐 드렸다 들었는데, 서고가 불타 버린 뒤론 연락도 끊긴 것 같다지?"

"그렇습니다."

"유작이다 못 박을 단계는 아니지만 유작이 될 가능성이 높은 것도 사실이지 않겠는가? 지난겨울 인왕산에 호랑이뿐만 아니라 늑대 떼도 돌아다니고 있었다네. 몹쓸 상상이지만 산에서 끔찍한 최후를 맞으셨다면 시신을 온전히 찾기도 어려울지 모르고……."

나는 '스물넷'으로 시작하는 임두의 글을 떠올리며 물었다.

"임 작가님은 어떻게 남편과 사별하신 겁니까? 한성부 주부를 지내셨다 듣긴 했습니다만……."

"돌림병에 걸려 급사하셨지. 가뭄이 지독한 해였던가 봐. 개천(開川, 청계천)에서 빌어먹는 거지들이 떼로 죽게 생겼는데, 백 주부께서 모두 거둬 죽을 먹이셨다더군. 그 덕분에 살아난 거지가 200명이 넘는다고 해. 한데 그중에 10여 명이 갑자기 피똥을 싸고 죽어 나갔다더군. 이미 돌림병에 걸린 자들이었어. 죽을 골고루 잘 먹는지, 백 주부는 한 차례 개천을 둘러보았을 뿐인데, 그도 아래위로 피를 토하며 쓰러졌지. 돌림병인 탓에 장례도 제대로 치르지 못했다더군. 임 작가님이 스물다섯 살이던 해 늦봄 4월의 일이야."

꽃 같고 별 같은 스물넷을 보내고 겨우 넉 달 만에 닥친 불행이었다.

"남편 먼저 보내고 과부가 되었대도, 수원의 백씨 문중에서 살아야지, 양천 친정으로 돌아온 까닭이 뭡니까?"

김덕성이 말머리를 돌렸다.

"1년 전에 화광도 똑같은 질문을 했지. 하기야, 임 작가님 인생에서 가장 어두우면서 또 빛나기 시작한 순간이니, 그때가 궁금하기도 할 거야. 알고 싶은가?"

"네."

"화광에게도 말했네만, 그 시절을 아는 게 자네 앞길을 막을 수도 있어. 그래도 괜찮겠어?"

임두가 친정으로 돌아온 것과 내 앞길이 막히는 것이 어떻게 연결된단 걸까.

"말씀하시지요."

"친정엔 아기를 낳으려고 왔던 걸세. 시부모님이 그렇게 하라 권하셨다더군. 이듬해 아들 수동을 양천에서 낳았지. 그러고도 임 작가님은 수원으로 돌아가지 않으셨어. 처음엔 가려 했다더군. 한데 시부모님이 양천까지 오셔선 수동만 데려가고, 임 작가님은 양천에 그대로 머물라 하셨대."

"빼앗아 간 겁니까?"

"아니야. 수동이 열다섯 살이 되었을 때, 다시 양천으로 와서 임 작가님과 살았으니까. 그전에도 계절마다 시어머니가 수동을 데리고 양천에 와서 사나흘씩 머물다가 가셨대. 그 어머님이 임 작가님에게 그러셨다는군. 소설을 제대로 한번 써 보라고. 수원에 돌아와서도 물론 소설을 계속 쓸 순 있겠지만, 집안일 도맡아 하며 아이까지 기르면 너무 많은 시간을 쏟게 된다고. 그 일은 당신께서 알아서 할 테니, 소설에만 집중하라고. 대신 계절마다 한 번씩 수동을 데리고 양천에 올 때 그동안 쓴 소설을 가장 먼저 읽게 해 달라고. 임 작가님 친정의 가세가 기운 것까지 아시고, 며느리가 친정에서 다른 일하지 않아도 될 만큼 넉넉하게 쌀과 비단까지 주셨다고 해."

"제안을 받아들이신 거군요."

"시간 여유가 조금만 더 있으면 더 나은 소설을 쓰겠단 생각을, 스물넷에 거듭하셨다더군. 양천에서 소설에만 집중하게 된 이후부터, 임 작가님 소설이 엄청나게 발전했지. 지금도 소설을 모여 읽고 쓰는 가문이 제법 있긴 해. 하지만 거기서 지은 소설들은 대부분 고만고만한 수준이지. 『산해인연록』과 같은 탁월한 작품은 거의 없어. 백씨 문중 여인들 속에서 소설의 즐거움을 배우고 만끽한 게 첫 단계라면, 핏덩이 아들과도 떨어져 양천에서 오로지 소설에만 집중한 나날이 두 번째 단계였지."

"그러다가 자궁 마마의 눈에 띄어 『산해인연록』을 쓰기 시작한 23년 전이 세 번째 단계의 시작이겠네요."

김덕성이 오른손으로 콧등을 쓸면서 잠시 고민했다. 나는 그가 왜 선뜻 동의하지 않는지 이해하기 어려웠다. 이보다 더 명쾌한 정리가 어디 있는가.

"이 얘기도 1년 전 화광에게 털어놓았으니, 자네에게도 해 줌세. 훗날 『산해인연록』과 임 작가님 인생을 들여다보는 이들 중 열에 아홉은 자네처럼 규정할 걸세. 하지만 그렇게만 지적하고 넘어가면, 양천으로 옮겨 가고부턴 임 작가님이 승승장구했다고 오해하기 쉽지."

"오해라고요?"

"거기에도 지독한 어둠이 깔려 있거든. 어쩌면 남편을 잃은 어둠보다 더 깜깜할지도 몰라. 외아들인 백수동과 며느리 정설아의 시신이 압록강에 떠올랐지. 세자께서 뒤주에 갇히기 한 달 전이지."

뒤주에 갇힌 날은 임오년(1762년) 윤 5월 13일이다.

"아들 부부가 그럼 임오년 5월 13일에 죽었단 말입니까?"

"그렇네."

"사인(死因)이 무엇입니까?"

김덕성이 주변을 살핀 뒤 목소리를 낮췄다.

"익사였지. 그들은 나를 돕다가 목숨을 잃은 걸세."

"네?"

김덕성은 놀란 내 눈을 피하지 않고 설명을 이었다.

"백수동과 정설아는 부부 서쾌였네. 수동이 서쾌가 된 건 임 작가님 때문이기도 하지. 소설을 제대로 쓰려면 대국을 두루 답사하고 또 역사와 지리와 사상을 다룬 서책들이 필요했네. 하지만 대국을 오가는 것과 서책을 들여오는 것은 국법으로 금하는 일이지. 결국 어머니를 위해 아들이 나선 셈이야. 수동 역시 백씨 문중에서부터 소설을 비롯한 여러 서책들을 두루 즐기며 자랐고, 열다섯 살에 양천으로 온 후론 더더욱 소설에 푹 빠졌어. 어머니가 소설을 완성해 가는 과정을 보고 배우며, 언젠가는 자신도 소설을 쓰겠단 꿈을 꾸었을지도 모르겠네. 하여튼 수동은 서쾌가 되어 대국을 오갔고, 그 길에서 여자 서쾌로 거의 유일하게 대국을 누비던 정설아를 만난 거야. 둘은 혼인한 후에도 서쾌를 그만두지 않았네. 오히려 더더욱 희귀한 서책들을 찾아다녔지. 나 역시 그들에게 각종 화집들을 부탁했어. 연경 유리창에 나온 화집들은 물론이고, 더 서쪽으로 가서 서융의 기기묘묘한 화집들까지 가져왔네. 내 그림이 우리나라나 대국의 화풍과 다른 점이 있다면, 백수동과 정설아의 도움이 꽤 컸다네. 한데…….”

여기서부턴 내가 넘겨짚었다.

“동궁전의 명을 받들어 삽화집을 그리면서, 거기에 참고할 서책들을 구해 달라고, 그들 부부에게 청하였던 건가요?”

“그렇다네. 그들은 삽화집을 준비하면서 두 차례, 그 전에도 따로 두 차례나 내게 필요한 서책들을 구해 왔으이. 세자 저하께서도 크게 칭찬하시며 은밀히 그들에게 상을 내리기도 하셨어. 임오년 2월에 저하께선 애초에 정한 삽화 외에 그림 한 점을 더 원하셨지. 나는 수동에게 도움을 청했고, 수동 부부는 기꺼이 그 자료를 찾아오겠다며 대국으로 떠났다네. 정설아는 딸 승혜를 낳고 불과 한 달만에 먼 길을 나섰어. 내가 필요한 자료를 지닌 대국의 서적상이 그녀를 친딸처럼 아꼈기 때문이지. 그런데 결국 부부가 압록강에서 목숨을 잃은 걸세. 비보를 접한 저하께선 그 삽화는 그리지 말고 삽화집을 끝내라 명하셨다네. 그래서 마무리 작업을 서둘러 한 달도 지나기 전인 윤 5월 9일에 마쳤던 거야."

"시신을 확인했나요? 압록강까지 가긴 힘들다 해도, 의주 관아에서 검안은 했을 것 아닙니까?"

김덕성이 숨을 길게 몰아쉬었다.

"덮었다네. 몰래 대국을 오가며 서책을 사고파는 일 자체가 불법이며, 세자 저하의 명을 받들어 삽화집을 만드는 데 필요한 서책을 구하러 다녀오는 길이란 게 밝혀지면 더더욱 안 되니까. 도적 떼를 만나 목숨을 잃은 것으로 정리되었네만, 그로부터 한 달 후 세자 저하께서 뒤주에 갇히신 뒤, 난 문득 그런 생각이 들더군. 수동 부부가 혹시 미행을 당한 게 아닐까. 세자 저하의 죄를 더하기 위해 음모를 꾸미던 자들이 수동 부부를 붙잡으려 한 게 아닐까. 괴한들을 피해 달아나다가 강으로 뛰어든 게 아닐까."

"그런 일이 있었군요. 전혀 몰랐습니다."

"평생 속죄하는 마음으로 살고 있네. 그건 임 작가님도 마찬가지일 게지. 그림이든 소설이든, 예술이란 게 말씀이야, 양달만 있으면 되질 않아. 응달, 평생 가도 아물지 않는 상처가 뛰어난 작품을 낳는다네. 자궁 마마께서 임 작가님의 탁월한 솜씨만 보고 『산해인연록』을 지어 달라 청하진 않았을 거야. 물론 임 작가님이 뛰어난 소설가인 것만은 분명해. 거기다가 갑자기 닥친 불행과 고통과 슬픔까지, 작가와 독자로서 주고받을 수 있다면, 이보다 더 어울리는 인연은 없겠지."

나는 『산해인연록』이란 제목에 유별나게 들어간 '인연'이란 두 글자를 새롭게 받아들였다. 그리고 묻지 않을 수 없었다.

"이처럼 엄청난 비밀을 왜 제게 들려주시는 겁니까?"

"화광은 『산해인연록』의 삽화를 맡았으니 진작 알려 줄 수밖에 없었네. 의금부 도사인 자네에게까진 털어놓지 않으려 했어. 화광과 가장 친한 벗이라고 하니, 화광이 혹시 부탁한다면, 내 입으로 말하진 않고 화광에게 설명해 주라고 해야겠다, 그 정도였지. 한데 자네가 승혜 그 아이를 각별히 챙긴다 들었네. 부부도 아닌 남녀가 사흘마다 저녁을 함께 먹는다는 게 보통 일인가? 그래서 알려 주는 것일세. 부디 승혜를 지켜 주게나. 나처럼 늙은 화원에겐 힘이 없으이. 부탁하네."

허리를 숙여 반절을 하려는 김덕성을 겨우 만류했다.

"이러시지 않으셔도 됩니다. 약속드리겠습니다. 임 낭자를 지키겠습니다."

김덕성이 내 손을 꼭 쥐며 손등을 쓸었다.

"나는 그럼 박 검서에게 가겠네. 꼼꼼하면서도 엄청나게 빨리 검서하기로 이름이 높으니, 박 검서가 곧 천상계로 들어가겠지. 자궁 마마께서 그걸 꼭 제대로 그리라 하셨다네."

종종걸음으로 급히 걷는 김덕성의 뒷모습을 보며 임승혜를 떠올렸다. 내가 알지 못하는 임두와 『산해인연록』에 관한 비밀이 더 있을까. 바쁜 나날이 지나고 나면 그녀와 마주 앉아, 오늘 김덕성에게서 들은 임두와 백수동과 정설아의 삶을 곱씹고 싶었다.

김덕성이 각사 속으로 사라지자 나도 마음이 급해졌다. 천상계? 199권까지 오는 동안 『산해인연록』은 천상계의 개입이 전혀 없었다. 하늘의 도리나 신선술이 종종 등장했지만 이야기는 철저하게 지상에서 펼쳐졌다. 이토록 긴 소설에 천상계가 단 한 번도 등장하지 않는다는 것 자체가 신기할 정도였다. 그런데 수문이 이어 쓴 부분에선 천상계가 등장하는가 보다. 한계일까. 제 아무리 그럴 듯하게 이야기를 꾸려 간다고 하더라도, 천상계 없이 지상의 이야기를 마무리 지을 자신이 없었던 걸까. 한데 얼마나 그럴 듯하게 썼기에, 자궁 마마가 천상계를 꼭 삽화로 그리라고 하명하신 것일까.

다음 날 해가 진 뒤에야 이 많은 질문의 답을 얻었다. 천상계는 206권부터 207권에 걸쳐 등장했다. 남자 주인공 산동직이 구사일생으로 전쟁터를 빠져나와 배를 타고 섬으로 피했다가 그 섬 꼭대기에 있는 화산 분화구 속 동굴에서 발견한 '천상의 책'(天書)에 담겼다.

이 책은 천상계를 풍부하게 담는 데서 머무르지 않고, 『산해인연록』 전체를 완결된 구성으로 끌어올리는 훌륭한 그릇이었다. 산씨 가문과 해씨 가문의 혼약이 우여곡절 끝에 완료되는 140권 이후부터, 이 작품이 『산해인연록』이란 제목 아래 있긴 하지만, 연작인 두 작품으로 나눠야 하지 않느냐는 지적이 제기되어 왔다. 『소현성록』이란 단일 제목 속에 『소현성록』과 『소씨삼대록』이 함께 담긴 것처럼! 그리 되면 『산해인연록』은 23년 동안 200권이 넘도록 집필된 단 하나의 소설로 평가될 수 없는 것이다.

그런데 '천상의 책'에 새로운 '인연'이 담겼다. 그것은 『산해인연록』에서 만남과 헤어짐을 반복하는 등장인물 중 상당수가 천상계의 인물들이란 것이다. 그들은 천상계에서 두 패로 나뉘 거대한 싸움을 벌이는 바람에 옥황상제의 노여움을 받아 모두 지상계로 유배를 떠났다. 그 인물들의 전생 즉 천상계에서의 이름과 직책이, 현생 즉 지상계에서의 이름과 직책과 나란히 '천상의 책'에 담겨 있었다. 과연 이 '천상의 책'에 담긴 관계들이 지상계에서도 이어졌을까. 이를 확인하기 위해선, 『산해인연록』을 처음부터 다시 읽을 수밖에 없었다. 1권부터 199권까지는 옆방에 있으므로 당장 가서 가져와야겠다는 생각이 들었다. 일어서려는 순간, 흐느낌이 귀를 파고들었다.

임승혜였다. 내가 '천상의 책'이 나오는 대목을 다 읽을 때까지 기다렸다가 흐느끼기 시작한 것이다. 들었던 엉덩이를 내려 바닥에 붙이곤 앉았다. 그녀의 어깨를 당겨 안은 채 잠시 그대로 있었다. 위로가 될 말들을 차례차례 떠올렸다.

"이 나 마 다 행 이 라 여 기 도 록 해 요."

임승혜는 고개를 저었다. 내가 덧붙였다.

"나 도 임 두 작 가 님 이 마 무 리 하 시 길 바 랐 습 니 다. 하 지 만……."

더 크게 고개를 저었다. 나는 또 보탰다.

"자 궁 마 마 나 의 빈 마 마 도 흡 족 해 하 시 니……."

그녀가 참지 못하고 붓을 들어 내 손바닥에 썼다.

— 할머니가 지으신 거예요.

나는 내 손바닥과 그녀 얼굴을 번갈아 쳐다보았다. 그녀가 이번엔 수첩을 꺼내 제법 길게 썼다.

—할머니는 하하재에서 2월 1일부터 22일까지 꼬박 소설을 쓰셨어요. 수문이 그걸 훔친 겁니다. 제아무리 탁월한 소설가라고 해도 한 달 만에 열 권하고도 반 권을 쓰긴 어려워요. 사흘 만에 한 권씩 쓰는 게 어떻게 가능해요?

나는 그 아래 적었다.

—할머니가 200권 뒷부분부터 이어 쓴 걸 하하재에서 읽었습니까?

그녀가 적었다.

—초고가 흡족할 때까진 누구에게도 보여 주지 않는다는 걸 아시잖아요? 쓰셨죠. 당연해요. '휴탑'을 찾으셨으니, 잠까지 줄여가며 종일 쓰셨어요.

—직접 본 건 아니군요.

—수문이 훔쳤어요. 확실해요.

나도 수문이 그렇게 많은 분량을 그토록 높은 수준으로 한 달 만에 쓴 것이 믿기진 않았다. 그러나 임두가 하하재에서 『산해인연록』을 200권 뒷부분부터 썼고, 수문이 서고가 폭발한 날 그것을 훔쳤다는 것은 그녀의 주장일 뿐이다. 하하재가 폭발한 다음 날 아침, 진시에 돈화문에 도착한 수문은 빈손이었다.

—훔치는 걸 봤습니까? 하하재로 들어가자마자 바로 이상한 향내를 맡고 쓰러졌다고 했잖습니까?

—못 봤어요. 맞아요. 전 쓰러졌죠. 하지만 보지 않았더라도, 이건 할머니 솜씨에요. 분명해요. 도와주세요. 『산해인연록』에 할머니 외에 다른 소설가의 이름이 나란히 언급되는 걸 막아 주세요.

역시 임승혜에겐 증거도 증인도 없었다. 경문에 대한 애착이 수문에 대한 비난으로 이어진 것일까.

—의빈 마마께서 수문과 경문으로 하여금 소설의 나머지를 쓰라고 명하셨을 땐 왜 가만히 있었던 겁니까? 할머니만의 작품으로 이 소설을 두려 했다면, 그때 강력하게 반대했어야죠.

—실패할 게 뻔히 보이니까요. 이 세상에서 『산해인연록』을 마무리 지을 사람은 오직 할머니밖에 없어요.

나는 그녀가 진정할 때까지 기다렸다가, 옆방으로 갔다. 박제가는 여전히 읽고 있었고 김진은 그리고 있었으며 수문은 보이지 않았다.

"어디 있나, 수문은?"

김진의 맞은편에 앉으며 물었다.

"씻으라고 보냈네. 내일 아침 의빈 마마를 뵈어야 하는데, 여기 갇혀 글만 쓰느라 제대로 씻지도 못했어. 소설은 읽어 보았는가?"

"방금 마쳤다네. 천상계는?"

김진이 말을 아꼈다. 바닥엔 파지가 수북했다. 그림이 생각대로 풀리지 않는 듯했다.

"아직! 좀 더 검토할 게 남아서……. 현은 선생과 단원 형님이 꼭 함께 그려 보고 싶다 하셔서, 그 부분만 따로 필사해서 드렸다네. 셋이서 머리를 맞대야 할 것 같아. 소설은 어떠하던가?"

박제가도 읽던 서책을 덮고 돌아앉았다. 나는 임승혜의 눈물을 떠올리며 답했다.

"의심스러워."

박제가가 물었다.

"의심스럽다니?"

내가 되물었다.

"형님은 어떠셨습니까?"

"역사적 오류나 지리적 착오가 전혀 없어. 손 볼 곳이 전혀 없는 글은 정말 오랜만이야. 마치 임두 작가님이 지은 것만 같군. 이보다 더 완벽하긴 어렵지 않을까?"

내가 말꼬리를 붙잡았다.

"임 작가님이 지은 것 같은 게 아니라, 진짜 임 작가님이 지은 거라면?"

박제가가 받아쳤다.

"지금 무슨 이상한 소릴 하는 게야? 200권부터 210권까지 한 달 꼬박 잠도 안 자고 이 방에 죄수처럼 갇혀 소설을 쓴 이는 수문이야. 화광이 그 과정을 모두 곁에서 지켜봤고. 그렇지 않은가?"

김진이 답했다.

"맞습니다. 임 작가님을 이어서, 그러니까 작가님이 권지이백의 절반을 쓰셨으니까, 거기서부터 열 권하고도 반 권을 수문이 썼습니다. 왜 그런 의심을 하는 겐가?"

나는 고개를 돌렸다. 임승혜가 머무는 방과 이 방을 가르는 벽을 쳐다보며 답했다.

"임 낭자가 그러더군. 임 작가님이 하하재에서 소설을 쉴 새 없이 쓰고 계셨다고. 그 분량이 엄청나다고. 수문이 바로 그 원고를 훔쳐 갔을 거라고……."

김진이 답했다.

"너무 잘 쓰긴 했지. 그렇지만 수문은 하하재에 간 것 자체를 부인하고 있어. 지하 서고를 찾으러 인왕산에 간 건 맞지만 결국 못 찾고 하산했다고."

"경문은 찾아서 들어갔다가 죽었고 수문은 못 찾는 바람에 살았다고? 그건 수문의 주장일 뿐일세."

"열 권하고도 반 권을 이 방에서 쓴 소설가는 수문이 분명해. 한 달 전 돈화문으로 돌아왔을 때, 그는 빈 몸이었어. 내가 서쾌 노릇을 꽤 했기 때문에 발걸음과 몸놀림을 척 보기만 해도 서책을 지녔는지 아닌지 알아차린다네. 그날 수문은 한 마리 나비처럼 가벼웠어. 몸에 열한 권의 소설 초고를 지녔을 리 없단 소리야. 그리고 임두 작가님이 하하재에서 『산해인연록』을 계속 썼다는 건 임 낭자의 주장일 뿐이라네. 서고는 폭발하였고 거기 있던 서책들은 잿더미가 되었으며 임 작가님은 여전히 실종된 상황이니, 그녀의 주장은 입증된 게 전혀 없어."

짧은 침묵이 흘렀다. 나 역시 같은 생각이었다. 이 원고가 수문이 아닌 임두의 것이라고 주장하기엔 역부족이었다. 박제가가 말머리를 돌렸다.

"'천상의 책'이 참으로 멋지긴 한데, 혹시 그게 소설을 급히 끝내는 방편으로 사용된 건 아닌가? 등장 인물은 너무 많고 사건은 제대로 정리가 되지 않으니까, '천상의 책'을 앞세워 전체를 단번에 덮어 버리려는 얄팍한 수작이라면?"

내가 받았다.

"저도 그래서 건너온 겁니다. 그건 결국 '천상의 책'에 등장하는 인물들이 1권부터 199권까지 지상에서 어떻게 살아왔는지를 천상의 삶과 대조하며 살펴야 합니다. 각 인물들의 개성은 물론이고 그들끼리 맺은 관계가 '천상의 책'에 설정된 대로라면, 소설을 마무리 짓기 위해 급조된 게 아니겠지요. 23년 전 이 소설을 시작할 때부터, 두 개의 운명이 있었던 겁니다. 처음부터 드러내 놓고 시작한 지상의 약속과 206권까지 숨긴 천상의 인연…….”

김진은 고개를 끄덕이며 입가에 미소를 머금었다. 내 설명을 더 듣고 싶다는 표정이었다.

“소설에 등장하는 혼약은 지상의 운명입니다. 독자들은 당연히 이 약속에 따라 등장인물들의 관계를 상상합니다. 그런데 『산해인연록』엔 드러난 지상의 운명과는 다른 천상의 운명이 숨겨져 있었던 겁니다. 독자들이 알아차리긴 정말 힘들죠. 소설가는 마치 지상의 운명을 따라 소설을 써 나가는 듯하면서도, 사실은 천상의 운명에 맞춰 이야기를 전개시킨 겁니다……. 상상하기 힘든 일입니다. 그 두 가지 운명을 넘나들며 소설을 써 나갈 수 있는 소설가는 오직 한 사람뿐입니다. 23년 전에 미리 이 전부를 설정하여 ‘휴탑’에 적어둔 임두 작가님이지요. 그런데 참으로 놀랍게도 수문이 드러난 운명과 숨겨진 운명을 되살펴 마무리했다는 건데……. 우선 서둘러 199권까지를 검토해야 합니다. 전부다는 아니라고 해도, ‘천상의 책’대로 과연 지상의 인물들이 움직이고 있는가를 파악해야지요. 화광! 소설을 모두 이 탁자에 올려놨으면 하네. 삽화 작업에 방해가 되지 않도록 조심하겠네. 내일 의빈 마마를 뵙기 전까지는 거칠게나마 검토를 마쳤으면 싶어."

김진이 미소와 함께 가볍게 질문 하나를 던졌다.

"'천상의 책'에 펼쳐진 천상의 나날에서 가장 먼저 눈에 들어온 게 뭐였나?"

나는 즉답을 못했다. 충격과 감탄 속에서 문장 전체가 번뜩였던 것이다. 화살을 되돌려 줬다.

"자넨?"

김진이 기다렸다는 듯이 답했다.

"산동직이 금강산 신선 동방선이고, 창화 공주가 남해 용왕의 딸로 나온 부분이네. 낯익지 않은가? 임 작가님이 필사 궁녀들에게 종종 이런 말씀을 하셨다더군. 『산해인연록』이 그동안 창작된 대소설 중 탁월한 작품들과 연결되었으면 한다고. 연작은 아니지만 존경의 끈을 소설에 포함시키고 싶다고. 그중에서도 가장 이른 시기에 등장해서 지금도 여전히 인기를 끌고 있는 『소현성록』과 『소씨삼대록』에 대한 관심과 애정은 각별하셨네."

그제야 나는 김진의 질문이 향한 작품을 알아차렸다.

"『소씨삼대록』에 등장하는, 소현성의 여덟 번째 아들 소운명과 재실인 이옥주의 전생을 그대로 가져갔군."

"동방선이 용왕의 딸을 보고 반해 혼인을 결심하는 대목까지 동일해. 『산해인연록』이 『소현성록』과 『소씨삼대록』과 같은 초기 대소설에 신세 지고 있다는 것을 공공연하게 밝혀 둔 셈이야. 이렇게 놓고 보면, 산동직은 소운명, 창화공주는 이옥주와 외모는 물론 성격까지 흡사하다네."

설암당에서 대취하며 즐기던 임두와 필사 궁녀들은 모두 『소현성록』의 양부인과 소씨 가문 여인들을 거론했었다. 그것은 『소현성록』의 풍광이자, 임두가 스물넷 백씨 가문 여인들과 즐겼던 수원 집 별채의 풍광이기도 했다.

"그 같은 설정은 수문이 만든 '천상의 책'에 나온다네."

"제자가 멋대로 만든 게 아니라, 스승이 숨겨 둔 설정을 찾아내어 담은 거라네. 그리고……."

김진이 파지 속에서 종이 묶음을 집어 탁자에 놓았다. 박제가와 내 시선이 그 묶음으로 향했다.

"자네도 알다시피 천상계가 등장하는 소설은 한두 작품이 아닐세. 『운영전』은 어떤가? 『숙향전』은 또 어떻고? 자네가 즐기는 『구운몽』과 『창선감의록』도 각기 다른 천상계가 펼쳐진다네. 작년 가을 『완월회맹연』의 천상계에 대해서도 이야길 나눴었지? 양모인 소교완과 양자인 정인성이 지상계에서 그토록 갈등한 것도 천상계에서 소교완의 전신인 경하용녀와 정인성의 전신인 태을성이 적대적인 관계인 탓이었더군. 두세 명 혹은 열 명 남짓한 인물들을 천상계에 두고 그 관계가 지상계에도 이어지게 해 왔지만, 어떤 소설도 『산해인연록』만큼 치밀하진 않아. 대작을 어떻게든 마무리 짓기 위해 임시방편으로 '천상의 책'을 동원한 건 아닐세. 수문이 자네가 말한 그 두 운명을 모조리 파악해 냈음을, 그러니까 스승인 임두 작가님만큼이나 『산해인연록』의 과거와 현재와 미래를 구석구석 알고 있었다는 것을 확인했으이."

나는 급히 묶음을 쥐고 들여다봤다. 내려 그은 붉은 줄이 종이를 둘로 나눴다. 왼편에는 '천상의 책'에 등장하는 이름과 역할이 세로로 적혔고, 오른편에는 지상으로 내려온 뒤 만들어진 이름과 역할이 적혔다. 왼편은 간략하게 두세 줄로 끝났지만, 오른편은 적어도 종이의 절반 혹은 한 바닥 전체를 차지했다. 사건과 언행을 기록한 다음에는 『산해인연록』에 그 대목이 나오는 권과 장을 병기했다. 그렇게 묶은 종이가 54장이었다. 54명이 '천상의 책'에 적힌 대로 지상에서 살아갔는지를 하나하나 확인한 것이다.

박제가가 물었다.

"언제 이걸 다 살폈는가?"

"지상계의 주요 등장인물들 행적은 틈틈이 정리해 둔 게 있었습니다. 처음엔 '천상의 책'만 놓고 대충 그려 볼까도 했죠. 하지만 전혀 그려지질 않더군요. 자꾸 서툰 붓질만

하지 말고, 천상계에 포함된 인물들을 소설 속 지상계에서 찾아보자 싶었지요. 처음엔 주인공 격인 열 명 정도만 정리할까 했는데, 하다 보니 전부 다 하게 되었습니다. '천상의 책'에 담긴, 그리고 『산해인연록』의 핵심 인물이기도 한 사람들은 정확히 54명이더군요. 오늘 아침에야 마쳤습니다. 이제 제대로 천상계를 그려 봄 직합니다. 54명이나 담아야 하니까, 그것도 천상의 인물들이되, 훗날 지상에서 겪게 되는 풍파까지 얼굴이나 성격이나 걸음걸이나 말투에 담아야 합니다. 다시 말해 독자들은 206권과 207권에 맞닥뜨린 천상계의 인물들을, 이미 200권이 넘도록 읽어 온 소설 속에 나온 지상계의 인물들과 겹쳐 볼 수밖에 없기 때문에, 최소한 인물도 두 배, 공간도 두 배, 시간도 두 배 늘어나는 셈이죠. 현은 선생과 단원 형님이 도와주지 않으시면 정말 엄두도 내기 힘든 일입니다."

잠시 설명을 멈췄다가 자조하듯 웃으며 이야기를 이었다.

"그래도 54명이라서, 다행인 건지도 모릅니다!"

내가 물었다.

"무슨 소린가 그게?"

"『산해인연록』에서 역할을 하는 중요 인물이 100명은 돼. 예전에 정리한 공책을 보니까 딱 100명이더라고. 그렇다면 46명은 고맙게도 '천상의 책'에서 빠진 셈이야. 대부분 150권 이후에 등장하는 인물들이더라고. 대장군 산동직이 총애하는 참모이자 선봉장 진어오, 산동직을 사랑한 맹인 쌍둥이 가기(歌妓) 설옥과 설희, 병든 창화 공주의 탕재에 독을 타는 시녀 월섬, 창화 공주가 완쾌될 것이라고 예견하는 낙우암 주지 강암 등은 없어. 46명까지 '천상의 책'에 채워졌더라면, 아마도 '천상의 책'을 삽화로 옮기는 작업을 포기했을지도 몰라."

이 나라에서 가장 총명하다는 칭송을 받는 검서관 박제가가 김진을 똑바로 쳐다보았다. 도망칠 구석이 전혀 없도록 출구를 막는 눈초리였다.

"이 도사와 자네 설명은 잘 들었네. 이 종이 묶음을 보고서도 나는 못 믿겠으이. 199권으로 펼쳐 놓은 소설을 꼼꼼히 읽고 정리하면, 임 작가님이 23년 동안이나 숨겨 온 천상계의 운명을 낱낱이 찾아내어 '천상의 책'에 담을 수 있단 말인가? 누가 내게 이런 작업을 해 보겠느냐고 하면 나는 단호히 거절할 걸세. 정녕 이야기의 신이 내려와도 불가능해. 임 작가님이 써둔 소설을 수문이 훔친 것 아니냐고 임 낭자가 의심하는 것도 이 때문이겠지. 훔쳤다는 증거는 어디에도 없고, 또 그렇게 훔친 초고를 수문이 필사한 게 아니란 건 화광 자네가 누구보다도 잘 알지만 정말 믿기 힘들군. 화광! 어떤가? 자네는 이와 같은 탁월한 마무리를 해

낼 수 있겠는가? 자네에게 한 달이란 기간과 『산해인연록』과 같은 199권의 소설이 주어진다면?"

김진이 시선을 피하거나 머뭇거리지 않고 답했다.

"저는 못합니다. 그러나 수문은 해냈습니다."

18장

이씨세대록

李氏世代錄. 명나라 이씨 가문의 대를 이어 펼쳐지는 이야기.
『쌍천기봉』(19권), 『이씨세대록』(26권)으로 이어진다.

끝이라 체념한 순간, 이어지는 것이 두 가지 있다. 하나는 인생 하나는 소설. 소설이 끝나도, 그 소설을 쓴 작가와 그 소설을 읽은 독자의 인생은 이어진다. 그리고 가끔은 소설이 끝난 뒤 새로운 소설이 이어지기도 한다.

다음 날 아침, 약속한 시간에 연화당으로 모두 모였다. 의빈과 정 상궁과 두 필사 궁녀와 김진과 임승혜와 박제가와 수문과 나, 그리고 여기에 세 명이 더 참석했다. 김진의 곁에 앉은 이는 김덕성과 김홍도였다.

가장 늦게 방으로 들어와선 의빈의 자리까지 빼앗은 이는 혜경궁이었다. 23년 동안 줄곧 『산해인연록』을 읽으면서 임두를 후원했으나, 항상 의빈을 앞세우고 그림자처럼 물러나 있던 그녀였다. 수문과 경문이 보름 동안 쓴 소설도 읽었고, 또 수문 홀로 한 달 동안 집중한 소설도 독파했다. 수문이 올린 소설을 매우 흡족하게 여기신다는 이야기를 정 상궁 편에 듣긴 했다. 그러나 직접 이 자리까지 올 줄은 상상도 못했다.

나는 제대로 고개를 들지도 못한 채, 혜경궁의 목소리가 들려오기를 기다렸다. 낮고 무거울까 가늘고 길까. 뭉칠까 갈라질까. 아니면 그 전부를 뒤섞은 듯 다채로울까. 혜경궁의 목소리를 상상하다가 엉뚱하게도 임승혜의 목소리에까지 생각이 뻗어갔다. 태어나서 단 한 번도 목소리를 내지 못한 사람. 그녀의 목과 귀가 멀쩡했다면 목소리는 어떠할까. 지금까지 내가 들은 목소리 중에서 어느 것과 가장 닮았을까. 핏줄은 못 속인다고 했으니, 친할머니인 임두의 낮고 약간 거친 맛이 나는 목소리에 가까울까.

"네가 승혜구나."

느리지만 단단했다. 맞서면 부서지고 따르면 든든한 목소리였다. 가장 먼저 지목된 임승혜는 두 팔을 바닥에 댄 채 가만히 있었다. 반걸음 뒤에 앉은 정 상궁이 등을 밀자 비로소 고개를 들었다. 혜경궁이 다시 천천히 말했다.

"네 가 승 혜 구 나."

임승혜가 재빨리 수첩을 꺼내 적었고, 정 상궁이 그것을 혜경궁에게 전했다.

—그러하옵니다. 마마!

"소설가 임두가 23년이나 나와 또 여기 있는 의빈에게 큰 기쁨을 주었구나. 손녀가 있단 얘긴 진작 들었는데, 이제 이렇게 보니, 내가 그동안 제대로 챙기지 못하였음이야. 지난 두 달 동안 마음고생이 특히 심했겠구나."

임승혜의 눈에서 눈물이 떨어졌다. 혜경궁을 직접 만나는 것도 영광인데, 그녀에게서 따듯한 위로의 말을 듣자 울컥했던 것이다. 의빈은 봄볕과 같고 혜경궁은 겨울 얼음과 같다는 풍문이 오래전부터 돌았다. 직접 만나 보니 겨울 얼음은커녕 따사로운 봄바람이었다.

"수문은 고개를 들거라."

혜경궁의 관심이 당연하게도 『산해인연록』을 완결한 신예 소설가에게 향했다. 수문이 추한 얼굴을 드러냈다. 혜경궁은 불편한 내색 없이 따뜻하게 물었다.

"임두 작가 문하에 몇 년이나 있었다고?"

"23년이옵니다."

"『산해인연록』을 완성한 세월과 같구나."

"공교롭게도 스승이 그 소설을 시작하기 전날 문하로 들어갔사옵니다."

"계속 읽었겠구나."

"그러하옵니다. 처음엔 제게만 초고를 보였고, 경문이 들어온 10년 전부터는 저희 둘에게 보여 주며 의견을 들었사옵니다."

"'천상의 책'을 등장시켜 소설을 끝마치겠다는 의논도 한 적이 있느냐?"

"없사옵니다. 이미 쓴 것에 관해서는 제법 많은 이야기가 오갔지만, 앞으로 쓸 것에 관해서는 한마디도 하지 않았사옵니다. 이 소설이 어디로 어떻게 가는가 하는 것은 전적으로 스승의 몫이었사옵니다. 저와 경문은 문장을 따르며 배우는 것만도 바쁘고 영광스러웠사옵니다."

"바쁘다?"

"스승의 한 걸음이 저희에게는 백 걸음 천 걸음이었사옵니다. 스승이 쓴 문장 하나를 이해하기 위해, 저희는 그 문장과 관계되는 서책에서 백 문장 천 문장을 읽고 고민하였사옵니다. 스승은 당신이 쓴 문장들을 일일이 설명하지 않았사옵니다. 오직 쓴 후, 어떠한가, 묻기만 하였사옵니다. 그 물음에 단 한 번이라도 제대로 답하는 것이 저희의 소원이었사옵니다. 어찌어찌 답은 했사옵니다만, 하고 나면 곧 형편없이 부족하다는 것을 깨닫사옵니다. 그래도 저희를 멀리 두지 않고, 다시 불러 읽히고 또 읽힌 데는 스승의 깊은 뜻이 숨어 있다 생각하옵니다."

"그 덕분에 200권부터 210권까지를 썼다고 여기는 것이냐?"

"그러하옵니다. 한 달 만에 열 권 하고도 반 권을 급히 썼사옵니다만, 그건 제가 지었다기보다는 문하에서 배우고 익힌 세월이 쓴 것이옵니다. 결국 스승이 만든 것과 같사옵니다."

혜경궁의 시선이 이번엔 김진에게 향했다.

"임 작가가 지하 서고에 스무 날 넘게 은거했었다고 들었느니라. 불이 나고, 경문의 시신이 거기서 발견된 것은 안타까운 일이다. 그 후로 임 작가에 대한 새로운 소식은 없느냐?"

"저는 수문을 돕느라 규장각을 떠나기 어려웠사옵니다. 그 일의 경과는 의금부 도사 이명방이 더 자세히 알 것이옵니다."

질문이 내게 옮겨 왔다.

"네가 화광이 칭찬하는 벗이자 소설을 그 누구보다도 많이 읽었다는 의금부의 이 도사인가?"

"그, 그러하옵니다."

나에 대해서도 이미 알고 있는 것이다.

"경문의 죽음과 지하 서고 화재에 대해선 어찌 조사를 하고 있느냐? 임 작가의 행처는 짐작 가는 데라도 나왔고?"

나는 비로소 고개를 들고 우러렀다. 의빈의 얼굴은 눈도 코도 입도 크고 또렷한 반면, 혜경궁의 얼굴은 상상보다 작고 흐릿했다. 눈가엔 주름이 벌써 자글거렸고 움푹 팬 볼엔 병색(病色)이 완연했다. 두 눈만은 먹이를 노리는 참매의 그것처럼 찬 기운을 뿜었다.

"아직이옵니다. 지하 서고가 완전히 불에 타 버려 새로운 단서를 찾기 어려웠사옵니다. 하지만 포기하지 않고, 의금부와 형조가 힘을 합쳐 탐문을 계속하고 있사옵니다."

"읽었느냐, 이 도사도?"

질문의 방향이 확 바뀌었다. 내가 이 자리에서 가장 받기 싫었던 질문이기도 했다.

"읽었사옵니다."

"어떠하더냐?"

답하기 전에 수문과 임승혜를 곁눈질했다.

"완벽했사옵니다. 이보다 더 좋은 마무리는 찾기 어렵사옵니다."

"의빈과 똑같은 이야기를 하는구나. 내 뜻도 그러하다. 23년이나 이어온 소설의 마지막을 보지 못하는 게 아닌가 걱정이 컸었다. 간혹 소설가들이 여럿 모여 소설 하나를 쓰는 경우도 있으나, 『산해인연록』은 오롯이 임두 한 사람만의 작품이다. 임 작가가 다섯 달이나 권지이백을 주지 않고, 또 갑자기 사라졌을 땐 이 거작이 미완으로 남겠구나 싶었느니라. 수문과 경문이 경쟁하며 보름 동안 쓴 소설을 읽었을 때도, 내 불길한 예감이 맞구나 싶었고……. 한데 너무나도 아름답고 깔끔하게, 또 23년 긴 세월의 넓이와 깊이까지 헤아린 마무리였다. 이제 『산해인연록』은 누가 읽든지, 이 나라 사람들은 물론이고 대국이나 왜국에서도 읽을 수만 있다면, 놀랍도록 빼어난 소설이라 칭할 것이야. 23년이나 소설을 써온 임 작가의 공이 가장 크지만, 수문의 공 역시 적지 않다. 수문에게 거기에 값하는 충분한 상을 내리도록 하겠느니라. 바라는 것이 있느냐?"

수문이 들창코를 벌렁대며 기다렸다는 듯이 답했다.

"스승의 손길이 묻어 있는 집으로 돌아가고 싶은 마음뿐이옵니다."

"임두가 그 집으로 영영 못 올지도 모른다. 네가 원하면 따로 집필할 집을 마련해 주겠느니라. 임두의 집보다 더 넓고 큰 집에서, 수문 그대의 소설을 써야 하지 않겠느냐? 도성 안을 원하면 도성 안을 주고, 성 밖 강변이나 계곡을 원하면 또 그곳을 찾아 주겠다."

"스승의 이름에 누가 되지 않도록 최선을 다해 소설을 쓰긴 할 것이옵니다. 하오나 저는 그 소설들을 스승의 집에 머물며 계속 짓고 싶사옵니다. 그리고……."

"그리고?"

혜경궁이 말꼬리를 반복할 때 나는 보았다, 수문의 시선이 재빨리 임승혜에게 머물렀다 돌아가는 것을.

"스승의 유일한 혈육을 돌보며 지내겠사옵니다……."

혜경궁은 수문의 바람을 단숨에 알아차렸다.

"혼인을 원하느냐?"

"원하옵니다만……."

말끝을 흐렸다. 혜경궁이 그 말을 반복했다.

"원하옵니다만?"

"예전에 잠깐 마음을 내보였으나 거절당하였사옵니다."

혜경궁의 시선이 수문에서 임승혜로 옮겨갔다.

"지 금 도 그 마 음 은 변 함 이 없 느 냐?"

—변함없사옵니다.

"허 면 수 문 이 다 시 집 으 로 돌 아 가 서 머 무 는 것 또 한 불 편 하 겠 구 나……."

혜경궁은 거기서 말을 멈췄다. 수문이 임두의 집에서 지내는 것을 받아들이라고 명령하면, 임승혜는 거절할 힘이 없었다. 그러나 혜경궁은 말을 아꼈다. 임승혜가 스스로 무릎 꿇고 받아들이기를 바라는 듯했다. 그 순간 나는 혜경궁의 바람과는 달리, 임승혜가 수문을 집에 두고 싶지 않다고 답하는 광경을 그려 보았다. 훈훈한 분위기가 순식간에 싸늘해질 것이다. 임승혜는 답하기 전 나를 곁눈질했다. 나는 천천히 고개를 저었다. 속마음을 털어놓지 말라는 뜻이다.

—불편하지 않사옵니다.

"불 편 하 지 않 다?"

—할머니가 없더라도, 할머니와 두 제자의 인연이 끊어지는 것은 아니니 만큼, 또 대소설을 지을 때 필요한 진귀한 서책들이 서고에 가득 있으니, 수문이 다시 집으로 돌아와 머무는 것은 전혀 불편하지 않사옵니다. 23년이나 그 집에서 할머니를 도우며 지냈사옵니다.

혜경궁이 다시 수문에게 물었다.

"설암당을 쓰겠느냐?"

임승혜의 팔꿈치가 동시에 접혔다. 설암당을 쓴다는 것은 임두가 그 집에서 누리던 지위를 수문이 갖는다는 뜻이다. 임두가 더 이상 돌아오지 못하리란 예측도 포함되어 있었다. 임승혜의 이마가 기어이 바닥에 닿았다. 슬픔을 참느라 온몸이 심하게 떨렸다. 수문이 답했다.

"아니옵니다. 스승이 돌아올 때까지 기다리겠사옵니다."

"돌아오지 않는다면? 1년이 지나도 소식이 없다면?"

"그와 같은 불행은 없어야 하겠사옵니다만, 1년 뒤까지 소식이 없다 하여도 설암당을 쓰진 않겠사옵니다."

"그 이유가 무엇이냐? 승혜가 저렇듯 슬퍼하기 때문이

냐?"

나는 당장이라도 임승혜를 부축하여 이 자리를 떠나고 싶었다. 그러나 혜경궁의 허락이 없는 한, 누구도 들어올 수 없고 누구도 나갈 수 없었다.

"아니옵니다. 제가 설암당을 취하지 않는 것은 아직 소설 짓는 솜씨가 스승에 비해 턱없이 부족하기 때문이옵니다. 스승이 『산해인연록』을 쓰기 위해 노력한 흔적이 고스란히 설암당에 남아 있사옵니다. 사방 벽에는 초상화와 가계도와 역사적 사실이 빽빽하게 들어찼사옵고, 서안 옆에는 책탑들이 그득그득 쌓여 있사옵니다. 그것들을 치워 버리고, 거기서 제가 소설을 쓰는 것보다는, 소설은 다른 방에서 짓더라도 가끔 설암당에 들러 소설을 향한 스승의 끝없는 분투를 떠올리고 싶사옵니다. 기회가 된다면 마마께서도 꼭 한번 설암당에 와 주옵소서. 23년이나 소설에 몰두한 자의 면면이 그 작은 방에 고스란히 있사옵니다."

"스승을 위하는 마음이 기특하구나. 알겠다. 설암당은 그대로 두도록 하거라. 하면 네가 소설 쓸 당(堂)을 하나 지어 주랴?"

"아니옵니다. 당분간은 사랑채에 그대로 머물고 싶사옵니다."

"사랑채에 그대로 있겠다?"

"23년 동안 머문 곳이옵니다. 또한 경문이 들어오고 나서 10년 동안 함께 습작하느라 애쓴 방이기도 하옵니다. 경문이 갑자기 세상을 떠났으니, 그를 기리며 3년은 더 사랑채에서 지내겠사옵니다."

"그 마음 또한 특별하구나. 알겠다. 뜻대로 하거라. 언제든지 네가 원할 때 집필할 곳을 새로 짓도록 하겠느니라."

혜경궁은 다시 임승혜 쪽으로 시선을 돌렸다.

"『산 해 인 연 록』을 끝 까 지 읽 었 느 냐?"

—읽었사옵니다.

"어 떠 하 더 냐?"

나는 가슴이 마구 뛰며 얼굴이 벌겋게 달아올랐다. 그녀는 수문이 임두의 초고를 훔쳐간 것이라며, 내게 도와달라고 했었다. 그 주장을 여기서 반복하기라도 한다면, 혜경궁은 대노할 것이고, 임승혜와 수문 둘 중 한 사람은 목숨이 달아나고야 말 것이다. 임승혜는 물과 불을 동시에 품은 것처럼 차분하고 대범했다. 혜경궁 앞이라 하여 하고 싶은 말을 못할 사람이 아니었다. 훔쳐 갔단 말이 나올 기미가 보이기만 하면, 무슨 말이든 큰 소리로 아뢰리라 마음먹었다. 법도에서 어긋난 죄로, 내가 곤장을 맞거나 압슬을 당하는 편이 낫다.

—제 할머니 솜씨로 느꼈사옵니다.

정직하게 답했지만, 분위기가 얼어붙진 않았다. 혜경궁도 의빈도 그 답을 수문에 대한 칭찬으로 받아들인 것이다. 표정이 굳은 사람은 내게서 임승혜의 주장을 들은 김진과 박제가 정도였다. 혜경궁이 자신이 원하는 방향으로 임승혜를 밀어붙였다.

"아직 마음이 변하지 않았다고 하나, 앞으로 달라질 수는 있는 것 아니냐? 어찌하면 수문을 지아비로 삼아 살겠단 마음이 들겠느냐?"

―모르겠사옵니다.

임승혜다운 답이었다. 혜경궁이 꾸짖고도 남을 건방진 답이기도 했다. 그러나 혜경궁은 그녀를 더 몰아세우진 않았다.

"딱 잘라 안 되는 건 아닌 게로구나. 오늘은 이 정도만 듣겠다. 승혜가 동의하였으니, 수문은 이 자리를 파하고 나면 임두의 집으로 가도 좋다. 앞으로는 매달 수문을 위해 종이와 먹과 벼루를 내리도록 하겠느니라. 이 나라 아니 이 세상에서 가장 좋은 지필묵을 주겠다. 박 검서가 수문에게 보낼 지필묵을 책임지고 마련하도록 하여라."

"작은 재주를 이렇듯 높이 평해 주시니, 몸 둘 바를 모르겠사옵니다."

수문이 감사의 마음을 거듭 전했다. 혜경궁이 이제 일어

나서 방을 나가면, 오늘 모임도 마치는 것이다. 위태로운 순간도 있었으나 대체로 순조로웠다. 그런데 혜경궁이 연화당을 떠나는 대신 두 가지를 더 확인했다.

"삽화는 언제 마치느냐? '천상의 책'에 담긴 것들을 그려오라 일렀거늘 왜 소식이 없어?"

김덕성과 김홍도가 김진에게 답을 미뤘다.

"열흘만 더 주옵소서. 천상의 인물들이 지상에 내려와 어찌 살았는지 확인하느라 시일이 걸렸사옵니다."

"지상의 삶까지 꼭 확인해야 삽화가 되는 것이냐? 천상은 천상이고 지상은 지상인데, 그사이에서 괜히 시간을 허비하는 것 아니냔 뜻이니라."

김덕성이 김진을 도와 답했다.

"임 작가가 장대하게 펼친 지상의 이야기와 수문이 '천상의 책'에 담은 천상의 우아하고 그윽한 풍광을 화폭에 함께 담기 위함이옵니다. 『산해인연록』에 두 소설가의 피와 땀이 함께 들어갔다는 것을 나타내는 방편이기도 하옵니다."

혜경궁도 더 이상 시일을 재촉하지 않았다.

"알겠다. 이 나라에서 가장 뛰어난 세 사람이 합심하여 그리는 천상계이니 기대가 무척 크다. 최고를 그리겠다는 욕심은 기특하나 열흘을 넘겨서는 아니 될 것이야. 명심하렷다."

그리고 다시 시선을 수문에게 돌렸다.

“수문은 듣거라. 23년 동안 읽어 온 『산해인연록』이 끝나고 나니, 23년을 사귄 오랜 벗과 이별한 듯하구나. 이 거작을 처음부터 끝까지 완독한 기쁨도 물론 크지만, 외롭고 쓸쓸하여 문득문득 눈물까지 맺힌다. 이건 나뿐만 아니라 의빈이나 정 상궁이나 필사 궁녀들도 마찬가지니라. 어제 의빈과 이야기를 나누었다. 허전함을 달래기 위해 차를 마시고 수를 놓고 후원을 산책하기보단 차라리 소설을 읽는 편이 낫겠다고. 나도 의빈도 뜻을 모았느니라. 이왕이면 임 작가와 보낸 나날처럼, 읽어도 읽어도 끝나지 않는 소설, 기억하는 속도보다 망각하는 속도가 더 빠른 소설을 읽고 싶구나. 이 나라에서 그와 같은 소설을 쓸 소설가는 오직 그대, 수문밖에 없겠지?”

수문의 작은 눈이 새끼 노루를 삼킨 구렁이의 몸통처럼 커졌다.

“『산해인연록』과 같은 소설을 제게 지으란 말씀이시옵니까?”

“왜? 못하겠느냐?”

참매의 눈으로 돌아온 혜경궁 앞에서 수문은 난감한 표정을 지었다. 못난 얼굴이 더 비참하고 슬퍼 보였다. 김진의 입가엔 옅은 미소가 번졌다. 그러니까 오늘의 회합은

『산해인연록』을 훌륭하게 마무리 지은 수문을 칭찬하는 자리이면서, 수문에게 임두처럼 소설을 궁궐에 바치며 살아갈 것을 명령하는 자리인 셈이다.

"하, 하겠습니다. 하오나 준비할 시간을 주옵소서."

수문이 차선책을 택했다. 당장 거절하면 중벌을 면하기 어렵기 때문에 시간이라도 우선 벌어 두려는 것이다.

"얼마나 필요하겠느냐?"

"등장인물과 등장 시간과 등장 공간을 새로 전부 마련하려면 적어도 2년은 걸리옵니다."

혜경궁이 단칼에 잘랐다.

"너무 길다. 권지이백을 기다린 다섯 달도 500년처럼 느껴졌는데, 2년이나 못 참아."

수문도 필사적이었다.

"스승이 『산해인연록』을 본격적으로 구상하고 답사하고 독서한 기간만 10년이라 들었사옵니다. 거기에 비하면 2년도 결코 충분하지 않사옵니다."

"이렇게 하는 것이 어떻겠사옵니까?"

좌중의 시선이 김진에게 쏠렸다. 혜경궁이 재촉했다.

"말해 보거라. 준비 기간을 줄일 방법이 있느냐?"

"『이씨세대록』과 같은 방식이 어떻겠사옵니까?"

"『이씨세대록』에 묘수가 숨어 있단 말이냐?"

“완전히 새로운 작품을 처음부터 쓰려고 준비하면 2년도 부족하겠으나, 『쌍천기봉』을 이어 『이씨세대록』을 썼듯이, 수문이 『산해인연록』을 이어 연작을 쓴다면, 등장할 인물이나 시간이나 공간을 따로 고민하지 않아도 되옵니다. 더군다나 수문은 『산해인연록』을 완성시키기 위해, 210권에 담긴 문장들을 손에 익힌 상황이옵니다. 이럴 때는 시일을 끌수록 익숙함이 사라지옵니다.”

혜경궁의 목소리가 처음으로 들떴다.

“그래! 그리하면 되겠구나. 수문은 새 소설을 고민하지 말고, 『산해인연록』의 말미에 나오는 산동직과 창화 공주의 자녀들, 7남 3녀의 혼인담을 중심에 두고 연작을 짓도록 하여라.”

의빈이 말을 보탰다.

“이왕이면 『이씨세대록』에 등장하는 혼인의 여러 양상들을 고려하면 좋겠사옵니다. 그 초고를 임승혜가 한 차례 정리하고, 그것을 다시 여기 있는 필사 궁녀들에게 궁체로 옮기라 하옵소서. 물론 많은 대소설들이 혼사를 중심에 놓고 갖가지 사건을 만들고 해결해 왔사옵니다. 하오나 『이씨세대록』은 특별히 기존에는 잘 다루지 않던, 예법에 맞지도 않고 상상하기도 힘든 혼사들을 등장시키고 있지 않사옵니까? 수문이 혼사의 어려움들을 폭넓게 다루고 또 그것을 임승혜가 옮겨 정리하다 보면, 혼인에 대한 서로의 마음을 거울처럼 들여다보며 조정할 기회가 될 것이옵니다."

의빈의 지적처럼 『이씨세대록』에는 비례(非禮)라는 지적을 면하기 어려운 충격적인 설정이 많았다. 내종형제가 같은 여자를 부인으로 맞는다거나 재종 간의 혼인도 문제였지만, 이필주와 왕생의 혼인은 두고두고 독자들의 입방아에 오르내렸다.

이씨 가문의 딸인 필주는 어렸을 때 부모와 헤어져 왕씨 가문의 시녀로 들어간다. 왕생은 필주와 동침하려다 거절당하자 그녀를 폭행하고, 그 바람에 필주가 크게 다친다. 그 후 필주가 이씨 가문의 잃어버린 딸이란 것이 밝혀진다. 왕생은 필주와 결혼하겠다고 나선다.

이 지점에서 독자들의 의견은 둘로 갈렸다. 하나는 내 집 시녀를 내 마음대로 하는데 무엇이 문제냐는 왕생의 주장을 두둔하는 것이고, 또 하나는 아무리 시녀라고 하더라도 강제로 범하려고 때리는 것은 지나친 처사라는 것이다. 폭행을 했더라도 동침 직전까지 갔으니 혼인해야 한다는 쪽과 이런 혼인은 결코 받아들일 수 없다는 쪽으로 나뉘어 격렬한 논쟁을 불러일으켰다. 나는 이 대목이 자꾸 마음에 걸렸다. 왕생의 폭행이 문제가 되긴 했지만, 결국 그는 필주와 혼인했던 것이다.

하인들을 제외한다면, 오늘부터 임두의 집엔 수문과 임승혜만 머무르게 된다. 거기서 수문이 궁궐에 바칠 새 소설을 짓고, 그 초고를 임승혜가 정리한다면, 둘은 같은 방에 자연스럽게 머물 수밖에 없다. 그 와중에 『이씨세대록』의 왕생처럼, 수문이 임승혜를 겁박하고 주먹질이라도 해 댄다면?

상상만 해도 끔찍하다. 그렇지만 나는 이 자리에서 김진의 제안에 반대할 수 없다. 혜경궁과 의빈과 정 상궁과 두 명의 필사 궁녀 모두 수문이 지을 소설을, 『산해인연록』의 연작으로 읽게 된다는 기쁨에 젖었던 것이다. 혜경궁이 퇴로를 막듯 물었다.

"연작으로 들어간다면 언제부터 시작할 수 있겠느냐?"

"두, 두 달은 필요하옵니다."

조여들었다.

"한 달! 한 달 뒤에 가져오너라. 소설을 궁궐로 은밀히 들이는 방법은 『산해인연록』과 똑같이 하겠다. 원 없이 쓰거라. 23년도 좋고 46년도 좋다. 210권도 좋고 300권 400권도 좋다. 수문, 그대가 쓴 소설을 읽다가 읽다가, 이야기의 길 위 어디쯤에서 이승을 떠나는 것도 헛되진 않겠구나. 그래, 그러자꾸나."

19장

옥원재합기연

玉鴛再合奇緣. 북송 시절 소세경과 이현영의 사랑 이야기.
옥으로 만든 원앙의 이합(離合)을 상징으로 삼아 기이한 인연을 다뤘다.
『옥원재합기연』(21권), 『옥원전해』(5권), 『십봉기연』으로 이어진다.

“괜찮겠소? 원한다면 내가 사랑채에 수문과 함께 머물며, 의금부로 출퇴근하리다.”

협문 앞에서 내가 물었다. 수문은 박제가의 방에서 챙길 짐들이 있다 하여, 그녀와 나만 먼저 왔다. 임승혜가 미소 지으며 고개를 저었다.

— 폐 끼치고 싶지 않아요. 수문은 23년 동안이나 이 집에서 지냈습니다. 제가 태어나던 해부터 할머니를 모셨어요.

그땐 임두가 설암당을 지켰다. 지금도 이 집에는 부리는 하인이 다섯 하녀가 다섯이지만, 집필에 방해가 되지 않기 위해 있어도 없는 듯 지내는 데 익숙한 이들이다. 이제 집을 자유롭게 돌아다니며 말하고 걷고 읽고 쓰는 이는 수문과 임승혜 둘뿐이다.

"수 문 이 의 심 스 럽 다 하 지 않 았 소? 임 두 작 가 님 의 원 고 를 훔 쳐 간……."

그녀가 붓을 흔들며 말허리를 잘랐다. 어제의 주장을 뒤집었다.

—그게 꼭 훔쳐 갔다기보다는, 너무 놀라서, 할머니만이 가 닿을 경지를 보여 줘서, 할머니가 그립기도 하고, 물증도 없으니, 하여튼 괜찮습니다.

붓을 군데군데 자주 멈추었다가 겨우 이었다. 매끄럽고 단정한 문장을 뽐내던 그녀인데, 생각의 파편들이 산만하게 담겼다.

"조 금 이 라 도 두 렵 고 불 편 하 면 연 락 을 주 시 오. 언 제 라 도!"

—고마워요. 이만 가세요.

발걸음이 떨어지지 않았다. 수문이 올 때까지라도 기다릴까 싶었지만 임승혜가 등을 떠밀다시피 했다.

—저도 쉬어야겠어요. 그동안 너무 애쓰셨습니다. 이 은혜는 꼭 갚겠습니다.

"은 혜 는 무 슨……. 제 대 로 돕 지 못 해 미 안 하 오."

지하 서고를 찾아내지도 못했고 경문의 죽음을 막지도 못했다. 『산해인연록』을 마무리 지은 소설가도 김진의 격려를 받은 수문이다. 일어서려다가 다시 앉아선, 그녀의 손에 들린 붓을 빼앗듯 쥐었다. 이대로 돌아갈 수는 없었다.

—나는 괜찮지가 않소. 수문이 너무 많은 것을 독차지하지 않았소? 호랑이 없는 곳에서 여우가 왕 노릇한다더니, 임 작가님이 사라지시고 경문이 죽은 뒤, 자기 세상을 만난 듯 의기양양하게 군다오. 내가 낭자라면 수문을 멀리 하겠소. 그는 불행을 몰고 다니는 사람이라오. 낭자까지 불행하게 만들까 걱정이라오.

임승혜가 답했다.

—걱정 말아요. 행복과 불행은 제가 결정해요. 수문 때문에 행복하지 않듯이, 불행해진다 해도 그의 탓이 아닙니다. 할머니가 제게 하신 충고 하나 말씀드릴까요?

고개를 끄덕였다.

—잠시 기다리세요.

임승혜가 자리를 비웠다가 보자기를 양손에 들고 돌아왔다. 사각형으로 각이 진 모양이다. 한눈에 봐도 서책이었다. 내 무릎 앞에 놓은 보자기들을 펼쳤다. 『옥원재합기연』. 21권에 달하는 대소설이었다.

—누군가가 몹시 싫을 때, 그냥 싫은 게 아니라 저주하고 침 뱉고 가진 걸 몽땅 빼앗아 지옥을 맛보게 하고 싶을 정도로 싫을 때는 이 책 『옥원재합기연』을 읽으라 하셨어요. 저는 지난 두 달 동안 이미 한 번 더 정독했지요. 지금

은 저보다 이 도사님께 필요할 듯싶네요. 가져가세요.

—나도 오래전에 읽었소만……. 여러 대소설 중에서 왜 하필 이 작품을 권하셨을까요?

임승혜가 얼굴을 빤히 쳐다본 후 적었다.

—그냥 읽으시는 게 나을까 아니면 몇 마디 첨언하는 게 나을까, 저도 잘 모르겠네요. 읽으신 적이 있다 하고 또 물으시니 간단히 답을 드리죠. 할머니는 이 소설의 주인공 소세경과 이현영의 고통에 주목하라 하셨습니다.

—고통?

—이들은 약혼을 했음에도 쉽게 결혼에 이르진 못했답니다. 여주인공 이현영의 아버지 이원외가 소씨 가문에 악행을 저지른 탓이죠. 이 대목에서 『옥원재합기연』의 작가는 낯설고 대담한 이야기를 펼쳐 놓습니다. 소세경으로 하여금 이현영이 얼마나 고통스러워하는가를 직접 보게 하고, 또 이현영으로 하여금 소세경이 얼마나 고통스러워하는가를 자세하게 알도록 합니다. 그 고통은 자해를 하고 자살을 시도할 만큼 극심하지요. 이렇게 서로의 고통을 보고 듣고 알게 된 후에야 둘은 서로를 받아들여 행복한 부부로 탄생합니다. 누군가가 혐오스럽고 저주하고 싶을 만큼 미울 때, 그 사람을 무시하거나 배척하거나 회피하지 말고, 그 사람의 고통을 찾아보라는 게, 할머니가 이 소설을 제게

권하신 이유가 아닐까 합니다.

—수문이 고통받고 있는 것 같소? 지금이 어쩌면 그에겐 전성기가 시작된 꼴인데…….

—할머니는 이런 충고도 하셨어요. 매일 아침저녁으로 거울을 들여다보라고.

—왜 하필 거울입니까?

—얼굴이나 머리를 매만지기 위해 잠시 보란 뜻이 아니고, 마음속으로 적어도 일백을 헤아릴 때까지 꽤 오래 들여다보라 하셨어요. 유연이 거울 보듯! 『유효공선행록』을 보면 남자 주인공 유연이 거울을 들여다보며, 자신의 모습이 얼마나 달라졌는가를 깨닫는 장면이 나오거든요. 유연은 그렇듯 오래 거울을 보며 무슨 생각을 했을까요? 아마도 자신의 지나온 삶을 돌이켜 봤을 겁니다. 거울도 챙겨 드릴까요?

—집에 있소.

—『옥원재합기연』을 읽으시고 거울을 보시고, 그리고 다시 이야기 나눴으면 해요. 소세경과 이현영의 이야기뿐만 아니라 이현윤과 경빙희의 사연도 감동적이랍니다. 제가 정말 아끼는 작품이거든요. 악인을 다 가두고 죽이면 세상이 올바름으로 돌아가는 것 같지만, 그렇지 않다는 생각이 자주 들어요. 다른 사람이 다른 말과 다른 행동을 하면,

그게 예법에 맞지 않거나 악행이란 비난을 받더라도, 그 사람을 가두거나 죽이지 않고, 왜 그는 그렇게 되었을까 고민해 봤으면 해요.

—임 낭자가 이런 생각까지 하는 줄은 몰랐소, 소설을 읽으면서.

—『열녀전』을 건성건성 넘기는 것보다 『소현성록』 한 번 제대로 읽는 게 낫다는 얘기가 100년도 더 전부터 떠돌았답니다. 『옥원재합기연』도 그런 소설이죠. 세상을 새롭게 보고 삶을 더 깊게 고민하도록 만드는 좋은 이야기랍니다.

임승혜가 권하는 소설이니 꼭 재독하겠지만, 소설에 기대지 않고 오늘은 더 나아가고 싶었다. 내 마음이 불안해서였을 것이다.

—낭자! 나는 낭자를 내 옥인(玉人)으로 그러니까

여기까지 썼을 때, 임승혜가 붓을 빼앗곤 적었다.

—오누이처럼 지냈으면 해요.

"오 누 이?"

내 마음을 받아들일 수 없다는 완곡한 거절인가.

—다음에 만났을 땐 저를 친동생처럼 대해 주세요. 저도 오빠로 모실게요.

"싫 소."

그녀가 내 눈을 들여다보며 입술을 천천히 움직였다.

'제 가 내 어 드 릴 수 있는 가 장 가 까 운 결 이 에 요.'

옥인은, 나아가 아내와 남편은 왜 되지 못한다는 걸까. 그것이 훨씬 가깝지 않은가.

그녀가 내 손에 든 붓과 종이를 거두었다.

돌아보고 또 돌아보면서 그 집에서 멀어졌다. 의금부가 코앞인데도 다시 그녀에게로 돌아갈까 하는 마음이 사라지지 않았다.

"형님! 어디 계시다가 이제야 오십니까?"

의금부 도사 동남출이 문 앞까지 나와선 맞았다.

"왜? 사건이라도 터졌어?"

"그건 아니고……. 규장각을 나서셨다는 소식은 접했는지 오질 않으셔서…… 걱정했습니다."

'걱정'이란 단어가 어색하게 들렸다. 게다가 내가 규장각을 나선 것을 누가 왜 전해 주었단 말인가.

"솔직히 말해. 뭐야?"

동남출이 어색하게 웃으며 털어놓았다.

"형조 사령 마춘식이 쪽지를 보냈습니다. 형님 오시면 곧바로 전해 드리라 하였고요."

동남출이 품에서 매화 모양으로 접은 쪽지를 꺼냈다. 일찍이 유박은 「화목구등품제(花木九等品第)」란 글에서 꽃과 나무를 아홉 등급으로 나누었는데, 1등의 첫머리에 매화를 두면서, 봄에 피는 매화를 예스런 벗에, 선달에 피는 매화를 기이한 벗에 비겼다. 이덕무도 매탕(梅宕)이란 호를 쓸 만큼 이 꽃을 유난히 좋아했으며, 밀랍으로 윤회매(輪廻梅)를 만드는 솜씨는 조선 최고였다. 한가한 시절엔 모여 앉아 온종일 밀랍으로 정성껏 매화를 만들었지만, 백탑파에 속한 이들이 급보를 전할 때는 종이 매화를 접어 보냈다. 접는 순서와 모양을 내는 과정이 까다로워 백탑 아래에서 배우고 또 수백 번 혼자 연습하지 않고는 매화로 보이기 어려웠다. 박제가는 종이 매화 접는 솜씨만은 이덕무에 밀리지 않는다고 자부했다. 마춘식은 백탑파에 속하진 않지만, 백동수와 내가 종이 매화를 주고받는 것을 보고 접는 법을 가르쳐 달라 하여 배웠다. 아직 서툰 구석이 있긴 해도 제법 매화처럼 보이는 종이꽃을 폈다. 글자는 없고, 쥐 수염 세 가닥만 난초처럼 뻗어 있었다. 나는 곧장 의금부를 나섰다. 따라가겠다는 동남출의 청을 딱 잘라 거절했다.

쥐 영감 세책방으로 들어섰다. 내 얼굴을 보자마자 쥐 영감이 턱짓을 하며 목소리를 낮춰 단어 하나를 던졌다.

"서고!"

뒷마당의 비밀 통로로 들어섰다. 세책방을 지나 쥐 영감의 거처를 통과한 후 서고로 향했다. 서고에서 기다리던 마춘식이 길게 하품을 하며 짜증부터 부렸다.

"어딜 돌아다니다가 이제 오는 겁니까? 그냥 저 혼자 시작하려던 참입니다."

"시작하다니? 뭘?"

마춘식이 옆자리를 손바닥으로 툭툭 치며 권했다.

"우선 여기 좀 앉으십시오. 형님보다 게으른 사람이 한 명 더 있으니까요."

"누가 또 온다는 게야?"

자리에 앉으며 물었다. 마춘식은 엉뚱한 방향에서 되물었다.

"형님! 저 믿으시죠?"

"왜 이래?"

"하나만 약조해 주십시오. 지금부터 어떤 일이 벌어지더라도 저를 믿고 지켜보기만 하시겠다고. 의심하거나 방해하시면 안 됩니다."

"약조를 못하겠다면?"

"지금이라도 돌아가세요. 저도 오늘 이 일을 결정하기 전에 엄청 많이 고민했다는 것만 알아주십시오. 확신이 섰으니까 해 보려는 겁니다. 형님은 더도 말고 덜도 말고 오늘 보시는 걸 그대로 나중에 의금부 당상관들에게 보고하시면 됩니다. 자, 답을 주시죠. 어떻게 하시겠습니까?"

마춘식이 이렇게까지 진지하게, 형조 사령답게 군 적이

없었다. 더군다나 의금부에 사후 보고할 일이라니, 나로선 빼겠다고 해도 꼭 껴야 할 판이었다.

"알겠네. 자넬 믿지."

"고맙습니다."

그 순간 서고로 호리호리한 사내가 들어섰다. 마춘식이 나서서 알은체를 했다.

"오셨습니까? 검서하느라 바빠 못 오시나 했습니다."

검서? 나도 따라 나서며 곧 사내를 알아보았다. 오늘 아침에도 연화당에 나란히 엎드려 혜경궁의 하교를 들었던 박제가였다.

"이 도사가 부른 게 아니었나? 이 자는……."

마춘식이 스스로 이름을 밝혔다.

"형조 사령 마춘식이라고 합니다. 여기 계신 이 도사님을 형님으로 모시고, 또 야뇌 형님께 마상무예를 배우고 있습니다. 꼭 한번 뵙고 싶었는데, 뒤늦게 자리를 갖게 되었네요."

"종이 매화는……? 청전 자네 솜씨였는데?"

박제가가 의심의 눈을 번뜩이며 물었다. 나는 섭섭함을 드러냈다.

"제가 그렇게 서툴단 말입니까? 형님보단 못하지만, 그래도 매화 향기가 나는가 싶어 코를 갖다 댈 정도는 됩니다."

마춘식이 순순히 털어놓았다.

"제가 접어 띄운 겁니다."

"왜 청전을 빙자해 나를 불러낸 겐가? 나를 아는가?"

"야뇌 형님이 누누이 말씀하셨습니다. 백탑 아래에서 탁월한 이들을 많이 만났으나 그중 가장 뛰어난 이는 초정이라고! 조선의 천재를 뵙기는 오늘이 처음입니다."

"소설을 즐기는가? 세책방엔 자주 출입하고?"

"아닙니다. 청전 형님이야 세책방을 제집 안방처럼 드나들지만, 저는 겨우겨우 병법서 몇 권 읽다가 말았습죠."

"한데 왜 이리로 나를 불렀나?"

"야소교도십니까?"

질문이 짧고 갑작스럽고 위험했다. 중요한 질문을 등 뒤에 더 감추고, 겁박할 때 쓰는 방식이다. 박제가가 딴 생각을 못하도록 곧장 창을 들이민 것이다. 박제가도 호락호락 밀리지 않고 되받아쳤다.

"그딴 질문을 던지는 이유가 뭔가?"

내가 끼어들어 마춘식에게 경고했다.

"처음부터 설명해. 절벽으로 몬다고 두려워하실 분이 아니야."

마춘식이 코를 킁킁대며 뜸을 들이다가 물었다.

"『성경직해(聖經直解)』란 서책 읽어 본 적 있으신가요?"

박제가가 여유 있는 미소로 받아넘겼다.

"양마낙(포르투갈 출신 예수회 선교사 디아즈(E. Dias, 1574~1659)의 한문 이름)의 책 말인가? 있네. 연경에 갔을 때 그곳 천주당에 들러 읽었지."

"돌아와서 읽으신 적은 없고요?"

"규장각 검서관으로 숱한 낮과 밤을 보냈어. 그중엔 야소교와 관련된 서책도 다수 포함되어 있지. 검서관이 무엇 하는 자리인 줄은 아는가? 세상에 존재하는 모든 책을 읽고 그중에서 이 나라에 필요한 서책과 불필요한 서책 그리고 들어와선 안 될 서책을 가리는 일을 해. 『성경직해』를 귀국 후에도 읽었느냐고? 『성경직해』만일까? 『성경광익(聖經廣益)』이나 『성년광익(聖年廣益)』 등 야소교 관련 서책을 꽤 많이 읽긴 했지. 한데 그걸 형조 사령인 자네가 왜 따져 묻지? 검서관인 내가 그 서책들을 읽은 것이 죄라도 되는가?"

"규장각에서 읽으셨다면 죄가 안 됩니다. 검서를 위해 집으로 가져가서 검토하셨다 하더라도 죄가 안 됩니다. 한데 그 서책을 따로 필사해 두셨다가 다른 이에게 빌려주셨다면, 문제가 될 구석이 있을 듯합니다. 어찌 생각하십니까?"

침묵이 흘렀다. 박제가는 즉답하지 않았고, 마춘식은 먼저 침묵을 깰 뜻이 없는 듯 기다렸다. 결국 내가 넘겨짚었다.

"물증이라도 있나? 『성경직해』를 초정 형님이 따로 필사해 둔 게 있느냐고?"

마춘식이 박제가를 보며 되물었다.

"저도 그게 궁금하네요. 필사하신 적 있으신가요?"

이번에도 즉답하지 않았다. 불길한 예감이 찾아들었다. 아니면 아니고 맞으면 맞다고, 언제나 먼저 의견을 밝히던 그였다. 마춘식이 건들건들 콧방귀를 낀 후 설명을 시작했다.

"지하 서고에서 서책이 한 권 나왔습니다."

"무슨 소리야? 서책은 물론 가구와 대들보까지 잿더미로 완전히 타 버리지 않았는가?"

마춘식이 여전히 박제가를 노려보며 답했다.

"철함(鐵函)이 발견되었습니다. 품에 안기에 적당한 철함이 무너진 책장들 사이에 있었어요. 보물이라도 넣어 뒀나 싶어, 손도끼로 수십 번을 내리쳐 겨우겨우 열었더니, 두툼한 서책만 달랑 한 권 나왔습죠. 『성경직해』였습니다. 한데 그 서책 권말에 낯익은 두 글자가 적혀 있더군요. '楚亭.' 초정은 당연히 검서관 박제가의 호일 테고요. 우리가 따로 알아보니, 『성경직해』의 달필이 박 검서관 필체와 매우 비슷하다는 의견을 다수 확보하였습니다. 무엇 때문에 『성경직해』를 필사했으며, 그 서책이 왜 소설가 임두의 비밀 서고 철함 속에 있는지, 이걸 설명해 줬으면 합니다만……."

마춘식이 은근슬쩍 박제가에 대한 존대를 지웠다. 그만큼 확실한 물증을 잡은 것이다. 나는 박제가에게 눈짓으로 청했다. 당장 마춘식의 무례를 따끔하게 꾸짖어 달라고. 내가 아는 박제가는 임금 앞에서도 할 말은 당당하게 하는 사람이었다.

"필사한 적 있네."

박제가가 꼬리를 내리자, 마춘식이 질문의 고삐를 당겼다.

"임두가 필사를 해 달라 청한 겁니까?"

임두에 대한 존경심도 지워 버렸다.

"임 작가님께선 그런 청을 하신 적 없어."

"그럼 누굽니까?"

"말 못해. 하여튼 임 작가님은 서책과 상관이 없네. 내가 사사롭게 필사한 것이 아니란 것만 밝혀 둠세."

"그 말을 지금 믿으란 겁니까? 인왕산 숲에 차린 임두의 지하 서고가 폭발했습니다. 임두는 온데간데없고 대신 그 제자 경문의 시신이 발견되었고요. 거기서 나온 철함에 야소교도들이 귀하게 여기는 서책 『성경직해』가 들어 있었고, 그 서책을 필사한 이가 다름 아니라 규장각 검서관 초정 박제가입니다. 사사롭게 필사한 것이 아니다? 임두와는 상관이 없으니 따지지 말라? 좋습니다. 모르쇠로 버틸 줄 알았어요. 지하 서고에서 불이 나던 날 무슨 일이 있었는지, 실토할 건 더 없습니까?"

"없네."

박제가는 짧게 답한 후 입을 닫고 허리를 꼿꼿하게 세우며 눈을 감았다. 마춘식이 내게 고개를 돌렸다.

"박 검서를 전옥서에 잠시 가둬도 되겠습니까?"

전옥서? 이제 완전히 죄인 취급을 하겠다는 것이다. 박제가를 가두기로 이미 작정하였다면, 나를 이곳으로 부른 이유는 무엇일까. 박제가를 순순히 전옥서에 가두기 위해선 오히려 나 몰래 해치우는 편이 낫다. 내가 백탑의 무리 중에서 무인은 백동수, 문인은 박제가를 유난히 더 따른다는 것을 마춘식도 모르지 않았다. 방금 던진 질문도, 내가 반대하면 가두지 않겠다는 뜻이 아니다. 내가 반대하든 말든 무조건 가두겠으니 방해하지 말라는 경고를 에둘러 한 것이다.

"꼭 그리 해야 하겠는가? 『성경직해』를 필사하였다 하여, 규장각 검서관을 옥에 가두었다가 나중에 자네가 곤란해질까 걱정일세. 초정 형님이 어디로 달아날 분도 아니고……."

"오래 안 걸립니다. 박 검서가 달아나진 않겠지만, 형조 사령 마춘식과 의금부 도사 이명방이 불타 버린 서고에서 『성경직해』를 찾았다는 걸 누군가에게 전할 순 있겠지요.

오늘 밤만 우선 잠시 가두면 됩니다. 형님이 막으셔도 저는 할 겁니다. 자, 어찌 할까요. 형님이 제게 힘을 보태 주시면 다녀올 곳이 있습니다. 제 뜻에 반대하신다면, 여기서 더 함께할 일은 없을 테고요."

나는 즉답을 못했다. 눈을 감은 채 바위처럼 꿈쩍도 않는 박제가를 쳐다보았다. 백탑 아래 모인 이들이 연경을 그리워하고, 또 연경보다 서쪽에 자리 잡은 몇몇 나라에서 들어온 서책과 기기들을 논하는 것은 종종 보았다. 그중에는 악기도 있었고 망원경도 있었고 세상을 측정하는 서책도 있었다. 또 그들이 믿는 신에 관한 서책과 조각상과 묵주와 십자가 문양도 있었다. 박지원은 성당 벽에 그려진 야소에 관한 그림들을 길게 설명했고, 홍대용은 성당에 울려 퍼지는 야소를 위한 연주곡들을 그가 직접 개량한 악기 양금으로 연주하기도 했다. 박제가는 야소의 출생부터 십자가에 못 박혀 죽고 또 무덤에서 되살아나는 이야기를 흥미진진하게 들려줬다. 『성경직해』를 비롯한 여러 야소교 관련 서책을 두루 읽었음이 분명했다. 특히 『성경직해』는 1년 동안 주일과 축일의 복음해설서인데, 야소의 탄생부터 수난과 부활의 과정이 상세하게 담긴 서책이었다. 이렇듯 백탑의 무리들이 야소에 관해 많은 이야기를 나눴다고 해도, 그중에서 야소교를 종교로 믿는 이는 없었다. 야소의 일생을 해

박하게 들려주던 박제가도 몇몇 대목에선 도저히 믿지 못하겠다는 듯 웃음을 흘렸던 것이다. 손으로 몇 번 쓰다듬은 후 병자가 낫고 죽은 자가 살아난다거나, 십자가에 못 박혀 죽었다가 되살아나는 대목에선 특히 고개를 설레설레 저었다. 내가 아는 한, 박제가는 절대로 야소교도가 아니다. 그렇다면 그는 왜 『성경직해』를 필사했을까. 그의 말대로 임두의 요청에 따른 것이 아니라면, 사사로운 일이 아니라면, 누가 그에게 필사를 부탁했단 말인가. 그런데 그 필사한 『성경직해』는 어찌하여 임두의 지하 서고에 있었는가. 질문이 꼬리에 꼬리를 물었지만, 박제가는 침묵의 벽처럼 굴었다.

"앞장을 서게나. 어디로 가겠단 겐가? 약속을 하게. 오늘 밤은 전옥서에 초정 형님을 두더라도, 내일 아침엔 규장각에 가시도록 해야 하네."

"고맙습니다. 형님이 저를 믿어 주실 줄 알았습니다. 내일 일은 내일 정하죠. 규장각에 가는 것 따위가 중요하지 않을 수 있습니다."

마춘식이 서고 밖에 대기시켰던 형조 관원들을 불렀다. 그들은 박제가에게 큰 삿갓을 씌운 뒤 끌어내려 했다. 그들의 앞을 막곤 좋은 말로 박제가를 위로했다.

"초정 형님! 잠시 쉬고 계세요. 무슨 일인지 저도 좀 더 살펴봐야 하겠습니다. 저는 형님을 믿습니다. 형님은 야소교도가 아니니까요."

박제가가 답했다.

"나도 자넬 믿네. 검서할 게 쌓였는데 서책도 없이 갇히는 게 답답하군. 마 사령 저놈이 무슨 짓을 벌이는지 똑똑히 보고 알려 주게나."

마춘식이 나를 이끌고 도착한 곳은 명례방이었다. 은밀히 따르는 졸이 줄잡아 스무 명이 넘었다. 아름드리 은행나무 아래에서 잠시 숨을 골랐다. 어두워질 때까지 기다리기로 한 것이다. 나는 주변을 살피며 목소리를 낮춰 물었다.

"살인범이라도 잡으려고?"

"그깟 살인범은 형님과 나 둘이면 충분하죠. 백배는 더 흉악한 놈들일지도 모릅니다. 세상을 날려 버리려 들 수도 있고……."

"세상을 날려 버려?"

"그런 게 있습니다. 조심해야 합니다."

"초정 형님을 야소교도로 몬 건 지나쳤어."

"그런가요? 이 나라에서 누구보다 야소교를 많이 접한 이가 박 검서입니다. 연경에 갔었고, 거기서 야소교 성당도 둘러보았을 테고, 관련 서책도 꾸준히 검토했으니까요. 그보다 더 결정적인 것을 오늘 보게 되실지도 모르겠습니다."

"결정적이라고? 한데 명례방엔 왜 온 겐가? 초정 형님 댁은 남산 아래인데……."

"기다려 보십시오. 곧 해가 질 겁니다."

마춘식은 골목을 노린 채 기다렸다. 도성 안에 이리저리 뚫린 그렇고 그런 골목 중 하나였다. 나도 명례방을 자주 왔지만 누구와 언제 왜 지나갔는지 기억도 나지 않는 골목이었다. 노을이 지고 어둠이 발목에서부터 이마까지 차오를 때까지도 나는 그가 누굴 기다리는지 몰랐다. 그사이에도 행인들은 골목을 오갔다. 그는 나가서 탐문하거나 잡아들이지 않았다. 풀어놓은 개나 닭 쳐다보듯 내버려 뒀다.

밤이 되자 골목은 인적이 뜸해지면서 더 을씨년스러웠다.

사람들이 한 명씩 골목으로 들어섰다. 도포 차림에 갓을 쓴 사내들이었다. 약속이라도 한 것처럼, 띄엄띄엄 간격을 두었고, 골목에 들기에 앞서 주변을 살펴 경계했다. 마춘식은 먹잇감을 발견한 맹수처럼 입맛을 다셨다.

아!

나도 모르게 터져 나오는 탄식을 입으로 막았다. 여섯 번째 들어선 사내 때문이었다. 지독하게 어두웠고 나무에서 골목까진 거리가 40보도 넘었기 때문에 얼굴을 확인하긴 어려웠다. 그러나 그 사내는 떡 벌어진 어깨와 큰 키만으로

도 눈길을 끌었다. 당연히 나는 야뇌 백동수를 먼저 떠올렸다. 그리고 또 다른 거한이 생각났다. 박제가의 벗, 쥐 영감 세책방 밀실에서 나를 후려친 사내. 마춘식만 아니었다면 즉시 뛰어나가 확인했을 것이다. 그러나 마춘식이 엉덩이를 땅에 붙인 채 꿈쩍도 하지 않았으므로 기다릴 수밖에 없었다.

사내가 네 명 더 지나갔다. 그리고 골목으로 들어서는 이는 없었다. 마춘식이 천천히 무릎을 펴곤 일어서려 했다. 이제 사내들이 들어간 골목으로 향하려는 것이다. 나도 따라 일어서려는데, 한 사람이 더 골목 입구로 다가왔다. 마춘식과 나는 급히 허리를 숙이며 다시 앉았다. 이번에는 갓을 쓴 사내가 아니라, 쓰개로 머리를 덮고 얼굴을 가린 여인이었다.

"오호, 저 여자까지……."

얼굴을 완전히 가렸는데도, 마춘식이 알은체를 한 것이다. 나는 목소리를 낮춰 물었다.

"누군데?"

"보면 아십니다. 운이 좋은 건가……."

그녀가 지나간 뒤로 행인이 갑자기 늘었다. 남자가 열두 명 여자가 열여덟 명이나 더 골목으로 재빨리 사라졌다.

"오늘 어쩌면 완전히 끝낼 수도 있겠네요. 자, 이제 가시죠."

마춘식이 팔을 들어 휘돌렸다. 스무 명의 졸이 열 명씩 두 패로 나뉘어 우리가 감시했던 골목과 그 다음 골목으로 들어갔다. 앞뒤를 에워싸서 퇴로를 막으려는 것이다. 나도 마춘식과 함께 골목으로 움직였다. 마춘식은 걸음을 빨리 하되 내달리진 않았다. 오히려 발소리를 최대한 죽인 채, 도둑고양이처럼 움직였다.

50보 쯤 나아갔을까. 마춘식은 굳게 닫힌 문을 손바닥으로 더듬곤 바로 옆벽에 등을 댄 채 멈췄다. 벽 너머를 살폈지만 불빛이 전혀 새어나오지 않았다. 어느새 졸들이 사다리를 가져와서 벽에 걸었다. 월담 준비를 미리 한 것이다. 차례차례 담을 넘어 앞마당으로 내려섰다. 마당엔 오동나무 두 그루가 시위하듯 문 좌우에 나란했다. 섬돌을 살폈지만 역시 신발이 없었다. 빈집 아닐까.

그때 낮고 부드러운 사내의 목소리가 들려왔다.

"오늘은 성(聖) 로가(路加, 루카) 11편 말씀을 들려드리겠습니다. 그때에 야소께서 마(魔), 즉 마귀를 쫓아내셨는데, 그 마귀는 벙어리 마귀였습니다. 마귀가 사람의 몸에서 나가자 벙어리가 말을 처음으로 하였습니다. 야소 곁에 모여 있던 무리가 무척 놀랐겠지요? 몇 사람이 의심하여 수군거렸습니다. 마귀들의 우두머리 백이책포(白爾責布, 베엘제불)

에 기대어 마귀를 몰아낸 것이라고 말입니다. 여기서 백이책포는 신당에 희생물로 올린 짐승의 냄새를 맡고 몰려드는 파리들의 귀신(蠅神)에서 그 이름을 따온 것이기도 하며, 로제불이(露祭弗爾, 루시퍼)라 부르기도 합니다, 하지만 백이책포가 아무리 마귀들의 우두머리라고 하더라도 어찌 천주 성자인 야소께 비할 바가 있겠습니까? 모든 마귀를 무찌르는 힘을 지닌 천주 성자이십니다."

그리고 나는 들었다. 아주 작지만 또렷하게, 여러 명이 함께 말했다.

"아멘!"

마춘식이 장검을 뽑고 문을 열고 뛰어 들어갔다. 앞마당의 졸들은 물론이고 뒷마당에서 기다리던 졸들도 육모 방망이를 든 채 함께 달려들었다. 나 역시 손바닥에 표창 하나를 감추고 가장 늦게 이들을 따랐다.

아랫목엔 거한이 어깨까지 늘어진 푸른 두건을 쓴 채 섰고, 나머지는 그를 향해 두 손을 모은 채 앉았다. 군졸들이 재빨리 등불을 밝혀 들었다. 손에 묵주를 쥐고 두건을 쓴 사내와 눈이 마주쳤다.

"다, 당신은 광암(曠菴)!"

그도 나를 알아보는 눈빛이었다. 나는 작년 여름을 경기도 적성에서 거짓 열녀의 비밀을 파헤치며 보냈다. 그리고 야소교도인 광암 이벽과 두 번 만났다. 적성에서 칭송받던 김아영이 야소교도였던 탓이다.

쥐 영감 세책방의 내실에서 박제가가 만난 사내가 이벽이었단 말인가. 박제가가 왜 이벽 같은 야소교도와 몰래 어울리는가.

“당신들, 뭡니까?”

사내 하나가 이벽의 앞을 막고 나섰다. 마춘식이 그의 멱살을 쥐고 당기며 문초하듯 물었다.

“그러는 넌 누구냐?”

사내는 주눅 들지 않고 받아쳤다.

“이 집 주인 김범우라 합니다. 도대체 누군데 남의 집에 함부로 들어와서 행패를…….”

마춘식이 아랫배를 주먹으로 내리쳤다. 김범우의 등이 새우처럼 접혔다.

“꼼짝들 마! 손 움직이지 말라니까. 뭣들 해, 뒤져!”

졸들이 다가서자, 이번에는 이벽이 방을 가로질러 와선 벽처럼 섰다. 천장에 닿을 듯 어마어마한 덩치에 놀란 졸들이 달려들지 못하고 멈칫거렸다. 마춘식의 두 눈에 살기가 번뜩였다. 겁먹은 부하들에게 잔뜩 화가 난 것이다. 독이 오르면 물불 가리지 않고 달려드는 이가 또한 마춘식이었다. 내가 나섰다.

"형조와 의금부에서 나왔소. 순순히 따르시오."

내 얼굴을 알아본 이벽의 눈동자가 떨렸다.

"강도처럼 들이닥친 쪽은 당신들이오. 우린 아무 죄도 짓지 않았소."

마춘식이 자신만만한 얼굴로 설명했다.

"죄가 있는지 없는지는 전옥서에 가서 따져 보자고. 죄가 없다는 놈들이 불빛도 숨기고 신발도 감춘 채 모여 뭘 했나? 너희들 야소교도지? 이제 딱 꼬리가 잡힌 게야. 몇 달 동안 잡을 뻔하다가 놓치고 또 잡을 뻔하다가 놓쳤는데……. 그러다가 갑자기 도성 안에서 사라졌지. 하삼도나 북삼도로 가 버린 게 아닐까 의심이 들 정도로 흔적도 없었어. 그런데 거기서, 인왕산 지하 서고에서 이걸 찾은 거야."

마춘식이 쇠로 만든, 녹슨 십자가 목걸이를 소매에서 꺼내 든 후 이어 말했다.

"네놈들이 혹시 그 지하 서고에서 야소교 모임을 이어갔던 게 아닐까, 하는 생각이 들더라고. 그게 사실이라면, 이제 회합하던 곳이 잿더미로 바뀌었으니, 다시 인왕산에서 내려와 도성으로 들어오리라 여겼지. 그때부터 내가 은밀히 찾아다닌 거야. 어때? 이제 형조와 의금부에서 너희들을 덮친 이유를 알겠지?"

야소교도! 네 글자를 듣는 순간, 박제가가 필사했다는

『성경직해』로부터 명례방 김범우의 집에서 열린 비밀 회합까지 한꺼번에 꿰어졌다. 그 둘을 잇는 핵심은 임두의 지하 서고 하하재였다. 거기, 박제가가 필사한 『성경직해』도 있었고, 야소교도가 목숨보다 아끼는 십자가 목걸이도 있었다. 등지고 앉은 여인에게 자꾸 눈이 갔다. 걸음을 옮겨 앞에 섰다. 그녀가 천천히 고개를 들었다. 역시, 임승혜였다. 하하재를 드나들었으며 박제가와 친분이 있는 여인은 그녀뿐이었다.

"여긴 어찌 온 게요?"

대답 대신 다시 고개를 내렸다. 마춘식의 목청이 커졌다.

"네놈들이 임두의 제자 경문을 죽였지? 그리고 그 증거를 없애기 위해 서고 전체를 화약을 터뜨려 불살라 버린 거고."

김범우가 받아쳤다.

"그렇지 않소. 경문을 죽이다니요? 우린 경문이란 사내가 누군지도 모르고 만난 적도 없소. 인왕산 지하 서고 역시 금시초문이외다. 지하 서고 자체를 모르니, 그 서고가 불탈 때 우리가 그곳에 있었다는 것도 황당한 주장이라오."

마춘식이 임승혜를 가리키며 반박했다.

"임두의 손녀가 여기 이렇게 앉아 있는데, 임두의 애제자 경문을 모른다고 시치미를 떼는 거야? 주리를 틀어야 이실직고를 하겠나?"

이번엔 이벽이 변명을 늘어놓았다.

"임 낭자는 오늘 처음 참석한 게요. 이틀 전 우연히 운종가에서 만났을 때 연경에서 들여온 물품에 관해 묻기에, 이런 모임이 있으니 나와 보라 권했던 게요. 나는 임 작가님도 알고 『산해인연록』도 가끔 읽긴 했지만, 나머지 참석자들은 소설에 영 관심이 없소. 임 낭자가 누군지도 그들은 알지 못한다오. 하물며 경문이 누군지 어찌 알겠소? 김범우의 집에 모여 연경에서 가져온 이런저런 물품들을 보며 이야기를 나눈 건 사실이오. 저 탁자 위에 놓인 게 그것들이라오. 시각에 맞춰 새가 작은 상자에서 나와 우는 시계와 별들을 관찰하는 망원경 그리고 양이들의 삶을 다룬 몇몇 조각품도 있소. 연경에서 들여온 물건들을 구경한다 하여 형조와 의금부에서 한밤중에 급습하고 사람들을 잡아들여 문초했다는 소릴 들은 적이 없소이다."

"방금 사람들 앞에서 네가 지껄였던 건 무엇이냐? 야소에 로가에 파리 마귀 운운했지 않느냐? 야소를 위한 모임이 분명하렷다?"

"연경에 그와 같은 주장을 펴는 이들이 있다고 소개한 것뿐입니다."

마춘식이 칼끝을 겨누며 말했다.

"잘도 둘러대는구나. 네놈들 거짓말은 곧 밝혀질 게다. 문초를 받을 때도 그렇게 세 치 혀를 놀리는지 어디 보자꾸나. 뭣들 하는 게야? 이들을 당장 전옥서로 끌고 가라."

졸들이 다가서자 이벽뿐만 아니라 다른 사내들도 일어나서 좌우로 막아섰다. 이벽의 바로 옆에 선 호리호리한 체격에 잘생긴 젊은이가 눈에 들어왔다. 나는 한 걸음 더 나아가서 이벽을 다시 설득했다.

"맞서 싸우려 들지 마시오. 형조 관원들이 다치기라도 하면, 그 죄가 훨씬 무거워질 게요."

이벽이 천천히 주먹을 폈다. 마춘식이 이벽을 앞장세우고 나간 뒤, 졸들이 여전히 방망이를 쥔 채 사내들과 여인들을 위협하여 한 명씩 차례차례 끌어냈다. 그리고 마지막으로 나는 임승혜와 함께 나왔다.

인적이 드문 길로만 걸어 전옥서에 도착했다. 문을 지키는 옥리 두 명 곁에 낯익은 사내가 한 명 더 있었다. 마춘식이 그를 위협하기 전에 내가 먼저 가서 알은체를 했다.

"화광! 여긴 어쩐 일인가?"

김진은 대답 대신, 끌려 들어가는 사내들과 임승혜를 보며 물었다.

"혹시 죽거나 다친 사람은?"

"없네. 저들은……."

마춘식을 따라 명례방 김범우 집으로 가서 사람들을 붙잡아 데려온 과정을 설명하려는 말허리를 자른 채, 김진이 뚜벅뚜벅 걸어 나갔다. 전옥서 대문으로 들어가려는 사내의 팔을 붙들었다. 사내가 돌아봤다. 내 눈에 띄었던 바로 그 미남자였다. 김진은 질문도 없이 얼굴을 뚫어져라 쳐다보기만 했다. 그 역시 갑자기 나타나서 팔을 붙잡는 김진에게 말을 건네지 않았다. 초면이라며 인사를 주고받기엔 참으로 애매한 순간이요 자리이긴 했다. 그 누구도 전옥서 대문 앞에서 첫 인사를 나누고 싶진 않으리라.

"뭡니까?"

마춘식이 성큼성큼 나아와선 김진을 째려보며 위협했다. 내가 김진의 어깨를 당기는 것과 동시에 김진도 잡고 있던 사내의 팔꿈치를 놓았다. 마춘식을 보며 변명했다.

"내가 아는 벗인가 했는데 아니군요."

마춘식이 사내의 등을 떠밀어 대문 안으로 넣은 뒤에 내게 눈짓으로 누구인지 물었다. 나는 김진을 소개했다.

"내 친구야. 호가 화광이지. 야뇌 형님께 들은 적 있지?"

마춘식의 표정이 밝아졌다.

"있고말고요. 연경에서 귀한 병법서들을 야뇌 형님께 거저 구해 주셨다는 의리의 서쾌 아니십니까? 그림 솜씨도 도화서 화원 빰칠 정도라면서요? 반갑습니다. 꼭 한번 만나고 싶었는데, 이런 데서 뵙네요."

"저도 만나고 싶었습니다. 무예가 출중하시다고……."

"출중까지야, 흉내를 내는 정도죠. 야뇌 형님에 비하면 아직 멀었습니다. 말을 타고 달리며 편곤을 다루는 법을 배우는 중인데 여간 어렵지가 않아요. 반가운 이를 만났으면 술이라도 한잔 기울이는 것이 예의인데, 오늘은 어렵겠습니다. 엄히 다룰 죄인들을 잡아와서……."

김진이 더 물으려다가 순순히 마춘식의 제안을 받아들였다.

"알겠습니다. 기회는 많으니 다음에 이 도사와 함께 뵙지요."

마춘식이 내게도 인사를 건넸다.

"형님도 오늘 수고 많으셨습니다. 내일 아침까진 모든 걸 명확하게 밝히겠습니다."

임승혜와 박제가의 얼굴이 차례차례 스쳤다.

"너무 험하게 다루진 말게. 특히 박 검서는 내일이라도 전하께서 찾으시면 입궐해야 할 수도 있네. 또 임 낭자 역시 의빈 마마가 부르실지도 모르고."

마춘식이 물러나지 않고 오히려 비아냥거렸다.

"그토록 대단하신 분들을 전옥서에 가두게 되었군요. 제가 알아서 하겠습니다. 형님도 이 정도에서 물러나세요."

김진과 나는 전옥서를 등진 채 나왔다. 두 사람이 걱정되어 한숨이 절로 나왔지만, 김진은 내 앞에서 으스대던 마춘식만큼이나 표정이 밝았다. 전옥서가 보이지 않는 골목으로 김진을 끌고 들어간 후 따져 물었다.

"이 판국에 웃음이 나와?"

김진이 웃음을 거두지 않고 답했다.

"내일 미시에 약속 있나? 있어도 취소하게. 이제 다 풀렸으이."

"풀리다니?"

"잔말 말고, 내일 미시에 필동으로 오도록 해. 내일 전부 설명해 줌세. 그럼 나는 먼저 가 보겠으이. 걱정 말고 푹 자도록 하고."

김진은 편히 자라고 했지만 새벽까지 잠을 이루지 못했다. 박제가와 임승혜가 전옥서에 갇혔는데, 나만 어찌 온돌방에서 등을 지지며 잘 수 있겠는가. 김진이 내일 미시에 만나 전부 설명하겠다는 말을 하지 않았다면, 해가 뜨기 전에 사방팔방으로 다니며 두 사람을 구하려 애썼을 것이다. 백탑의 벗들에게도 연락을 넣고 또 연화당에도 조용히 도움을 청했을지도 모른다. 그러나 허풍을 떨지 않는 김진이 내일 미시에 꼭 오라고 했으니, 그때까진 광통교와 명례방에서 일어난 일을 나 혼자 품고 견디기로 했다. 마음은 그렇게 먹었지만 생각할수록 분통이 터지고 답답했다. 껐던 등잔을 밝히고 임두의 '술작'을 꺼내 소리 내어 읽어 나갔다. 차츰 차츰 읽다가 졸음이 밀려들었으면 했다. 그러나 임두의 문장이 얼어붙은 한강을 깨는 돌도끼처럼 뒤통수를 후려갈겼다. 잠들기는 어려워져 버렸다. 차라리 다행이었다.

십일월 십칠일

이십이 년에 단 한 작품만 쓴 것이 나다. 일 년에 한 작품씩 썼다면 스물두 편을 썼겠지. 그러다가 지금처럼 기억을 잃어버렸다면, 스물한 편은 무사했을 것이다. 요즘 같은 나날을 예측 못했다. 하나가 무너지면 전부가 무너지는 성을 쌓아 왔을 줄이야.

십일월 십팔일

글은 밥일까. 굶주림 굶주림.

십일월 이십일

휴탑이 처음부터 없었던 건 아닐까. 그게 있었다는, 펼쳐 읽고 또 어딘가에 감췄다는 기억을 나는 이제 믿지 못하겠다.

십일월 이십일일

휴탑이 처음부터 없었다면 나는 어떻게 하나. 밤 다음에 밤 또 그다음에 밤인 나날.

십일월 이십팔일

화경희도 연복연도 정영지도 내가 무엇 때문에 어젯밤 취한 줄 모른다. 이십이 년을 친자매처럼 지내도, 친자매라 해도, 그들이 나를 알까. 오직 소설가만 아는 것이 있다. 소설가로 살아볼 만한 구석이면서 또 한없이 외로운 구석이면서 때론 거기에 코를 박고 죽을 구석이다. 숙취도 반갑다. 오늘 하루 글을 멀리할 핑계라도 생겼으니.

십이월 이일

올해가 가기 전에 이실직고할까. 그랬다가 휴탑을 찾으면? 그보다 더 후회스런 일은 없으리라. 여기까지 기다려 주시는 것만도 고맙고 또 고마운 일이다. 언제까지 고마운 분들을 속일 순 없다. 그래도, 내 손으로 꼭 마지막 문장까지 적고 싶다. 얼마나 많이 떠올렸던가. 내가 이실직고하면 미완성으로 남을 것이다. 누가 나 대신 뒷마무리를 하랴. 제자들은 아직 부족하다. 더 많은 시간을 제자들에게 썼더라면? 아니다. 『산해인연록』은 내 소설이고, 그들은 그들의 소설로 시작하는 것이 옳다.

십이월 십사일

한 문장도 쓰지 못한 채 하루가 갔다. 어제도 그제도. 내일도 그럴까.

한심하고 한심하다.

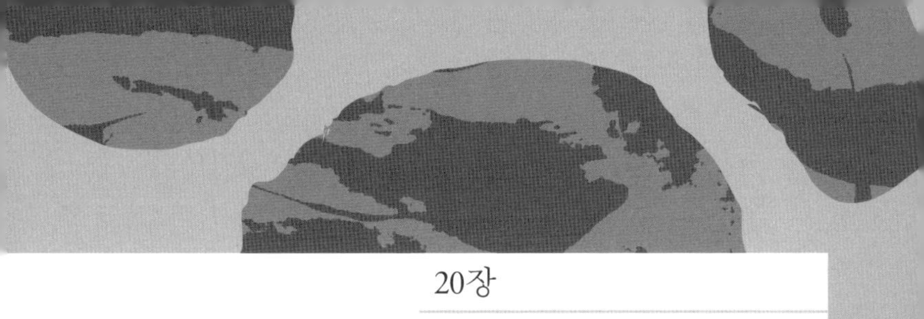

20장

옥환기봉

玉環奇逢. 후한 광무제가 천자에 즉위하기까지의 고난과 사랑 이야기.
옥가락지〔玉環〕를 신물로 하늘에서 정한 인연을 만난다.
『옥환기봉』(30권), 『도앵행』(2권), 『취미삼선록』(2권), 『한조삼성기봉』
(14권)으로 이어진다.

진시에 내 집 대문을 두드린 이는 형조 사령 마춘식이었다. 문을 열자마자 분을 삭이지 못한 채 씩씩거리며 따졌다.

"뭔 짓을 한 겁니까?"

새벽에 겨우 잠들었다가 대문 걷어차는 소리를 듣고 나온 나는 눈을 비비며 물었다.

"뭐라고?"

"시치미 떼지 마십쇼. 초정과 그치들 전옥서에서 풀어주라고 형님이 힘쓴 거 아닙니까? 솔직히 말해 보쇼."

나는 고개를 내밀어 골목을 살핀 뒤, 그를 방으로 들였다.

"명례방에서 잡아들인 자들을 밤새 전옥서에서 문초한 게 아니었어?"

"형조의 당상관들께 간단히 보고하고 문초를 시작하려

는데, 형조 참의께서 버선발로 달려와선 저들을 옥에 가두기만 하고 기다리라 하셨습죠. 동이 틀 즈음 형조 판서 대감의 명이 내려왔습니다. 회합을 가진 집 주인 김범우만 가둬두고 나머진 모두 내보내라고. 석방하는 이유를 알고 싶었으나 무조건 내보내라고만 하셨습니다. 하는 수 없이 박검서와 명례방에서 잡아들인 사내들과 여인들을 모두 풀어줬습니다. 함께 있던 자들이 풀려나자, 김범우는 더욱 입을 굳게 닫고 벙어리처럼 굴고 있습죠. 대관절 이게 어찌 된 일입니까? 전옥서에 갇힌 죄인을 풀어주라는 명령을 가끔 받기도 하지만, 밤에 잡아들인 자들을 참의가 문초 못하게 막고 판서가 새벽에 당장 내보내라 한 적은 없습니다. 박검서를 쥐 영감 세책방에서 붙잡고, 명례방에서 불측한 무리를 끌고 온 걸 전부 본, 형조 밖 사람은 형님뿐입니다. 이제 설명해 주십쇼. 지난 반 년 가까이 제가 공들인 일이 한꺼번에 사라진 꼴입니다. 이게 어찌 된 겁니까?"

"나도 몰라. 전옥서에서 자네와 헤어지고 집으로 돌아와선 한 걸음도 나가지 않았으이. 내가 무슨 힘이 있어 그 많은 사람들을 풀어주도록 형조의 당상관들을 움직인단 말인가? 헛다릴 짚은 걸세."

"그럼 누굽니까? 누가 왜 이렇게 제 앞을 막는 겁니까?"

"진정하고, 돌아가서 기다리도록 해. 밤을 새웠을 테니,

눈부터 붙이는 게 낫겠군. 그사이 내가 어찌 된 일인지 알아보겠네."

"정말 형님이 한 짓 아닙니까?"

"아니래도!"

좋은 말로 달래어 마춘식을 돌려보냈다. 울분이 가득 찬 얼굴에 김진의 날렵한 몸짓과 빠르게 돌아가는 검은 눈동자가 겹쳤다. 나처럼 세책방 서고와 명례방 김범우의 집까지 들어가진 않았지만, 김진 역시 어젯밤 벌어진 일을 소상히 알고 있었다. 내가 이불을 뒤집어쓰고 '술작'을 넘기며 전전긍긍하는 사이, 어떻게 했는지는 모르겠지만, 형조의 당상관들에게 김범우를 제외한 모든 이들을 전옥서에서 내보내도록 일을 꾸밀 사람이 있다면, 김진뿐이다. 그런데 과연 어떻게 한 것일까. 또 왜 그렇게 한 걸까. 김범우만 남긴 이유는? 스무 명이 넘는 형조 관원들이 급습하였으니, 명례방 모임 자체를 없었던 일로 돌리긴 어려워서? 집 주인인 김범우를 잡아 둬 훗날 생길지도 모를 책임 공방을 면하려고?

나는 세수를 하고 옷을 갈아입은 뒤 필동으로 향했다. 김진을 먼저 찾아갈까도 생각했지만, 그가 집에 있을 것이란 확신도 들지 않았고, 또 미시에 보기로 했는데 몇 시간 일찍 만나러 가는 것도 내키지 않았다. 간밤에 전옥서에서 사람들을 내보내도록 꾸민 이가 김진이라면, 미시에 필동으로 약속을 잡은 것도 이와 같은 아침을 예상했을 것이다. 부드럽고 따듯한 벗이지만 이럴 땐 정말 차갑고 무서운 사람이다.

협문을 열고 나를 맞은 이는 수문이었다. 잔뜩 찡그린 얼굴로 올려다보았다. 처진 눈에도 막힌 목소리에도 쓸쓸함이 묻어 나왔다. 사랑채에서 마주 앉았다.

"그래도 설암당을 쓰는 게 낫지 않겠소? 비워 두는 게 꼭 능사는 아닐 터인데……."

수문이 연화당에서 했던 답을 반복했다.

"어찌 제가 감히……. 스승님이 돌아오실 거란 기대를 버리고 싶지 않습니다. 시신을 확인하고 장례를 치르고 삼년상을 마친 후에야 설암당을 과연 제가 쓰는 게 나은지 고려할 것이고요. 지금은 스승님이 사라지시던 날 그대로 하나도 건드리지 않았습니다. 가끔 서책과 서안에 묻은 먼지만 닦아 낼 따름이지요. 그렇지 않아도 뵈러 갈까 하던 중이었습니다."

혹시 수문도 명례방에서 생긴 일을 아는 걸까.

"나를 왜?"

"지난 밤 임 낭자가 귀가하지 않았습니다."

예상 못한 또 다른 일이었다.

"집에 없단 말이오?"

밤엔 전옥서에 갇혀 있었지만, 새벽에 풀어줬으니 집으로 돌아오고도 남을 시간이다.

"어제 저물 무렵 쥐 영감 세책방에 간다며 나갔습니다. 동행할까 했지만, 누가 옆에 있으면 소설을 고르는 데 방해가 된다면서, 혼자 다녀오겠다기에 그러라고 했습니다. 한데 지금까지 돌아오지 않네요. 새벽에 하인을 세책방으로 보냈는데, 어젠 낭자가 오지도 않았다 합니다. 도사 나리께 알리고 낭자를 찾아 달라 청하려 막 나가려던 참이었는데, 이렇게 오셨네요. 한데 이 아침부터 필동에 오신 까닭이 무엇입니까?"

명례방 김범우의 집에서 그녀를 보았고, 그녀는 야소교도이며, 그녀가 전옥서에 갇혔다가 새벽에 풀려났다는 이야길 할 순 없었다. 적당히 얼버무렸다.

"연작 준비가 잘 되고 있는지 궁금하여 들렀소."

"아, 그러셨군요."

수문이 한숨을 쉬곤 말을 이었다.

"솔직히 힘이 듭니다. 세책방에 소설을 선보이는 것과 자궁 마마나 의빈 마마를 비롯하여 궁궐 여인들, 오랫동안 소설을 읽고 필사하며 즐겨 온 이들에게 소설을 올리는 것은, 그 부담이 하늘과 땅 차이입니다. 스승님이 계시면 아침저녁으로 여쭙고 싶은 게 한두 가지가 아닙니다. 아쉽게나마 경문이라도 곁에 있었으면 좋으련만! 임 낭자는 제게 전혀 마음을 열지 않습니다. 스승님이 사라지시기 전과는 완전히 딴판이에요. 오누이처럼 지냈던 시기도 꽤 되는데, 안타깝습니다."

오누이? 그 단어가 목에 걸려 넘어가질 않았다. 소설가는 내버려 두면 자기 입맛대로 사람도 사건도 없애거나 바꾸거나 부풀리는 족속이다. 나는 수문이 멋대로 과거를 꾸미는 것을 막았다.

"당신과 경문이 청혼하고 나선, 이미 서먹서먹해졌다 들었소만……."

"예전처럼 친하진 않았지만 그래도 이렇듯 데면데면할 줄은 몰랐습니다. 하지만 괜찮습니다. 새 작품을 쓰기 시작하고, 스승님의 작풍을 잇는 소설이란 게 증명된다면, 낭자도 서서히 마음을 열 겁니다."

"정녕 그리 믿소?"

"믿습니다."

"구상은 어디까지 했소? 연작은 또 연작대로 어려움이 있을 게요. 더군다나 앞에 나온 소설이 210권이나 되니까. 이어갈 것과 자를 것부터 정해야 할 듯도 싶은데……."

"정확한 지적이십니다. 한 달 뒤엔 어찌 되었든 구상을 마치고 첫 부분을 조금이라도 궁궐에 넣어야 합니다. 한 가지 묘책을 마련하긴 했는데, 아직은 거칠고 성긴지라……."

"무엇이오, 그게?"

수문이 목소리를 낮췄다. 금고에 꼭꼭 숨겨 둔 보물을 꺼내 놓듯 말했다.

"역할을 바꾸는 겁니다."

"역할을 바꾼다?"

"창화 공주가 남자, 산동직이 여자로 다시 태어나 부부의 인연을 맺는 것이죠. 창화 공주가 옥황상제에게 다음 생엔 남자로 살아 보겠노라 간청하는 장면부터 시작할까 합니다. 어떻습니까? 흥미를 끌만 할까요?"

뜻밖의 설정이긴 했다. 『산해인연록』을 읽어 온 독자들은 당연히 관심을 가질 것이다. 특히 산동직은 평생 영웅호걸입네 하며 수많은 여자들과 정분을 만들었으며, 그중 세 명을 첩으로 뒀는데, 그때마다 창화 공주는 슬프기도 하고 짜증도 나고 화도 나고 섭섭하기도 했다. 그러나 『산해인연록』에선 그런 감정이 들더라도, 정실 부인이기 때문에 참고 견디며 지나갔던 것이다. 그런데 산동직이 여자로 태어나 정실 부인이 되고 첩을 여럿 거느린 남편 때문에 고생한다면, 그것 자체로 소설을 읽는 많은 여자들이 통쾌하게 여길 것이다.

"나쁘진 않군……."

그 정도에서 대화를 마무리 짓고 싶었다. 수문이 속편을 그럴듯하게 시작한다면, 『산해인연록』을 멋지게 마무리 지은 것이 운이 아니라 실력임을 증명하는 셈이다. 훗날 나는 『옥환기봉』과 『한조삼성기봉』을 연이어 읽고 깜짝 놀랐다. 이날 수문이 설명했던, 남녀를 바꾸는 설정을 『한조삼성기봉』에서 만났던 것이다. 『옥환기봉』의 남자 주인공 광무제와 여자 주인공 곽후가 『한조삼성기봉』에는 역할이 바뀐다. 곽후가 강왕이 되고 광무제가 그 아내인 조수아로 등장하는 것이다. 곽후가 옥황상제에게 복수할 기회를 달라고 청했으며, 그로 인해 남녀 역할이 바뀌어 세상에 태어나는 장면까지 매우 비슷했다.

수문이 허리를 거듭 숙이며 간청했다.

"꼭 찾아 주십시오. 아시다시피 낭자는 듣는 것과 말하는 것이 불편하니, 여러모로 걱정입니다."

"알겠소. 나도 찾아보도록 하리다. 하나만 물어도 되겠소?"

수문이 어깨를 올리며 응낙했다.

"낭자가 어제처럼 저물 무렵 집을 나선 적이 자주 있었소?"

"아닙니다. 스승님이 계실 때는 거의 바깥출입을 안 했지요. 시장을 오가는 건 하녀들이 맡았고, 지필묵을 비롯한 문방 역시 경문과 제가 사오곤 했습니다. 스승님이 사라지신 후부터 이런저런 이유로 낭자도 바깥출입을 시작했습니다. 하지만 대부분 대낮에 나가서 해가 지기 전에 귀가했습니다. 귀와 입이 불편하니, 스승님이 그렇게 낭자에게 어려서부터 가르치신 게지요. 되도록 집에 머물고, 꼭 나가야 한다면 일몰 전엔 귀가하라고."

"알겠소이다. 한데 오늘 따로 연락 받은 건 없소?"

김진은 미시에 이 집으로 오라고 내게 말했었다.

"없습니다만……. 연락이 와야 합니까? 누군데요?"

수문은 전혀 모르고 있었다. 김진이 그에게 모임을 미리 알려 주지 않은 것도 이유가 있을 것이다.

수문과 헤어진 후 의금부로 돌아왔다. 임승혜가 귀가하지 않았다면, 명례방에서 어젯밤 붙잡힌 사내들과 함께 있을 가능성이 컸다. 지난밤 급습을 당했으니, 오늘은 더욱더 은밀한 곳으로 숨어들었으리라. 동남출이 나를 보자마자 빈방으로 끌고 갔다.

"왜 이러는가?"

"형님, 그 소문 들으셨습니까?"

"무슨 소문?"

"어젯밤 형조에서 야소교도로 의심되는 자들을 잡아들였답니다."

내가 거기에 낀 것을 동 도사는 모르는 것이다. 형조의 관원들과 함께 명례방을 급습한 사실을 보고하기 위해 의금부로 들어온 나로선, 알은체를 하기에도 또 모른 체를 하기에도 어정쩡하여 불편했다. 내가 눈만 끔벅거리자, 동 도사는 이 소문을 전혀 듣지 못한 것으로 간주하고 흥을 냈다.

"한데 새벽에 한 놈만 남기고 죄다 풀어줬답니다. 야소교도들이 아니라, 연경에서 들여온 물건들을 구경하는 자리였다고들 하네요. 형조 놈들, 괜히 한 건 올리려고 서둘러 나섰다가 망신만 당한 꼴입니다."

연경 물건을 구경하는 자리였다는 것은 이벽의 일방적인 주장이었다. 그 주장이 어느새 사실인 것처럼 의금부까지 흘러들어 온 것이다.

"어디서 들었는가? 누가 그래?"

"의금부 관원들이 모두 아는 사실입니다. 출근하자마자 이 이야기를 나누며 낄낄대고 웃었어요. 형님이 제일 늦게 나오셨기에, 즐거움을 함께 나누자고 말씀드리는 것이고요. 형조는 이제 어찌 할까요? 전옥서에서 풀려난 이들은 죄가 있든 없든 십중팔구 도성을 벗어나 멀리 달아나 숨었을 겁니다. 다시 잡아들여 문초하긴 너무너무 어렵죠. 한 놈이 옥에 남았다 해도, 적어도 두 놈은 되어야 서로 말이 어긋나는 대목을 찾아 따지고 들 텐데, 지난밤 급습의 명분을 세우긴 어려울 듯합니다만……."

"즐거워?"

"네?"

"공맹의 도리를 어기고 몰래 모여 이방의 신을 떠받드는 무리는 당연히 잡아들여 전후 사정을 따져야 하는 거야. 그들이 야소교도라면 어떤 법을 어긴 것인지 알기나 하는가? 대국의 형법전인 『대명률』의 도적죄에 속해. 사무사술금지조(師巫邪術禁止條), 즉 이단의 신을 믿어 사술을 금지하란 법을 어긴 것이고, 조요서요언조(造妖書妖言條), 즉 요망한 책을 만들고 말을 옮긴 것 역시 중범죄라고. 그놈들 주장대로 연경에서 들여온 서책과 물건을 구경하는 자리였다고 쳐. 그딴 걸 본다고 귀천도 남녀도 구별 않고 야밤에 같은 방에 모여 앉아도 되는 거야? 그게 예법에 맞아? 자네가 이런 첩정(諜呈, 첩보)을 들었다면 어찌 했겠나? 탐문 후 무리가 모인 집을 급습하지 않았겠어?"

"했겠지요. 물론 그 전에 형님께 의논부터 드렸을 겁니다. 적어도 저나 형님 같은 의금부 도사는 거짓 첩정에 휘둘리진 않습니다."

"거짓인지 아닌지는 아직 밝혀지지 않았어."

"오늘 아침은 좀 이상하십니다. 형조를 두둔하시는 겁니까?"

"두둔하는 게 아니라 원칙을 강조하는 걸세. 우리도 불측한 무리를 잡아들이지만, 범죄자를 포박하는 경우가 반반이지 않나? 나머지 절반의 실패에 대해서 형조 관원들이 우릴 비웃는다면, 그땐 어찌하겠나?"

"가서 박살을 내 줘야죠."

"입장을 바꿔 놓고 보면, 형조 관원들도 같은 심정일 걸세. 그러니 형조에 대한 비난과 비웃음은 삼가라고, 도사들과 그 아래 관원들까지 확실히 전해. 알겠는가?"

"네. 형님."

그리고 나는 오시까지 그 방에 혼자 남아선, 김진이 내게 임두의 집에 대신 가라고 한 날부터 지금까지 벌어진 일들을 종이에 써 가며 되짚었다.

어젯밤 김진은 웃으며 내게 임두의 집에서 내일 미시에 만나자고 했다. 전혀 웃을 상황이 아닌데도, 기쁨이 차올라오면, 주변을 의식하지 않고 웃는 사람이 또한 김진이었다. 여기서 김진이 느끼는 기쁨은 평범한 사람들의 그것과는 달랐다. 돈이나 명예나 권력처럼, 무엇을 더 가지는 것으로부터 오는 즐거움이 아니란 이야기다. 김진은 고민하던 사건이 풀렸을 때, 처음부터 끝까지 한꺼번에 사건 전체가 해결되었을 때 바로 어제처럼 웃는다. 새벽에 박제가와 명례방에서 끌려온 이들을 석방한 것이 그 해결의 첫걸음인지도 모른다.

이 지점에서 나는 번번이 좌절하곤 했다. 김진은 마지막 지점을 통과하려는데 나는 아직 출발도 못한 꼴이니까. 방각본 살인 사건부터 지금까지, 계속 그와 동행하며 나 나름대로 사건을 추리하고 해결하려 노력해 왔다. 내 자랑 같지만 의금부 도사들 가운데선 나를 따라올 이가 없다. 그러나 김진과의 대결에선 전혀 힘을 쓰지 못했다. 미시에 임두의 집으로 가서, 김진의 설명을 우두커니 듣고만 있기는 싫었다. 그가 할 이야기를 미리 예측하고, 그중 한두 가지는 내 의견을 제시하고 싶었다. 이를 위해 빈방에서 고민에 고민을 거듭했던 것이다. 그러나 이번엔 등장인물도 많을 뿐만 아니라 저마다의 생각이나 삶의 폭이 너무 컸다. 궁궐 여인들부터 명례방 사내들까지, 이 전부를 어떻게 잇는단 말인가. 결정적으로, 김진이 도대체 어떤 문제를 풀었는가도 전혀 짐작할 수 없었다. 문제를 모르니 답을 예측하기란 처음부터 불가능했다. 자책이 밀려들었다.

또 이렇게 되어 버렸구나.

생각을 중단하고 '술작'을 폈다. 12월로 접어들면서 일기를 쓰는 날이 현격하게 줄어 다음 해 1월엔 단 이틀뿐이었다. 임두가 김진과 내게 '휴탑'을 찾아 달라고 요청하기 직전, 기억을 잃어 가는 소설가의 고민이 문장마다 담겼다. 벽에 난 잔금들! 그 틈으로 흘러내리는 물줄기들! 그 물줄기를 닮은 눈물들!

십이월 십오일

어제와 오늘은 붓도 들지 않았다. 이 문장이 첫 문장이다.

십이월 십칠일

걸을 힘도 없다. 이야기가 막히니 모든 것이 다 막히는구나. 설도난(說道難)이여! 하늘에 오르기보다 어렵구나. 다시 태어나면 어부로 살고 싶다. 망망대해에서 내 맘대로 떠다닐 것. 어제 쓴 문장 때문에 오늘이 묶이는 일 없이, 그렇게.

십이월 십팔일

다음 생엔 글을 모르는 이야기꾼으로 태어나련다. 노래도 썩 잘 부르는 이야기꾼. 그래서 평생 붓 한번 쥐지 않되, 이야기나 실컷 하며 떠돌련다. 글을 쓰면 갇힐 수밖에 없다. 붓과 벼루와 먹과 종이에 갇히고, 방에 갇히고, 수천 년 전부터 이미 나온 글들에 갇힌다.

십이월 이십일일

눈이 내렸다. 마당을 덮었다. 내 기억도 저렇게 덮인 걸까.

십이월 이십칠일

꿈을 꾸었다. 전혀 다른 지점에서 『산해인연록』 첫머리를 쓰고 있다. 나는 소설을 쓰고 있는 꿈속 내게 소리친다. 거기서 시작하지 말라고. 거기부터 첫걸음을 디디면 모든 문장을 다시 써야 한다고. 물론 꿈속의 나는 충고를 듣지 않는다. 고생이 되더라도 내 뜻대로 밀어붙이는 것, 그게 나답긴 하다.

일월 칠일

감환을 앓았다. 첫날부터 오늘까지 누워 쉬었다.

아프단 것이 꼭 나쁘진 않다. 살아 있어야 아프니까. 나는 아직 살아 있다. 이십삼 년.

일월 십일일

익사, 죽어야 한다면.

일월 십오일

마지막 기대. 김진? 꽃에 미친 사내가 정녕 나를 이 늪에서 끌어올려 줄까.

21장

임화정연

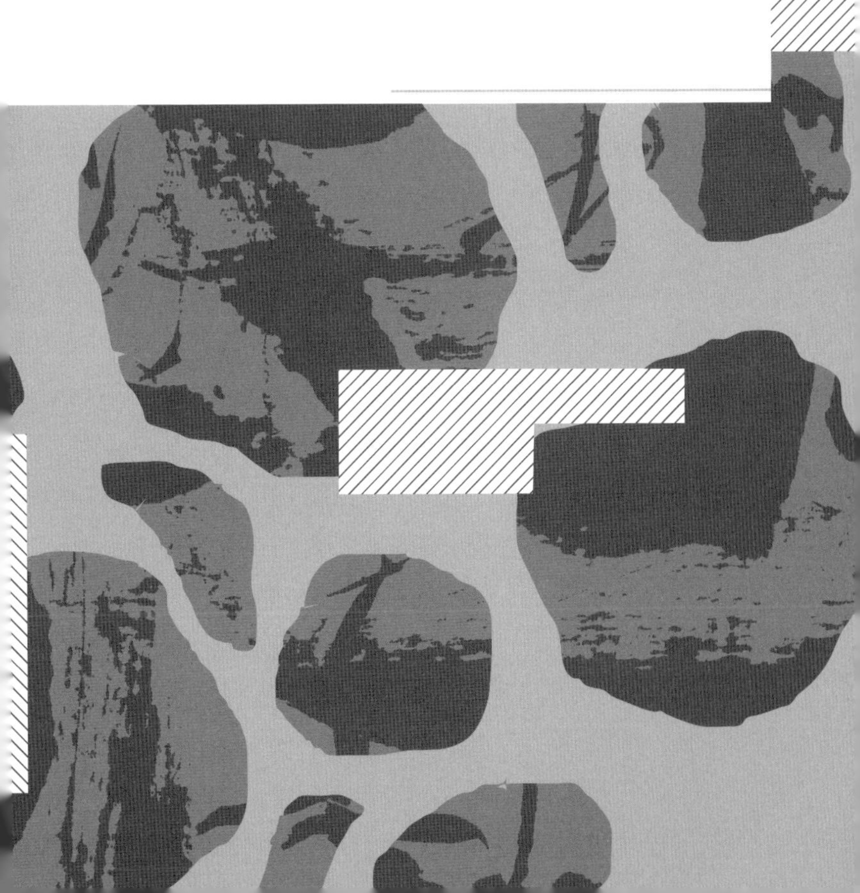

林花鄭延. 임씨 화씨 정씨 연씨 등 네 가문 이야기.
『사성기봉(四姓奇逢)』이라고도 한다.
『임화정연』(72권), 『쌍성봉효록』(16권)으로 이어진다.

오시를 절반도 넘기지 않았을 때 이미 협문에 도착했다. 약속은 미시였지만 집 앞에라도 먼저 가서 기다리고 싶었다. 김진은 이미 이 사건을 해결한 듯, 약속 시간과 장소를 알려 줬었다. 그렇게 모였을 때, 그가 실수한 적은 전혀 없었다. 어지럽게 펼쳐진 말과 행동 속에서 갈피를 못 잡는 나 스스로가 한심했다.

"이 도사!"

낯익은 목소리가 등을 밀었다. 김진이었다. 그도 일찌감치 온 것이다. 나는 콧잔등에 주름을 잡았다 펴곤 고개만 돌렸다가, 껑충 뛰어 빙글 돌았다.

"나, 낭자!"

임승혜였다. 새벽에 전옥서를 나온 후 귀가하지 않았던

그녀가 김진과 나란히 걸어오고 있었다. 하룻밤을 옥에서 지낸 사람이라곤 믿기 어려울 만큼 표정이 밝았다. 이곳에 닿기까지 김진과 긴 대화를 주고받은 듯, 쥐고 있던 수첩이 절반도 넘게 채워졌다.

"대체 어찌된 겁니까? 모두 낭자를 찾아 도성을 헤맸소이다. 나 역시 매우 걱정했고……. 명례방에 모였던 무리를 따라 잠적했을까 여겼는데, 화광과 함께 있었던 게요?"

임승혜가 수첩에 적어 내밀었다.

—전옥서에선 풀려났으나 형조에서 계속 미행을 붙였어요. 광암 선생을 비롯한 다른 분들과 동행하기엔 여러 가지가 불편하여, 화광께 도움을 청하였지요.

김진이 턱 밑까지 차오른 나의 불만을 모르는 척 간단히 설명했다.

"석방될 때 전옥서 앞에 갔었네."

"왜 기별하지 않았는가? 임 낭자와 함께 있다는 소식만 들었어도……."

김진이 말허리를 잘랐다.

"명례방에 모인 이들이 원칠 않았어. 나야 자네를 믿지만, 그들은 형조 관원들과 의금부 도사인 자네가 합심하여 자신들을 잡아들였다고 여긴다네. 맞는 말이기도 하고. 옥에 갇힌다는 건 참으로 끔찍한 경험 아니겠나?"

"어디 있었던 게야?"

임승혜와 김진이 눈을 맞췄다. 김진이 답했다.

"우선 들어가세. 천천히 이야길 하지."

뒷마당을 지나 서고로 향했다. 서고 앞에 섰던 수문이 임승혜를 발견하곤 뛰어 내려왔다. 나보다 더 놀란 눈으로 따져 물었다.

"어딜 갔던 게요?"

임승혜가 허리춤에서 휴대용 먹물통을 꺼내려 하자, 김진이 엉뚱하게 되물었다.

"먼저 와 기다리시는 분이 있나요?"

수문이 김진과 나를 차례차례 쳐다본 후 답했다.

"미시에 모임이 있다고 언질이라도 주시지……. 모르는 분들도 아니라서 일단 서고로 모시긴 했습니다. 김홍도와 김덕성 두 분 화원이 오셨고, 이모들 그러니까 정 상궁과 두 필사 궁녀도 진작부터 왔습니다. 그리고 박 검서와 험상궂은 거한이 같이 들어오셨고요. 한데 거한은 편곤까지 들었습니다."

김진이 웃으며 내게 거한의 정체를 말했다.

"야뇌 형님이시네. 인달방으로 미리 사람을 보냈다네."

그리고 수문에게도 물었다.

"인왕산에서 혹시 만나지 않았습니까? 여기 이 도사는

경문을, 또 야뇌 형님은 당신을 미행했는데요?"

수문이 딱딱하게 답했다.

"만난 적 없습니다."

김진은 더 따지지 않고 부드럽게 말머리를 돌렸다.

"협문에 하인을 세우되, 종이 매화를 내미는 이들은 통과시켜 주세요."

"누가 더 옵니까?"

수문의 질문이 곧 나의 질문이기도 했다. 김진이 빙긋 웃어 보였다.

"미리 다 말씀드리면 재미가 없죠, 소설이나 인생이나! 추측해 보세요."

김덕성이 상석을 차지했고 그 왼쪽에 김홍도, 오른쪽에 정 상궁이 자리를 잡았다. 정 상궁 옆에 필사 궁녀인 화경희와 연복연, 김홍도 옆엔 수문과 박제가와 임승혜가 나란히 앉았다. 김진이 문을 등지고 김덕성과 마주 보았으며, 그 좌우를 편곤을 든 백동수와 표창을 소매에 숨긴 내가 병풍처럼 둘렀다. 사방 벽에 책장이 들어찼고 또 거기에 서책이 빽빽하게 놓인 탓에, 서고는 숨이 막힐 듯 답답했다.

"이제 전부 모인 겁니까?"

김덕성의 질문엔 한시라도 빨리 이야기를 마치고 서고를 나가고 싶은 마음이 담겼다. 김진을 바라보는 다른 이들의 표정도 마찬가지였다.

"아직 오실 분이 더 있지만, 일단 시작하겠습니다."

"더 있으면 좀 더 기다리지요. 늦게 오는 이들에게 처음부터 설명하느라 시간이 더 지체될 수도 있으니까요."

정 상궁이 신중하게 의견을 냈다. 김진이 답했다.

"많은 시간을 뺏진 않을 겁니다."

"시작하게. 나는 오늘 중으로 끝낼 그림이 있어서 곧 다시 도화서로 들어가 봐야 한다네."

김홍도에 이어 박제가도 맞장구를 쳤다.

"나도 검토할 서책이 쌓였으이. 검서할 책 중엔 화광 자네와 함께 봐야 할 것도 적지 않던데……."

김진이 받았다.

"잘 알고 있습니다. 아무래도 오늘 밤은 규장각에서 지새워야 할 듯해요. 한 달하고도 보름 넘게 수문과 숙식을 했지만, 밤을 새워 서책을 검토하는 건 여전히 즐겁고도 힘듭니다. 그럼 시작해 보겠습니다. 오늘 여러분을 여기까지 오시라 한 이유는 간단합니다. 이 속에 살인범이 있습니다."

서고에 모인 이들의 눈이 동시에 커졌다. 백동수가 따지듯 물었다.

"누군가, 그 살인범이?"

김진의 시선이 좌중을 차례차례 훑었다. 나는 소매에 오른손을 넣어 표창을 쥐었다. 살인범으로 지목당한 이가 난동을 부릴 것을 대비해서였다. 역시, 김진다웠다. 말을 빙빙 돌리지 않고 이 많은 사람들을 필동 서고로 불러 모은 이유를 곧바로 밝히려는 것이다. 살인범만 붙잡는다면 이 정도 답답함은 감수하고도 남았다. 나 역시 임두가 실종되고 인왕산 지하 서고가 폭발하고 경문의 시신이 발견된 후 지금까지 살인범이 누굴까 고민하고 또 고민했다. 많은 이들을 의심하고 조사하고 또 범행 동기와 범행 방법을 찾으려 했지만, 그 전부를 명쾌하게 맞출 수 없었다. 그런데 김진은 모인 사람 중에 살인범이 있다는 단정으로부터 이야기를 시작했다. 엄청난 자신감이었다. 표창을 쥔 채 나는 그의 설명을 경청할 준비를 마쳤다. 김진이 오른팔을 들어 천장을 가리켰다. 좌중의 시선이 한꺼번에 어두운 천장으로 향했다. 가슴께로 내려온 팔이 나를 가리켰다가 천천히 반원을 그리며 수평으로 돌았다. 드디어 멈췄다.

"수문! 당신입니다. 당신이 친동생보다 아낀다는 경문을 죽였습니다."

나는 엉덩이부터 들었다. 수문이 일어서기라도 하면 당장 제압할 작정이었다. 그런데 수문은 화를 내거나 일어나는 대신 시선을 내린 채 웃었다. 뻐드렁니 때문에 삐뚤어진 윗입술과 들린 콧구멍에서 흘러나온 웃음은 느리고 탁했다. 수문이 단호하게 따지고 들었다.

"이딴 모함을 들을 이유가 없습니다. 내가 경문을 죽이다니요? 세상에 이보다 더 황당한 주장이 어디 있습니까? 증거 있습니까? 증인 있나요?"

김진 역시 미소로 답했다.

"증거도 증인도 있습니다. 하나하나 설명하겠습니다."

김진이 방문 앞에 백동수와 나를 앉힌 이유를 비로소 깨달았다. 수문의 퇴로를 사전에 막은 것이다. 이제부터는 김진의 주장과 수문의 반론은 부딪칠 수밖에 없었다. 박제가가 양손을 비비며 호기심 가득한 얼굴로 물었다.

"증거가 무엇인가? 지하 서고는 완전히 불타 버리지 않았는가? 범행의 증거가 남았을 것 같지 않네만……."

그 역시 김진의 추측을 조금이라도 빨리 듣고 싶은 것이다. 내가 임두의 실종부터 경문의 죽음까지를 고민했듯이, 박제가도 마찬가지였다. 짐작컨대 조선의 천재로 칭송받는 그 역시 안개 속을 헤매었으리라. 김진이 품에서 서책 두 권을 꺼내 놓았다. 박제가가 표지를 살피곤 물었다.

"『산해인연록』 아닌가? 이 소설이 살인 사건의 증거라고?"

박제가는 크게 실망한 듯 이마에 주름까지 잡았다. 나 역시 같은 심정이었다. 수문이 헛웃음과 함께 김진을 공격했다.

"제가 경쟁심 탓에 경문을 죽이기라도 했단 겁니까? 그를 죽여 봤자 저한테 어떤 이익이 있습니까? 경문이 살았든 죽었든, 이 소설을 200권부터 제대로 이어 쓰지 못하면 중벌을 면치 못할 상황이었어요. 한데 이 소설이 증거라니요? 천부당만부당한 헛소리입니다."

김진이 양손에 한 권씩 들곤 물었다.

"206권과 207권입니다. 기억합니까, 그 두 권에 실린 게 뭔지?"

"그야…… 하늘의 책, 천서가 등장합니다. 천상의 인연이 담겼죠."

수문의 설명에 김홍도가 덧붙였다.

"우리가 삽화로 담느라 고생한 대목이기도 해."

"맞습니다. 수문, 당신이 이 천상의 책을 지은 게 맞지요?"

수문이 신중하게 답했다.

"저 혼자 처음부터 끝까지 전부 지었다기보다는, 스승님이 곳곳에 숨겨 두신 인연을 찾아내어 '천상의 책'이란 틀로 모은 겁니다. 한데 '천상의 책'을 쓰고 거기에 인물들을 담은 게 무슨 증거가 된단 거죠? 어느 구절이 증거입니까? 읊어 보십시오."

김진이 답했다.

"읊을 대목은 없습니다."

"이 두 권이 증거라 해 놓고, 증거로 읊을 대목이 없다고요?"

수문의 실소(失笑)를 아무도 탓하지 않았다. 대부분 수문과 같은 질문을 던지고 싶었던 것이다. 이 대목에서 김진은 누구도 떠올리지 못한, 완전히 새로운 방식으로 반박했다.

"담지 않은 게 증거입니다."

모인 이들 중에서 단 한 사람도 김진의 대답을 온전히 이해할 수 없었다. 담지 않은 것, 그러니까 책에 없는 것이 증거라고? 증거란 찾아서 제시하는 것이다. 있지도 않다면 어떻게 그것이 증거일 수 있을까? 웅성거림이 잦아들기도 전에 내가 물었다.

"알아듣게 설명을 해 보시게."

"진어오란 인물이 있죠? 172권부터 등장하는, 소설 후반부의 핵심 인물입니다."

내가 알은체를 했다.

"관운장과 제갈공명에 비견될 만큼, 문무를 겸비한 장수지. 대장군 산동직 휘하에서 궂은일을 도맡아 하는 참모이자 선봉장이기도 해. 또한 산책과 명상을 즐기고 천지조화를 살펴 미래를 예견하지."

김진이 고개를 끄덕인 후 수문을 쳐다보며 물었다.

"하나만 확인하고 싶군요. '천상의 책'에 진어오가 나오던가요?"

수문이 대수롭지 않다는 듯 답했다.

"모든 인물이 '천상의 책'에 담긴 건 아닙니다."

"그렇긴 합니다. 제가 정리한 인물 목록에 따르면 이 소설에서 중요한 등장인물은 모두 100명입니다. '천상의 책'에 들어간 이는 54명이고요. 진어오를 비롯한 46명을 제외한 이유가 무엇입니까?"

좌중의 시선이 수문에게 쏠렸다. 김덕성이 힘을 보탰다.

"따지고 보니 그렇군. 『산해인연록』 후반부에서 내가 가장 좋아했던 인물이 진어오인데, '천상의 책'을 삽화로 그릴 땐 없었소. 전쟁터에선 항상 선봉에 섰지. 화살이 빗발치는 와중에도 돌진하며 천지를 뒤흔들 듯 적들을 꾸짖는 장면이 참으로 멋지지 않소이까? '지금이라도 항복하라. 산동직 장군이 이끄는 본진이 도착하면 너희들은 모조리 도륙될 것이니라!' 귀에 쟁쟁 울리는 듯하오. 이렇듯 멋진 사내가 '천상의 책'에서 빠진 이유를 나도 듣고 싶었소. 전생이 뇌공이라고 해 뒀으면 내가 정말 멋지게 그렸을 텐데……."

수문이 버텼다.

"'천상의 책'에 넣을 인물을 정하는 건 소설가 마음 아닌가요?"

김진이 답했다.

"맞습니다, 소설가 마음! 지금 그 소설가가 품은 마음을 따져 보는 중입니다. 스승님이 숨겨 놓은 운명을 찾아내어 '천상의 책'으로 옮겼을 뿐이라고 했죠?"

"네."

"그럼 '천상의 책'에 담긴 이들과는 달리, 진어오는 숨겨진 운명 같은 게 없었나 봅니다? 당신이 『산해인연록』에서 확인한 임 작가님의 설정에 따른다면 말이에요. 그렇게 받아들여도 됩니까?"

수문이 잠시 고민한 후 답했다.

"……'천상의 책'에 담긴, 천상계로부터 비롯된 운명은 없습니다. 그건 진어오뿐만이 아니라 46명이 모두 마찬가지겠죠."

"46명은 나중에 따로 살피기로 하고, 진어오에 집중해 보죠. 임 작가님은 23년 전에 시작부터 끝까지 『산해인연록』의 구상을 마쳤다고 하셨습니다. 마무리를 따로 정리해 둔 수첩까지, 이름이 '휴탑'이죠, 있다고도 했고요. 진어오는 혹시 그 구상에서 빠졌던 건 아닙니까?"

"뭘 묻는 건지 모르겠습니다. 구상에 없던 인물을 스승님이 172권에 즉흥적으로 만들어 넣으셨단 건가요? 결코 아닙니다. 스승님은 하나부터 열까지 미리 고민하고 결정하고 챙기는 분이세요. 쓰다가 갑자기 멋진 사람이나 공간이나 시간이 떠올랐다고 소설에 집어넣어 분량을 늘이는 짓을 죄악이라 여기십니다."

김진의 질문이 반복되었다.

"그런데 진어오는 왜 '천상의 책'에서 빠졌을까요? 진어오보다 비중이 훨씬 낮은 인물들도 54명에 속해 '천상의 책'에 포함되었습니다."

수문은 임두를 방패로 삼아 빠져나왔다.

"……다시 한 번 말씀드리지만 소설가 마음입니다. 그건…… 스승님께 여쭤야 할 질문입니다. 저는 199권까지 스승님이 써 오신 걸 이어받았을 뿐이에요. 진어오가 의형제를 맺고 휘하에 둔 장수 중에서 공이 혁혁한 10여 명도 '천상의 책'에서는 빠졌어요."

"이렇게 정리해 보겠습니다. 진어오가 '천상의 책'에서 빠진 이유를, '천상의 책'을 등장시켜 소설을 마무리한 당신은 모르겠다 이거군요."

"어쩔 수 없는 겁니다. 제가 처음부터 『산해인연록』을 지었다면 분명하게 답을 드렸겠죠. 하지만 스승님이 199권까지 쓰셨고 거기에 반 권을 더 남기셨어요. 저는 그 뒤 열 권에 반 권을 덧붙여 마무리했을 뿐입니다."

김진이 좌중과 천천히 눈을 맞췄다.

"제가 그럼 지금부터 설명을 해 드릴까 합니다. 진어오가 그토록 빼어난 활약을 하고도 '천상의 책'에서 빠진 까닭이 궁금하신가요?"

백동수가 받았다.

"당연히 궁금하네."

김진이 수문을 쳐다보며 말했다.

"설명을 해 볼 테니, 혹시 반대 의견이 있거나 문제 제기를 하고 싶으면 언제든 끼어들어도 됩니다."

수문의 얼굴이 그림자에 덮인 차돌처럼 굳었다.

"수문과 경문은 입궐하여 보름을 보냈죠. 제가 수문을 도왔고 이 도사가 경문과 숙식을 함께했습니다. 두 제자는 『산해인연록』을 200권부터 이어 가려 했으나 역부족이었죠. 스승이 이 거작을 어떻게 마무리하려 했는지를 알아내지 않고는, 자신들 힘만으론 소설을 마치는 것이 불가능하다는 걸 그들은 처음부터 알고 있었습니다. 스승이 실종된 후 그들은 23년 전 구상이 적힌 수첩, '휴탑'을 찾아 필동 집을 샅샅이 뒤졌습니다. 그러나 어디에도 '휴탑'은 없었어요. 입궐한 두 제자는 임 작가님이 실종 직전에 마지막으로 쓴 반 권 분량의 원고를 읽습니다. 200권의 전반부로, 거기엔 창화 공주가 오래 앓던 병에서 완쾌되는 이야기가 대부분이죠. 한데 그 원고의 마지막이 'ㅍ'으로 끝납니다. 두 제자는 스승의 원고를 읽고 고민에 고민을 거듭한 후, 그 'ㅍ'이 폭포이고, 물이 흐르는 폭포가 아니라 신문 밖 홍제원 가까이 있는 바위에 새긴 미륵 아래 탑을 가리킨다는 걸 알게 됩니다. 그리고 거기서부터 스승이 은거한 지하 서고의 위치를 추측한 것이죠. 소설에는, 정확히 말하자면 2000권 대설을 요약한 대목에선, 바위가 2열 종대로 늘어섰고 그 사잇길을 통해 숲으로 가선 지하 서고에 닿는 것으로 나오죠. 그건 적어도 10년 전, 그러니까 86권을 짓기 전 스승이 인왕산으로 답사를 갔을 때 본 풍광입니다. 199권에도 그 풍광이 똑같이 나옵니다. 소설에선 폭포에서부터 서고에 이르는 길이 바뀐 게 없지만, 현실에선 완전히 달라져 버렸어요. 10년 전 여름 폭우와 함께 산사태가 나서 바위들이 흙에 묻혀 버렸죠. 수문! 어떻습니까? 여기까지 설명에서 틀린 부분 있나요?"

수문이 김진을 노려보았지만 이견을 달진 않았다. 김진이 이야기를 이었다.

"저는 경문보다도 수문 당신이 더 빨리 또 더 쉽게 지하 서고의 위치를 파악했다고 봅니다. 당신은 그 폭포에서부터 두 줄로 난 바위 사이를 통해 숲을 지나 지하 서고에 이르는 길을 스승과 함께 답사했을 가능성이 큽니다. 그리고 산사태가 난 것도 기억해 냈을 테죠. 『산해인연록』 초고를 읽고 그날그날 서둘러 의견을 낼 때는 답사에서 본 풍광과 소설 속 풍광 비교를 중요하게 여기지 않고 지나갔을 수도 있어요. 이 계곡은 기껏해야 200권이 넘는 소설에서 단 두 장면, 그것도 86권과 199권에서, 113권이나 건너뛰어, 10년을 훌쩍 지나 등장하니까요. 한데 스승이 남긴 마지막 원고의 자음인 'ㅍ'을 보는 순간, '폭포'를 떠올린 겁니다. 그리고 그중에서 86권에 등장했고 199권에 재등장한, 그리고 지금은 소설 속 모습이 현실에서 완전히 사라져 버린 풍광에 주목하게 된 거죠. 경문이 이런 변화를 파악하긴 수문보다 몇 배는 어려웠을 겁니다. 스승이 인왕산 답사를 마친 후 문하로 들어왔으니까요. 그래도 경문이 지하 서고에서 죽은 것을 보면, 86권에 등장하는 바위들이 산사태로 인해 파묻혔다는 걸 알아낸 게 분명합니다. 보름 동안 궁궐에 갇힌 채 소설을 쓰지만 않았다면, 사실을 파악하자마자 인왕산으로 달려갔겠죠. 다시 말해 보름 뒤 단 하루 출궁해도 좋다는 허락을 받았을 때, 두 사람 머릿속엔 지하 서고밖에 없었던 겁니다. 제가 그렇게 생각하도록 그들을 몰아붙인 측면도 있습니다. 그들은 둘 중 하나 혹은 둘 다를 기대했겠죠. 스승이 23년 전 구상을 적어둔 '휴탑'을 지하 서고에 감췄거나, 아니면 더 나아가서 매병을 앓고는 있지만 소설을 완성하고야 말겠다는 의지로 가득 찬 스승이 서고에 숨어 '휴탑'을 펼쳐 놓고 집필에 매진하고 있거나……. 후자라면 금상첨화죠. '휴탑'과 함께 스승이 22일 동안 쓴 원고를 빼앗으면 되니까요."

내가 끼어들었다.

"한데 경문은 인왕산으로 곧장 가지 않고, 필동 임 작가님 댁에 들렀다네. 임 낭자를 만났지. 그건 왜 그랬던 건가?"

김진이 말하는 속도를 서서히 늦췄다. 임 낭자가 입술 모양을 읽도록 배려한 것이다.

"완전히 확신하진 못했던 게 아닐까 싶네. 지하 서고가 실제로 있고, 거기에 스승의 수첩뿐만 아니라 스승까지 숨어 있다면, 당연히 손녀인 임 낭자가 왕래를 했을 거라고 봤겠지. 그래서 곧장 산으로 가서 헤매는 것보단 임 낭자에게 확인하는 편이 더 낫다고 봤을 걸세. 경문은 임 낭자를 사모했고, 임 낭자도 경문을 특별한 벗으로 대했으니까."

거기서 김진은 말을 끊고, 임승혜에게 시선을 옮겼다. 그녀가 붓을 들어 적었고, 김진이 나를 쳐다보았다.

"이 도사가 읽어 주게."

내가 받아 읽었다.

"'경문이 미리 적어 온 지도를 펼쳐 보이며 물었지만, 저는 답하지 않았어요. 할머니께서 그 누구에게도 하하재로 가는 길을 알려 주지 말라고 하셨거든요.' 자, 답이 되었는가?"

"일단 그 정도로 해 두세."

김진이 이야기를 이었다.

"야뇌 형님과 이 도사가 각각 수문과 경문의 뒤를 밟았습니다. 하지만 두 제자는 미행을 따돌리고 지하 서고로 질주했습니다. 둘 중 누가 먼저 도착했는지는 명확하지 않습니다만, 두 사람보다 먼저 지하 서고에 도착한 이가 있었습니다."

"누군가, 그게?"

김진의 시선이 다시 임승혜에게 향했다.

"임 낭 자 입 니 다. 두 제 자 가 서 고 로 들 어 온 것 을 봤 죠?"

임승혜가 급히 적고 내가 읽었다.

"아닙니다. 저는 도착하자마자 이상한 향내를 맡고 기절했어요. 수문도 경문도 보지 못했습니다."

김홍도가 김진에게 물었다.

"이걸 깰 증거나 증인도 있나?"

"조금만 더 추측해 보겠습니다. 하하재엔 임 낭자의 할머니이자 수문과 경문의 스승인 임두 작가님이 은거하고 계셨습니다. 임 작가님은 사라지시기 전, 이 도사와 제가 찾아뵈었을 때 이런 말씀을 하셨죠. 매병을 앓아서 200권 이후 소설을 어찌 전개해야 하는지 모르겠고, 마무리를 적어 둔 '휴탑'을 어디에 두었는지도 잊었다고. '휴탑'을 찾아 달라고 부탁하셨습니다. 이런 부탁까지 한 후 갑자기 사라진 건 둘 중 하나겠죠. 매병 때문에 집을 나갔다가 돌아오지 못했거나, 아니면 의도적으로 떠난 겁니다. 기도에서 고래 벼루가 발견된 후부터 전자의 가능성을 지웠습니다. 사람들 시선을 기도로 돌려 놓곤 지하 서고에 숨어 소설을 쓰고 계셨던 게지요. 임 작가님은 지하 서고에서 23년 전 구상을 적어 뒀던 '휴탑'을 찾으셨고, 그것에 근거하여 소설을 완성하려고 잠적하신 겁니다. 필요한 문방들은 은밀하게 손녀인 임 낭자 편에 받아서 쓰셨고요. 임 작가님이 '휴탑'을 찾으신 게 맞죠?"

임승혜가 적고 내가 읽었다.

"찾으셨죠. 하하재 가장 깊숙한 북쪽 벽엔 8폭 병풍을 뒀습니다. 뇌공이 벼락을 내리자, 비가 쏟아지고, 산은 꿈틀거리며, 불어난 강물은 세차게 흐르지요. 제일 마지막 폭에 그려진 것이 바로 폭포였습니다. 여기 계신 현은 선생께서,

동궁전의 부름을 받고 삽화를 그려 바친 후, 그러니까 할머니께서 『산해인연록』 집필에 들어가기 직전에 받으신 거였습니다."

김덕성이 끼어들었다.

"맞네. 자궁 마마께서 이러이러한 그림으로 8폭 병풍을 만들어 임 작가에게 내려 주라 하셨어. 착수금이라고나 할까. 그땐 자궁 마마의 안위도 위태로울 지경이었는지라, 행여 임 작가를 챙기지 못할 지경에 이르면, 병풍을 팔아서라도 당분간 연명하란 뜻이기도 했고. 8폭 대작이니, 값만 잘 받으면 적어도 1년은 버틸 수 있지. 한데 그 병풍 얘긴 왜 꺼내는가?"

다시 임승혜가 적고 내가 읽었다.

"폭포가 그려진 병풍 뒤에 땅을 파고 수첩을 목함에 넣어 묻어 두셨던 겁니다. 할머니는 매일 그 수첩을 서안에 올려놓은 채 쓰고 쓰고 또 쓰셨습니다. 제가 할머니를 도와드린 건 맞아요. 기도에 벼루를 갖다 놓은 사람도 접니다. 하지만 하하재가 폭발하던 날, 저는 두 제자를 보진 못했어요."

김진이 물었다.

"그 럼 그 날 임 작 가 님 은 보 셨 나 요?"

그녀가 고개를 저었다.

"다 른 사 람 들 도 못 봤 겠 군 요?"

그녀가 적었고 내가 읽었다.

"다른 사람이라뇨? 누굴 말씀하시는 겁니까? 지하 서고엔 오직 할머니만 머무셨어요. 닷새에 한 번 정도 제가 오갔고요."

김진이 잘라 말했다.

"저는 그렇게 생각하지 않습니다. 하하재엔 임두 작가님과 임 낭자 외에 다른 이들도 있었습니다. 임 낭자는 물론 그들을 전부 보았고요. 두 제자 역시 그들과 만났습니다."

박제가가 물었다.

"꼭 그 모든 사람들을 만난 것처럼 이야기하는군. 혹시 그날 화광 자네가 직접 보았던 게야? 그들이 대체 누군가?"

김진이 좌중을 둘러보며 답했다.

"하하재까지 임 낭자를 미행했지만 들어가자마자 향에 취해 쓰러졌습니다. 미혼단을 먹었을 때보다도 몇 배는 더 강력했어요."

"보지도 않았고, 시신이라곤 경문 한 사람밖에 없었는데, 하하재에 사람들이 더 있었다고 주장하니, 믿기 힘들군. 임 낭자가 거짓말이라도 한다는 겐가?"

박제가의 물음에 김진이 답했다.

"맞습니다. 낭자는 줄곧 거짓말을 해 왔어요."

내가 김진을 몰아세웠다.

"대체 임 낭자가 거짓말할 이유가 뭐란 말인가? 임 작가님이 하하재에 은거한 건 어쩔 수 없이 숨겼지만……."

김진이 말머리를 돌렸다.

"평생 거짓말하지 않고 사는 이가 있을까? 사람들은 저마다 크고 작은 이유로 거짓말을 한다네. 그 이유가 명확하지 않다고, 무조건 참말만 한다고 믿는 건 어리석지. 그렇지 않습니까, 초정 형님?"

박제가가 불쾌한 얼굴로 쏘아붙였다.

"왜 그걸 내게 묻나?"

"형님도 좋은 뜻에서 거짓말하신 적 있으시잖습니까?"

"내가 언제?"

"잘 생각해 보십시오."

김진이 말머리를 돌려 이번엔 나를 괴롭혔다.

"수문이 '천상의 책'을 등장시켜 『산해인연록』을 훌륭하게 마무리 지었을 때 임 낭자가 자네에게 했던 말 기억나나?"

나는 그녀와 눈을 맞추곤 답했다.

"할머니 글을 훔쳤다고 했었네. 하지만 다음 날 낭자 스스로 거둬들였어. 그 누구의 이름도 할머니와 나란히 두고 싶지 않은 마음 때문이었다고……."

김진이 말허리를 잘랐다.

"전자가 진심이었는데, 후자로 덮어 버린 거라면? 후자로 거짓말을 하라고 강요당했다면?"

내가 되받아쳤다.

"수문이 그처럼 협박했단 말인가?"

"그렇네."

"무슨 협박을 어떻게 했단 게야? 그런 요구가 있었다 해도 임 낭자가 따를 이윤 또 무엇이고?"

수문이 이어서 가슴을 치며 울분을 터뜨렸다.

"억울합니다. 증거나 증인도 없이 저를 살인범으로 몰더니, 이제 임 낭자를 협박했다고요? 이래도 되는 겁니까?"

딱!

김진이 기다렸다는 듯이 박수를 힘껏 쳤다. 좌중의 시선이 집중되었다.

"바로 여기까집니다. 절반을 왔군요. 무슨 협박을 받았기에 임 낭자가 거짓말을 하며 함구하게 되었는지, 그걸 몰라 지금까지 시간을 꽤 많이 흘려보낸 겁니다. 좀 더 면밀하게 살폈다면 훨씬 일찍 사건을 해결하지 않았을까, 아쉬움이 남는 대목이기도 합니다. 어쨌든 어제 새벽 전옥서 앞에서 그 답을 찾았답니다."

"전옥서라고?"

김진이 내 질문에 답하지 않고 김홍도와 김덕성에게 말했다.

"'천상의 책'에 들진 않지만 우리가 따로 그려 둔 인물들 중에서 진어오의 초상을 가져오셨죠?"

"그렇네."

"여기 모인 분들께 보여 주시죠."

김홍도가 두루마리를 방바닥에 펼쳤다. 늠름한 미남자가 한 손에는 검, 또 한 손에는 부채를 든 채 먼 산을 우러렀다. 그 산 위 텅 빈 하늘에 『산해인연록』에 나오는 진어오에 대한 설명이 적혀 있었다. 좌중이 진어오의 초상을 살피는 동안, 김덕성이 유장하게 읽어 나갔다. 나는 고개를 갸웃거리며 눈을 더 크게 떴다. 진어오의 초상이 어딘지 모르게 낯익었던 것이다.

"키는 크고 팔과 다리는 길다. 몸은 말랐으나 단단하며 어깨와 가슴이 넓고 반듯하다. 목은 길고 희다. 눈썹은 짙고 눈은 크며 콧날은 오뚝하고 입술은 두껍지도 얇지도 않다. 검은 눈동자는 깊고 맑으며, 흰 눈동자는 은은하고 따듯하다. 광대뼈는 도드라지지도 그렇다고 꺼지지도 않았고 미간은 충분히 넓고 인중 역시 그러하다. 수염은 갈라지지 않고 가지런하며 귓불 역시 복스럽게 넓지만 눈에 띌 정도는 아니다. 입귀를 조금 올린 채 은은한 미소를 머금고는 서책을 읽고 대화를 나누며 조용히 걷는다. 그러나 옳고 그름을 따질 때는 눈빛이 매서워지면서 오른손을 들어 할 말과 못할 말을 먼저 가른 뒤 쉼 없이 주장을 편다……."

김진이 가만히 문을 열었다. 나는 진어오의 초상에서 시선을 옮겼다. 젊은 사내가 열린 문으로 경쾌하게 쑥 들어왔다. 얼굴을 올려다보는 순간, 나는 할 말을 잃었다. 그였다. 방금 전까지, 김덕성과 김홍도가 함께 그린 삽화 속 사내 진어오! 그가 살아서 성큼성큼 서고로 들어온 것이다. 그리고 또한 나는 사내가 누군지, 한심하게도 그제야 알아차렸다.

놀란 건 나뿐만이 아니었다. 진어오의 초상을 보던 이들 모두 사내를 보곤 대경실색했다. 김진이 청했다.

"인사부터 하시지요."

사내가 김진 옆에 앉은 후 이름을 밝혔다.

"정약용이라고 합니다. 성균관에서 공부 중입니다."

김홍도가 물었다.

"이게 어찌 된 일인가? 진어오가 어찌하여 저 성균관 유생과 쌍둥이처럼 닮았지?"

김진이 답했다.

"닮은 게 아니라 성균관 유생 정약용이 진어오입니다."

"무슨 소린가 그게?"

"쉽게 말해, 임 작가님이 정약용이라는 성균관 유생을 소설에 넣은 겁니다. 그리고 저이도 역시 하하재가 폭발하던 날, 임 낭자와 또 수문과 경문과 함께 있었습니다. 그렇지 않습니까?"

수문은 입을 닫았고, 임승혜는 붓을 들지 않았다. 정약용의 갑작스런 출현을 예상 못한 것이다. 내가 정약용에게 물었다.

"나와 만난 적이 있죠?"

"있습니다."

"명례방에 모였다가 형조 관원들에게 붙들려 전옥서에 갇힌 후 다음 날 새벽에 나온 이들 중 한 사람이 분명합니까?"

어젯밤 장면 하나가 선명하게 떠올랐다. 전옥서로 들어서는 정약용을 보고 김진이 놀란 후 환하게 웃었던 것이다. 정약용이 한 걸음 더 나아갔다.

"또 있죠. 1월 16일 쥐 영감 세책방 내실에서도 만났더랬습니다."

"그때 그 도포 차림의……?"

질문과 동시에 박제가를 돌아다봤다. 그 밀실엔 박제가와 이벽과 정약용 이렇게 세 사람이 있었던 것이다. 김진이 다짐을 받았다.

"지금부터 제가 드리는 이야기는 절대로 발설하지 않겠

다고 약조하십시오. 약조를 못하겠다면, 살인범인 수문을 제외하곤 당장 나가십시오. 자, 어찌하시겠습니까? 나갈 사람 있나요?”

김진이 좌중을 둘러보며 눈을 맞췄다. 백동수가 편곤으로 바닥을 쿵쿵 내리치며 짐짓 짜증을 부리는 척했다.

“여기까지 듣다가 중도에 일어설 사람이 누가 있다고 그러는가?”

김덕성도 맞장구를 쳤다.

“어서 계속하기나 해.”

김진이 다시 좌중을 둘러보곤 고개를 끄덕였다.

“좋습니다. 해 보겠습니다, 그럼! 저는 임 작가님이 200권 째를 오랫동안 쓰지 못한 게 매병 탓이라고만 여겼습니다. 물론 매병도 중요한 이유 중 하나이긴 합니다. 그런데 그것뿐이었다면, 하하재 8폭 병풍 뒤에서 땅을 파고 목함을 꺼내 그 속에 든 ‘휴탑’ 찾았을 때, 거기 적힌 대로 소설을 써나가면 될 일이었습니다. 하지만 작가님은 끝내 소설을 마무리 짓지 못하셨습니다.”

나도 임 낭자로부터 ‘휴탑’을 찾았다는 이야길 들은 후 내내 궁금했었다. 잠도 아껴 가며 22일이나 글만 썼다면, 쭉쭉 필력을 뽐내며 결말을 향해 치달았을까. 김진이 임승혜를 쳐다보았다. 그녀가 적은 것을 내가 읽었다.

“제가 갈 때마다 할머닌 서안에 앉아 쓰고 또 쓰셨어요. 쓰다가 버린 파지가 작은 언덕처럼 쌓였지요. 제가 읽진 못했어요. 손녀에게 보여 줄 만큼 초고가 마음에 드시지 않았던 거죠. 계속 이런 한탄만 혼잣말로 하셨습니다. ‘완벽하지 않아. 이것만으론! 기억이 나질 않아. 이것만으론!’”

김진이 불쑥 수문에게 물었다.

“어떻든가요?”

“무엇이 말입니까?”

김진의 시선이 임 낭자에게 향했다.

“임 낭자는 처음에 수문 당신이 임 작가님의 원고를 훔쳐 갔다고 했습니다. 그게 참말이라면, 임 작가님이 하하재에서 쓴 원고를 당신이 ‘휴탑’과 함께 가져갔다면, 하산해서 당연히 읽었을 것 아닙니까?”

“난 스승의 원고를 훔친 적 없소. 증거를 대시오.”

김진이 무시하고 설명을 이어 갔다.

“내 생각은 이러합니다. 당신은 ‘휴탑’만 지닌 채 다음 날 진시에 궁궐로 돌아왔습니다. 전날 임두가 쓴 원고들을 검토했지만 전혀 도움이 되지 않았지요. 왜냐하면 그 원고들은 200권의 후반부만 계속 맴돌았던 겁니다. 많이 쓰긴 했지만 계속 반 권을 채우지도 못했습니다. ‘휴탑’이 있지만 ‘휴탑’에 적힌 대로 마무리를 끌고 가지 않았던 겁니다. ‘휴탑'에 '천상의 책'과 그 속에 속한 56명의 이름이 적혀 있었건만, 임두는 그걸 소설로 끌어들이지 않고 주저했습니다. 내 추측이 어떻습니까?"

"말이 되질 않습니다. '휴탑'을 찾았다면, 그 '휴탑'에 '천상의 책'이 있다면, 스승님이 22일이나 글을 쓰셨다면 『산해인연록』을 마무리 짓지 못할 이유가 없습니다."

침묵이 흘렀다. 김진이 좌중에게 생각할 시간을 주는 듯했다. 그들은 하하재에서 소설에 몰두한 노작가를 저마다의 방식으로 상상했다.

김진의 추측이 옳다면, 왜 임두는 나아가지 못하였는가. 혼잣말처럼 반복했다는, 완벽하지 않고 기억이 나지 않는다는 것은 또 무엇인가. 마무리에 대한 구상만으론 세부적인 장면들을 만들지 못하겠단 뜻인가. 그러나 아무리 매병을 앓는다고 해도, 23년이나 몰두한 작품이 아닌가. 마무리의 방향이 잡혔다면 어떻게든지 끌고 나갔어야 하지 않은가. 그런데 제자리걸음을 하듯 반 보도 전진하지 못할 수 있을까.

여기서부터 김진이 진짜 하고 싶었던 이야기가 시작된다는 느낌이 들었다. 지상의 약속이 처음부터 드러났듯, 매병은 임두가 소설을 쓰지 못하는 이유와 직결된 단어였다. 그러나 '천상의 책'이 지상의 약속을 더 크게 품으며 새로운 운명을 제시하듯, 임두의 불행을 더 깊고 넓게 가리키는 새로운 단어가 있기라도 하단 말인가.

이윽고 김진이 임승혜와 눈을 맞춘 후 침묵을 깼다.

"다시 이야기를 이어 가겠습니다. 이견이 있으면 언제든 말씀해 주십시오. 임 작가님에겐 심각한 문제가 하나 더 있었습니다. '휴탑'으로도 해결이 전혀 안 되었죠. 그게 무엇인가 하면, 23년 전 세계를 바라보던 방식과 진어오가 등장한 이후 세계를 바라보는 방식이 완전히 달라진 겁니다. 쉽게 말해 그전에도 소설 속에 제자백가의 다양한 사상이 등장했지만 어쨌든 공맹의 도리를 따르고 그 위에 노장(老莊)과 불교를 곁들이는 식이었죠. 그런데 진어오가 172권에서 나오니까, 적어도 3년쯤 전부터 임 작가님은 야소교를 믿게 되었습니다."

"야소교라고?"

백동수가 목소리를 높였다. 임승혜의 어깨가 움찔 떨렸다. 김진이 그녀에게 진정하라는 듯 따듯한 눈짓과 함께 고개를 끄덕인 뒤 이야기를 이었다.

"임 작가님도 고민을 했겠죠. 23년 전에 설정한 세계 그대로 소설을 끝낼 것인가 아니면 집필 도중에 바뀐, 이 세계가 언제부터 시작되었고 어떻게 돌아가며 그 안에 사는 인간들의 삶이 갖는 의미가 무엇인지를 소설에 넣을 것인

가. 만약 소설을 두 편 쓰는 중이었다면, 한 편은 기존의 세계대로 가고 다른 한 편은 새로운 세계를 펼쳐 보였을 겁니다. 그런데 임 작가님은 23년 동안 오직 『산해인연록』만 써 왔지 않습니까. 세계와 인생에 대해 바뀐 생각들을 모조리 무시한다면 모를까, 그걸 담아 표현하려 든다면 결국 이 거작에 넣을 수밖에 없습니다. 결국 넣기로 하신 거죠. 임 작가님은 세계와 인간에 대해 바뀐 생각들을 여러 번 비틀고 고쳐 쉽게 눈치채지 못하도록 『산해인연록』에 포함시켰습니다. 그 바람에 애초에 적어 둔 '휴탑'에는 전혀 없는 인물과 공간과 시간이 섞여 든 겁니다. 임 작가님은 하하재에서 '휴탑'을 찾은 뒤에도 22일이나 쓰고 또 쓰면서 고민에 고민을 거듭할 수밖에 없었습니다. 최초의 구상 속에 담긴 세계와 새로운 믿음을 바탕으로 만든 세계가 전혀 조화롭게 섞이지 않았던 겁니다. 아! 어쩌면, 이건 정말 상상입니다만, 임 작가님은 그 두 세계를 어느 한쪽도 다치지 않고 섞는 방법을 찾았을 수도 있습니다. 어디에 적어 두기에도 너무 위험했던 탓에 머릿속에만 있었겠죠. 한데 매병이 빠르게 진행되면서, 그 조화의 방법까지 잊은 건 아닐까요? 그랬다면 너무너무 안타깝습니다. 그 방법은 두고두고 많은 이들에게 도움을 줄 텐데, 영영 사라져 버린 거죠. 상상이긴 합니다만, 임 작가님은 능히 그러고도 남을 정도로 탁월

하신 분이니까요."

내가 끼어들었다.

"못 믿겠네. 임 작가님이 야소교도라니? 단 한 명의 독자도 만나지 않고 23년 동안 설암당에 머물며 오로지 『산해인연록』 집필에만 매달리셨지 않은가. 한데 어떻게 야소교도가 될 수 있지?"

김진이 기다렸다는 듯이 받았다.

"예리한 지적이군. 거기서부터 대화를 또 이어 가면 되겠네. 자, 여러분, 임 작가님에게 야소교를 전한 이가 누굴까요? 이 도사의 지적처럼 독자들과 엄격하게 거리를 뒀으니, 23년이 비록 긴 세월이지만 임 작가님이 만나고 이야길 나눈 이들은 매우 적습니다. 궁극적으론 작가님 스스로 택한 것이지만, 야소교의 소위 복된 말씀과 교리는 작가님 가까이에서 오랜 세월 교류한 이들이 전할 수밖에 없었겠죠. 수문과 경문은 한집에서 숙식을 같이하는 제자임에도, 하하재에 들어갈 때까지 스승이 야소교도로 바뀌었단 사실을 몰랐던 것 같습니다. 그렇다면 결국 네 명이 남습니다."

그 순간 떠오른 소설 제목이 내 입 밖으로 툭 나왔다.

"임화정연?"

좌중의 시선이 내게 쏠렸다. 김진이 고개를 끄덕였다.

그녀들이 스스로 『임화정연』을 언급한 적이 있긴 했다.

정 상궁이 빠진 자리긴 했지만, 임두와 두 필사 궁녀들 그리고 김진이 대취한 날이었다. 물론 그날과 관련된 소설로는 『소현성록』이 기억에 더 또렷하다. 소씨 가문의 큰 어른인 양부인을 중심에 두고 여인들이 모여 즐기듯, 임두와 화경희와 연복연과 임승혜가 즐겼던 것이다. 그날 연복연이 그런 말을 지나가듯 흘렸다. 먼 훗날 우리들의 이야기로 『임화정연』이란 소설을 쓰면 어떻겠느냐고. 남자들은 모두 빼고, 여자들만의 이야기로. 한데 그들이 모두 야소교도인 줄은 꿈에도 몰랐다.

"제 추측은 이렇습니다. 네 사람 중 한 명이라도 야소교에 반감을 가졌다면, 임 작가님의 이 대담하면서도 은밀한 시도가 들통났을 겁니다. 지금까지도 꽉꽉 숨겨 온 건 네 명 모두 야소교도란 뜻입니다. 그렇지 않습니까? 임화정연?"

김진이 임승혜와 궁녀 화경희와 상궁 정영지와 궁녀 연복연를 차례차례 쳐다보았다. 네 명이 서로 눈을 맞춘 후에도 머뭇거렸다. 정약용이 끼어들었다.

"솔직하게 밝혀도 됩니다. 숨기려 든다고 숨길 수 있는 게 아닙니다. 사실대로 털어놓겠단 약속을 한 뒤 도움을 받은 것이기도 합니다."

김진의 도움으로 김범우만 제외하곤 모두 전옥서를 나

왔다는 뜻이다. 정 상궁이 살찐 볼에 바람을 잔뜩 넣었다가 빼곤 답했다.

“이런 날이 올 줄은 몰랐습니다. 조심하고 또 조심했으니까요. 맞습니다. 우리 셋과 또 임 낭자 모두 야소교도입니다. 누가 누구에게 복된 말씀을 먼저 전했는지를 여기서 따질 이유는 없겠지만, 그래도 알려 드리자면, 우리 셋은 궁궐에 갇힌 몸이라서 세상 소식을 듣기가 어려웠습니다. 임 낭자가 복된 말씀을 임두 작가님은 물론이고 우리 셋에게도 전했습니다.”

임승혜가 적었고 내가 읽었다.

“3년 전 할머니가 천주 성부님을 영접했을 때 저는 무척 기뻤습니다. 그런데 야소교도가 된 후 깨달은 것들을 『산해인연록』에 넣으시겠다고 하실 줄은 몰랐어요. 처음엔 그러지 마시라 했지만, 그걸 넣지 않고는 소설이 나아가지 않는다 하셨습니다. 그래서 우선 할머니가 쓰시고, 저와 정 상궁과 두 필사 궁녀가 검토하여 문제가 될 만한 부분을 고친 다음, 수문과 경문에게 보이고는 궁궐로 가져갔던 겁니다.”

김진이 박제가에게 물었다.

“알고 계셨습니까?”

“금시초문일세. 정말 몰랐으이.”

“형님께서 옮겨 적으신 『성경직해』가 어찌하여 하하재까지 갔습니까? 야소교도들이 도성 곳곳에서 모임을 갖고 예배를 드릴 때 그 서책의 가르침에 크게 의지한다는 건 아셨죠?"

"도성 곳곳이라고?"

"3월 명례방에 모였던 무리가 그전엔 하하재에서도 예배를 드린 겁니다. 도성 안에선 도박이나 불온한 모임을 단속한다는 구실로 의금부나 포도청과 형조에서 불시에 들이닥치는 일이 늘자, 아예 인왕산으로 예배 장소를 옮겼던 것이죠. 임 작가님이 잠적하기 전부터 하하재는 그런 곳으로 쓰인 것 같습니다. 저와 이 도사가 두 분 화원을 모시고 삽화에 쓸 풍광을 거칠게나마 그려 오려고 인왕산에 올라갔을 때도 형님과 정 상궁과 임 낭자를 만난 적이 있습니다. 그때 정 상궁과 임 낭자는 우리를 위로하려고만 음식을 장만한 것이 아니라, 그중 일부를 하하재로 가져가서 예배를 드리고 함께 먹으려 한 겁니다. 혹시 초정 형님도 야소교도가 아닐까 고민했었습니다만……."

"난 아니야. 야소교에 관심 많은 벗 광암을 위해 연경에서 이런저런 서책과 물품을 사다 준 적은 있네. 몇 번 만나 야소의 삶에 대해 의견을 나누기도 했고. 그게 다일세."

"그럼 이렇게 정리할 수 있겠군요. 형님은 우릴 만나러 인왕산에 온 것이고, 임 낭자와 정 상궁 그리고 호랑이 노릇을 한 몇몇 사내들은 이걸 핑계로 인왕산에 들어와선, 야음을 틈타 번(番)을 서는 군졸들을 피해 하하재로 가려 한 것이겠군요."

내가 물었다.

"호랑이 노릇이라니?"

김진이 상기시켰다.

"호랑이가 나타났다! 초정 형님이 고함을 지르셨다고 내게 말했었지. 기억하는가?"

"응!"

"왜 그렇게 하신 건가요?"

김진이 박제가를 보며 물었다. 박제가보다 정약용이 먼저 답했다.

"광암과 제가 호랑이 노릇을 한 그 몇몇 사내입니다. 여기 계신 야뇌 선생을 비롯한 장정들이 인왕산 곳곳에 자주 출몰하는 바람에 하하재까지 가는 길이 쉽지 않았습니다. 그래서 화원들에게 음식을 가져가는 이들과 거리를 두고 은밀히 따랐던 것이죠. 음식만 전해 준 후, 박 검서는 규장각에 밀린 업무가 많으니 먼저 하산할 예정이었고, 그러면 자연스럽게 나머지 사람들 즉 임 낭자와 정 상궁과 광암과 나와 또 짐꾼으로 따라나섰던 두 사내가 하하재로 가서 예배를 드릴 생각이었습니다. 한데 갑자기 이 도사가 나타나는 바람에 들킬 뻔했죠. 그때 박 검서께서 나무 뒤에 숨은 광암과 나를 발견하곤 이 도사의 시선을 빼앗고자 호랑이 소동을 벌인 겁니다. 그게 답니다."

박제가도 더 이상 버티지 못하고 뒤늦게 인정했다.

"그 말이 옳네. 광암이 인왕산에 은밀히 들어온 이유 하나밖에 없을 테니까. 친구를 돕는 마음에 그랬던 걸세."

내가 몰아붙였다.

"광암을 비롯한 야소교도를 도운 것이 그때 한 번만은 아니시죠?"

"무슨 소린가, 그게? 또 있다고?"

백동수가 나와 박제가를 번갈아 보며 물었다. 내가 질문을 이었다.

"인왕산에서 구미호처럼 다니다가 나와 눈이 마주쳤던 여인도 임 낭자가 맞죠? 곧장 확인하려고 야뇌 형님과 이 서고로 왔었습니다. 그때 초정 형님이 와 계셨고요. 내가 인왕산에서 임 낭자를 본 바로 그 시각은 물론이고 훨씬 이른 아침부터, 초정 형님은 서고에서 임 낭자와 함께 있었다고 확언하셨습니다. 그 바람에 야뇌 형님과 저는 인왕산에 정말 구미호가 산다고 믿을 뻔했죠."

김진이 보충 질문을 이었다.

"광암이 이 도사와 야뇌 형님이 도착하기 직전에 떠난

거죠?"

박제가가 되물었다.

"왜 그리 생각하는가?"

"처음엔 몰랐습니다. 한데 초정 형님이 천문 관련 서책들을 언급하면서 책장 제일 높은 칸을 보시더군요. 거기 놓인 서책들을 검토하신 게 분명합니다. 천문서(天文書)일수도 있고 야소 관련 서책일 수도 있겠죠. 야소 관련 서책들은 워낙 귀하고 위험하니, 천문서들 사이에 조심스레 감춰뒀던 게 아닌가 합니다. 한데 임 낭자는 물론이고 초정 형님의 손이 닿기에도 너무 높은 곳이죠. 서책들을 꺼낼 때 쓰는 사다리는 서고 밖에 있었습니다. 광암이라면 팔을 쭉 뻗기만 해도 닿았겠죠."

박제가가 그것도 인정했다.

"그것까지 두 번뿐일세. 광암을 돕고 싶었어. 이 도사 자네에게 붙잡혀 가기라도 하면 일이 복잡해지니까."

그러나 김진은 거기서 멈추지 않고 한 걸음 더 나아갔다.

"다시 묻겠습니다. 형님이 옮겨 적은 『성경직해』가 왜 하하재에 있는 거죠?"

"그 이윤 정말 몰라."

"아시는 데까지만 말씀해 주십시오."

박제가가 정약용과 눈을 맞추곤 난처한 표정과 함께 말

했다.

"그게 참…… 절대로 발설하지 말라 했지만, 이렇게 된 마당에 감추긴 어렵겠으이. 사실은 자궁 마마께서 그 소설을 옮겨 적으며 검서를 철저하게 마치라 하셨다네."

"소설이라고요?"

"그래. 소설이라 하셨네."

김진이 품에서 서책을 꺼냈다.

"이겁니까?"

방금 논한 『성경직해』였다. 첫눈에 들어온 제목부터 박제가의 깐깐함이 묻어난 필체였다.

"그, 그걸 어떻게 자네가 가지고 있나?"

내 물음에 김진이 별일 아니라는 듯 답했다.

"마 사령에게 오늘만 빌렸다네. 이 도사 자넬 닮았는지, 궁금하면 못 참는 성미더군. 하루만 빌려주면 내일 중요한 이야기를 자세히 들려주겠다고 약속한 후 가져온 걸세. 썩은 코로 어디까지 엉뚱한 악취를 맡게 할지는 자네와 내가 나중에 정하세."

그리고 김덕성에게 『성경직해』를 내밀며 물었다.

"제가 모르는 삽화를 몇 점 더 그리셨더군요."

김덕성이 답했다.

"자궁 마마께서 은밀히 명하셨다네. 장헌 세자께서 『성경직해』에 실린 이야기 중 유난히 관심을 보이신 대목이 있었는데, 그걸 우선 그리라고 하셨어."

"어떤 대목인가요?"

"대역죄를 범한 세 사람이 십자가란 형구에 못 박혀 매달린 채 죽어 가는 대목이지. 가운데 사람은 야소이고, 나머지도 대국에 맞선 역도들의 우두머리라더군. 임오년에 마치고 화집에 넣었어야 하는 그림인데, 나로선 평생의 빚이기도 했지. 또한 나머지 이야기 중에서도 아홉 대목 정도를 삽화로 채워 오라 하셨어. 『성경직해』뿐만이 아니라, 세자 저하께서 생전에 아껴 보시던 소설들을 자궁 마마도 종종 읽으셨다네. 그러시다가 삽화가 있었으면 좋겠다 싶은, 가령 두 분이 동궁전에서 소설을 가운데 놓고 이야길 나눴던 장면이 뒤늦게 떠오르시거나 하면, 나를 불러 그리게 하였다네."

김진이 받았다.

"그래서 이 삽화들을 그리셨군요. 열 점인가요?"

"그렇네."

"자, 이렇게 초정 형님이 검서하여 필사하고 현은 선생이 삽화까지 그린 『성경직해』가 왜 임 작가님의 하하재에 있었던 건지, 어느 분이 설명해 주시겠습니까?"

이번에는 필사 궁녀 화경희가 자라목을 뽑으며 나섰다.

"현은 선생도 말씀하셨듯이, 『성경직해』뿐만 아니라 장헌 세자께서 즐겨 읽으신 소설들을 자궁 마마께선 오랜 세월 따로 간직하셨습니다. 한데 금상께서 어느 날 오셔서, 소설과 같은 잡서는 모조리 불살라 없애야 한다고 말씀하셨습니다. 자궁 마마께서는 차마 장헌 세자께서 아껴 두고 읽으셨던, 또 여러 화원들의 삽화를 곁들인 소설들을 없애지 못하고 의빈 마마께 은밀히 잘 보관해 두라 명하셨습니다. 의빈 마마께선 그 일을 정 상궁과 저희 둘에게 맡기셨고요. 그러던 어느 날, 임 낭자가 청하더군요. 박 검서 나리가 검서하여 옮기고 현은 선생이 삽화까지 보탠 『성경직해』가 필요하다고. 임 작가님이 아마도 진어오를 비롯한 새로운 인물과 사건을 짤 때 필요하셨던가 봅니다. 그래서 제가 이 댁으로 올 때 『성경직해』를 갖다드린 겁니다. 자궁 마마나 의빈 마마께선 『성경직해』를 맡아 두라 말씀만 하시곤 지금까지 단 한 번도 찾지 않으셨습니다. 세자께선 흥미롭게 읽으셨지만, 자궁 마마나 의빈 마마께선 혼사나 가문의 이야기가 없으니, 가까이 두긴 싫은 먼 이국의 괴이한 소설쯤으로 여기신 겁니다."

정약용이 거들었다.

"새롭게 필사되고 삽화까지 보충한 『성경직해』를 제가 임 낭자로부터 받았고, 하하재에서 예배를 드릴 때나 따로 공부를 할 때 함께 거듭 읽었습니다. 필사한 『성경직해』를 몇 권 가지고 있긴 한데, 필사하는 와중에 오자나 탈자가 적지 않아서, 제대로 검서가 된 서책이 필요했거든요. 삽화까지 들어 있으니 내용을 이해하기가 더더욱 좋았습니다. 여기서 한 가지 말씀드릴 게 있는데, 저희가 임 작가님 호의로 하하재를 빌려 예배를 드린 건 맞습니다. 하지만 작가님이 하하재에 은거하신 뒤엔 가지 않으려 했어요. 『산해인연록』 집필에 몰두하셔야 하는데, 저희들이 오가면 방해가 되니까요. 한데 저희에게 꼭 계속 와서 예배를 드려 달라고 부탁한 분이 또한 임 작가님입니다."

내가 물었다.

"그 이유가 무엇이오?"

"화광의 설명대로 기억을 계속 잃어 가서 힘들어하셨습니다. 진어오는 한 가지 예에 불과하고, 성경을 읽고 천주성령님을 만난 후부터 달라진 감정과 생각을 소설에서 어디에 어떻게 넣었는지 작가님 자신도 찾아내질 못하셨어요. 그런데 저희와 예배를 드리거나 혹은 잡담을 하다 보면, 문득 장면들이 떠오르시나 봅니다. 야소교도가 되신 후 저희의 외모나 언행 중 몇몇 부분을 가져가서 소설에 넣기도 하셨거든요. 그래서 저희도 더 자주 더 오래 하하재에 머무르게 되었습니다."

“화약은 그럼 당신들이 마련한 겁니까?”

“아닙니다. 그건 처음부터 있었습니다. 무슨 이유인지는 모르지만, 임 작가님은 『산해인연록』을 마치고 나면 하하재를 없애겠다고 하셨습니다. 탈고 전에 서고가 발각될 경우 곧바로 폭발시킬 결심까지 굳히셨더군요. 그래서 미리 준비해 두신 겁니다.”

김진이 수문을 노려보며 물었다.

“외부인이 침입한 거군요, 바로 그날?”

짧고 깊은 침묵이 지나갔다. 숨소리가 섞여 들었다. 정약용이 좌중을 둘러보며 눈을 맞춘 후 답했다.

“맞습니다. 한창 예배를 드리고 있는데, 먼저 경문이 들어왔습니다. 뒤이어 수문도 뛰어들었지요. 둘은 어디서 구했는지 몽둥이를 높이 들곤 스승인 임 작가님을 붙잡고 위협했습니다.”

김진이 끼어들었다.

“경문은 필동에 들렀을 때 직접 깎은 십이모 방망이를 가져왔을 테고, 수문은 아마도 목침과 다듬이 방망이를 사 갔던 신문 안 가게에 들러 챙겼을 겁니다.”

정약용이 계속 설명했다.

“저희는 순순히 그들의 말을 들을 수밖에 없었습니다. 두 제자는 우리의 손발을 꽁꽁 묶어 책장 구석에 처박았지요.

그런데 임 작가님 서안에 놓인 '휴탑'을 본 순간, 수문과 경문이 서로 몽둥이를 휘두르며 싸우기 시작했습니다. 바로 그때 임 낭자가 도착한 겁니다. 두 사람이 들어온 정문 말고 은밀하게 파 둔 뒷문으로 들어온 그녀는 저희를 결박한 줄부터 풀었습니다. 그리고 임 작가님을 모시고 먼저 나가라고 하더군요. 제가 일행 중 가장 마지막으로 뒷문으로 연결된 사다리를 올라올 즈음 경문의 비명이 들렸습니다."

김진이 임승혜를 보며 물었다.

"그 다 음 은 요?"

그녀가 빠르게 적었고 내가 읽었다.

"처음엔 수문이 밀렸습니다. 아무래도 경문이 덩치도 더 크고 강건했으니까요. 한데 수문이 엉덩방아를 찧으며 쓰러진 사이, 경문은 팔을 뻗어 서안에서 '휴탑'부터 챙기려 했습니다. 그 순간 수문이 경문의 왼쪽 관자놀이를 방망이로 갈겨 버린 겁니다. 경문이 쓰러지자 수문이 멈추지 않고 계속 방망이를 휘둘렀습니다 그리고 숨이 끊긴 경문의 피 묻은 손에서 '휴탑'을 빼앗고, 할머니의 원고까지 챙겨 보자기에 싼 후 불을 질렀습니다. 그래야 경문을 불에 타 죽은 것으로 위장할 수 있으니까요. 불길이 삽시간에 번졌어요. 수문은 내가 함부로 굴면, 할머니와 내가 야소교도란 걸 만천하에 알리겠다고 위협했죠. 그때 화광 님이 하하재로 들어왔어요. 나는 향을 피워 잠시 화광 님을 기절시켰습니다. 수문은 죽이겠다고 했지만, 내가 막았어요. 화광 님까지 죽이면 결코 협조하지 않겠다고. 그리고 수문에게 먼저 나가라고 했죠. 불길이 화약에 닿기 직전, 저는 화광 님의 코밑에 해독초를 바른 뒤 쓰러진 척하고 누워 있었습니다. 화광 님이 깨어나자마자 저를 부축해 일으켰고 우리는 서둘러 함께 나온 겁니다."

김진이 임승혜에게 허리 숙여 감사의 인사를 했다.

"짐작은 했습니다만 제 목숨을 구해 주셨군요. 이 은혜 꼭 갚겠습니다. 수문! 이제 경문을 죽인 죄를 인정하겠소?"

수문이 그래도 비꼬며 버텼다.

"소설가는 따로 있었군요."

김진이 몰아세웠다.

"어제 아침 나는 전옥서에서 나온 임 낭자를 미행했습니다. 급히 움직일 것이라고 짐작했거든요. 왜 그런 짐작을 했는지는 알죠?"

"내가 어찌 압니까?"

"자궁 마마께서 수문 당신에게 새 작품을 요구했기 때문이죠. 『산해인연록』만 마치면 깔끔하게 마무리된다 여겼겠지만, 세상 일이란 게 쉽지 않은 법입니다. 속편을 한 달 뒤부터 궁궐에 올리기로 결정이 났죠. 당신은 그와 같은 대작을 쓸 능력이 없으니, 당연히 임 낭자를 괴롭혔을 겁니다. 할머니에게 가서 속편으로 쓸 만한 것을 찾아오라 윽박질렀겠죠. 임 낭자는 명례방에서 예배를 드린 후 할머니가 숨어 있는 곳으로 뵈러 갔다가 필동으로 돌아갈 계획이었을 겁니다. 그렇지요?"

임승혜가 고개를 끄덕였다. 두 눈은 어느새 젖어 있었다. 그녀가 적고 내가 읽었다.

"10년쯤 전에 할머니가 그런 말씀을 하셨더랬어요. 당신이 20년만 젊었어도, 『산해인연록』의 속편을 쓸 거라고요. 구상한 게 있으시냐고 여쭸더니, 남자가 여자로 여자가 남자로 태어나면 어떻겠느냐고 하시곤 웃으시더군요. 협박을 일삼는 수문에게 이 이야길 들려줬어요. 그랬더니 할머니에게 가서 등장인물과 등장 공간과 등장 시간을 더 자세히 알아 오라고 위협했답니다."

수문은 시치미를 뗐다.

"그런 적 없습니다."

내가 끼어들었다.

"남녀 주인공 역할을 바꿔 속편을 쓰겠다는 구상도 임 낭자에게 들은 것이었군. 오늘 아침에 초초했던 것도 임 낭자가 돌아오지 않아서라기보다는, 임 작가님이 구상하신 연작의 인물과 시간과 공간을 빨리 알고 싶어서였고. 결국 스승의 피를 빨아먹는 모기였어, 넌!"

수문이 고함을 지르며 일어섰다.

"거짓말이야! 남녀 주인공 역할을 바꾸는 건 내 구상이라고."

다시 문이 열렸고, 마지막 참석자가 들어섰다. 거구의 사내 한 사람이라고 여겼는데 두 사람이었다. 백동수와 맞먹는 거한은 이벽이었고, 그의 등에 업혀 기침을 쏟은 이는 임두였다. 서고에 모인 이들이 동시에 일어섰다. 임두가 수문을 보자마자 오른손을 들어 가리켰다. 수문의 얼굴이 벌겋게 달아오르며 부들부들 떨었다. 이벽이 품에서 서찰 하나를 꺼내 김진에게 건넸다. 김진이 읽었다.

"제자를 제대로 가르치지 못한 내 잘못이 크다. 수문이 경문을 죽였다. 수문이 내 수첩과 원고를 가져가서 『산해인연록』을 마무리했다."

수문이 소리쳤다.

"거짓말! 거짓말이야! 난 경문을 죽이지 않았어! 수첩 따윈 본 적 없어! 원고를 가져가지도 않았다고! 이게 다 야소교도들이 날 음해하는 개수작이야. 난 아냐. 아니라고."

수문을 제압하기 위해 내달렸다. 표창을 던질 수도 있었지만, 서고에 모인 사람이 너무 많았다. 수문은 박제가를 내게 밀어붙인 뒤 책장과 책장 사이로 피했다. 뒤따라 들어서는 순간, 내 옆구리로 칼날이 들어왔다. 단검에 찔린 것이다. 평생 붓을 쥐고 앉아 소설을 써온 자라고 방심했던 걸까. 숨이 막히며 허리를 접지도 펴지도 못했다. 궁궐에서 돌아온 후 수문은 가장처럼 이 집 곳곳을 돌아다녔다. 만약을 대비하여 은밀하게 단검을 숨겨 둘 기회는 얼마든지 있었다. 김진의 추측에 감탄하기 전에 미리 경계하여 살폈어야 옳았다. 책장 곳곳에 숨겨 둔 단검을 하나 더 뽑아 든 수문이 이번엔 내 목을 노리고 왼팔을 휘두르려 했다. 책장들이 한꺼번에 수문을 향해 무너졌다. 책장의 무게와 이어 둔 방식을 잘 아는 임승혜가 달려들어 힘껏 밀어 버린 것이다. 넘어지는 책장에 머리를 맞은 수문이 저만치 나가떨어졌다. 그 위로 책장이 다시 덮쳤다. 수문이 겨우 그 밑을 두 팔로만 기어 빠져나오더니 천장을 보고 누웠다. 웃는 것도 우는 것도 아닌, 온몸에서 바람이 한꺼번에 빠져나가는 소리가 터졌다. 뒤이어 피를 토하며 떨기 시작했다. 배를 드러낸 채 길거리에서 말라 죽어 가는 개구리처럼. 아직 죽지 않은 개구리처럼.

22장

명주보월빙

明珠寶月聘, 송나라 윤씨 가문, 하씨 가문, 정씨 가문의 이야기.
명주와 보월패를 빙물(聘物)로 삼아 세 가문이 혼인을 통하여
번창해 간다.
『명주보월빙』(100권), 『윤하정삼문취록』(105권), 『엄씨효문청행록』
(30권)으로 이어진다.

그로부터 죽음이 잇달았다.

김진이 경문의 살인범으로 수문을 지목한 자리에 나타난 임두는 보름 만에 설암당에서 숨을 거뒀다. 기억이 점점 흐려져 23년 동안이나 『산해인연록』을 썼다는 사실조차 잊었지만, 죽는 그 순간까지 십자가가 달린 묵주를 손에서 놓지 않았다.

세상을 떠나기 전날, 나는 설암당에서 마지막 인사를 할 기회를 얻었다. 임승혜가 김진과 내게 따로 연락을 준 것이다. 김진은 자기 몫까지 뵙고 오라며 규장각에 들어가선 나오지 않았다. 자시가 가까운 깊은 밤, 협문으로 혼자 갔다. 임승혜의 안내를 받으며 설암당으로 들어섰다. 임두는 아랫목에 누운 채 가느다란 숨만 겨우 뱉었다. 임승혜가 머리

맡으로 가선 가만히 임두의 이마에 손바닥을 올렸다가 뗐다. 임두의 눈두덩이 희미하게 떨렸다. 눈을 떴다.

"임 작가님……."

그리고 나는 말을 잇지 못했다. 나를 쳐다보는 것도 같고 내 어깨 뒤 천장을 쳐다보는 것도 같고 아무것도 쳐다보지 않는 것도 같은 눈빛이었다. 스무 개의 각기 다른 문장을 준비하고 연습했지만, 하나도 입 밖으로 내놓을 수 없었다. 이렇게 침묵을 견디며, 노작가의 눈길을 피하지 않고 받아내는 것이 최선이었다. 임두의 죽음은 어느 정도 예상한 일이었다. 어의까지 다녀갔지만 완쾌는 물론이고 목숨을 며칠이라도 더 늘리는 것조차 힘들 지경이었다. 나는 그 눈을 들여다보며 마음속으로 물었다.

화광이 작가님을 구해 낸 겁니까? 아니면 아직도 『산해인연록』을 끝마치지 못했다는 자책의 늪에 빠져 계시나요?

아무런 답도 듣지 못할 것을 알기에, 혹은 이미 답을 들었기에 김진은 설암당에 가지 않겠다고 한 것이리라. 그렇지만 나는 던지고 싶은 질문이 태산보다 높고 장강보다 길었다. 임두가 기적적으로 내 말을 알아듣는다고 해도, 답을 주진 않을 듯싶었다. 소설가로 나고 쓰고 죽는 의미는 내가 직접 나고 쓰고 죽지 않고는 알기 어렵다. 임두가 정말 기적에 기적을 더하여 몇 마디 말을 보탠다 해도, 내가 그걸 믿을 수 있을까. 늙은이의 그따위 혼잣말을 믿지 말고 정진하고 더 정진하라는 것이 임두의 가르침일 것이다.

지금부터 적어 나갈 세 사람의 죽음은 뜻밖이었다.

먼저 임두의 장례를 치르고 한 달 뒤 수문이 세상을 떴다. 책장에 깔린 뒤 두 다리가 부러져 의금옥에서도 내내 누워만 지냈다. 한시도 쉬지 않고 횡설수설 지껄였는데, 잠이 든 후에도 잠꼬대로 이어졌다. 수문이 장황하게 늘어놓은 이야기들은 대부분 어떤 소설의 일부였다. 그는 이미 탈고하여 세상에 내놓은 소설을 외우는 것이라고 했다. 쥐 영감 세책방을 죄다 뒤졌지만 그와 같은 소설은 없었다. 그러니까 쓰지도 않은 소설을, 이미 썼다고 여기고, 다짜고짜 읊어 나갔던 것이다. 이야기의 전후 맥락을 알고 싶어 질문을 하면, 이 유명한 소설을 아직도 읽지 않았느냐고 짜증부터 부렸다. 이상한 점은 소설 속 등장인물에 대해서는 쉼 없이 설명하면서도, 지금까지 살아오며 만난 사람들은 단 한 명도 기억하지 못한다는 것이다. 나나 김진은 물론이고, 평생을 흠모한 임승혜도, 23년을 모셨던 스승 임두도 잊었다. 책장들에 깔려 부러진 건 다리지만, 머리를 더 심하게 다친 것이다. 그렇지만 머리가 찢어지지도 않았고 두통을 호소하지도 않았으므로, 동료 죄수들이 수문의 밤낮 없이 떠드는 소리에 귀를 막을 지경이었으므로, 옥리들은 그가 망각하여 언급하지 않는 것들에까지 관심을 두진 않았다. 지껄이기만 하다가 결국 숨을 거둔 새벽, 옥에서 겨우 잠든 죄수들은 물론 졸고 있던 옥리들까지 모두 깼다. 갑작스럽게 찾아든 고요 탓이었다.

임두의 서고에서 모임이 있고 넉 달 뒤 그러니까 7월에 광암 이벽이 죽었다. 역병에 걸려 여드레 만에 세상을 떠났다고 알려졌으나 독살설도 흘러나왔다. 명례방 사건은 중인 김범우만 모진 문초를 당한 후 귀양을 떠나는 것으로 일단락되었지만, 이 모임을 이끈 이는 이벽이었다. 이런 사실이 세상에 알려지길 두려워한 사람들이 독으로 그의 목숨을 빼앗았다는 것이다. 그러나 구체적으로 누가 어떻게 이벽을 독살하였는가에 대해선 자세한 설명이 뒤따르지 않았다. 그 후로 나는 이벽의 죽음을 추모하는 시를 두 편 접했다. 정약용의 「우인이덕조만사(友人李德操挽詞)」와 박제가의 「사도시(四悼詩)」에 담긴 '이덕조(李德操, 덕조는 이벽의 자(字))'였다. 과문한 탓인지 두 편 외에 이벽의 죽음을 애석하게 여긴 시를 알지 못한다.

이벽이 급사할 즈음, 김진은 『백화보(百花譜)』를 완성했다. 석 달 동안 황해도 배천에 내려가 두문불출한 뒤에 그림을 마치고 상경한 것이다. 유박이 지은 『화암수록』의 시문과 김진이 묶은 『백화보』의 그림은 중향국(衆香國, 꽃나라)

에서 가장 귀한 보물이 되고도 남으리라. 김진은 『백화보』의 서(序)를 박제가에게 청해 받았다.

세 번째 죽음이 찾아든 것은 다음 해인 병오년(1786년) 9월이었다. 의빈이 갑자기 세상을 떠난 것이다. 그녀는 목숨이 다하기 전에 자식 둘을 먼저 저승으로 보냈다. 갑진년(1784년) 5월 12일, 옹주가 태어난 지 두 달만에 병으로 죽었고, 병오년 5월 11일, 문효 세자가 홍역으로 죽었다. 그리고 병오년 9월 14일 의빈이 만삭인 상태로 숨을 거둔 것이다. 의빈의 장례를 치르는 동안, 평생 그녀를 곁에서 모신 세 궁인의 모습은 보이지 않았다. 상궁 정영지와 필사 궁녀 화경희와 연복연은 김진이 사건의 전말을 설명한 그날 필동을 나선 뒤 궁궐로 돌아가지 않았다. 그들의 행적을 수소문했지만 헛수고였다.

그렇게 죽음의 광풍이 지나간 뒤, 나는 김진에게 종종 묻곤 했다.

"정 상궁과 두 명의 필사 궁녀가 모두 야소교도라면, 궁궐에 야소교도가 더 있는 건 아닐까?"

"누굴 의심하는 건가?"

"알지 않나? 『산해인연록』의 애독자들이지. 궁금한 게 있네. 명례방에서 잡혀간 이들을 김범우만 제외하고 풀어주도록 누가 힘을 쓴 겐가? 자네가 그 밤에 찾아가서 부탁한 이가 누구냔 말일세."

김진이 딱 잘라 말했다.

"그들의 석방에 내가 힘쓴 적이 전혀 없으이. 괜한 억측 말게. 또한 자궁 마마와 의빈 마마가 야소교도가 아니냐고? 입조심하게. 임 작가님이 말년에 야소교를 믿어 진어오와 같은 인물을 소설에 넣긴 했으나, 두 분 마마께서 진어오를 광야에 먼저 나가 야소의 등장을 예언한 세례자 약한(約翰, 요한)과 흡사하다고 보진 않은 듯허이. 그냥 잘생기고 능력 있는, 문무에 출중한 청년인 게지."

"장헌 세자께서 『성경직해』를 읽으셨다면, 두 분 마마 역시……."

"읽었다고 그걸 다 신앙으로 받아들이는 건 아니라네. 그 분들께 『성경직해』와 『칠극』은 소설일 뿐이었어. 야소교에 관한 이런저런 서책들은 백탑의 벗들도 대부분 읽었지 않은가? 그러나 그들 중에 야소교도는 없다네. 백탑의 벗들에게 그 서책들은 대국 너머 또 다른 대국의 문물을 알 수 있는 낯선 이야기 다리였을 뿐이니까."

나는 임두가 숨을 거둔 후부터 매일 필동으로 갔다. 그러나 임승혜를 만나기란 하늘에 별 따기와 같았다. 대부분 집을 비운 채 출타 중이었다. 김진에게 하소연을 하자 그가 핵심을 짚었다.

"임 낭자가 야소교를 가장 먼저 믿었고 또 전도에도 적극적이었어. 임 작가님이 세상을 떠났고, 『산해인연록』도 어쨌든 마무리가 되었으니, 더 이상 설암당에 매어 지낼 필요가 없지. 야소의 가르침을 널리 알리기 위해 바쁘지 않을까? 정 궁금하고 보고 싶으면 자네도 야소교도가 되게. 의금부 도사를 그만두고 포교에 나서면 그녀를 만나겠지. 그리할 수 있겠는가?"

생각해 보지 않은 것이 아니다. 기다리고 그리워하는 시간이 늘수록 그녀와 함께 지낼 방법을 궁리했다. 그리고 명약관화한 해결책 앞에서, 나는 내가 걸어온 길과 내가 걸어갈 길을 찬찬히 짚어 보았던 것이다.

"백탑의 여러 벗들처럼 야소의 서책들을 나도 읽었으이. 또 재작년엔 자네와 함께 경기도 적성에서 열녀로 칭송받던 김아영의 비밀을 조사하며 야소교도의 삶을 들여다보기도 했고. 매력적인 구석이 있긴 하나, 내가 갈 길은 아니었네. 이 나라에서 고통받는 일들이 생겼다 하여 완전히 다른 나라를 택하진 않겠어. 나는 이 나라에 살며, 고칠 건 고치고 지킬 건 지키며 살아왔고 앞으로도 살아갈 걸세."

임승혜를 깊이 사랑하지만, 야소교를 믿는다거나 의금부를 떠날 수는 없었다.

의빈의 갑작스럽고 안타까운 죽음과 함께, 병오년엔 잊

지 못할 일이 두 가지 더 생겼다.

박제가는 1월 22일 조회에 참석하였고, 소회를 글로 써서 아뢰라는 어명을 받들어 대담한 제안을 여럿 올렸다. 그중에는 야소교에 대한 것도 있었다. 그는 미리 제안들을 정리하면서 김진과 내게 의견을 구했다. 우리는 가난을 극복하기 위해 청나라와 자유롭게 통상을 하며, 아비를 아비라 부르지 못하고 형을 형이라 부르지 못하는 적서(嫡庶)의 차별을 없애는 것 정도는 제안드릴 만하지만, 야소교와 관련된 제안만은 빼는 것이 어떻겠느냐고 권했다. 그러나 박제가는 오히려 그 부분을 더욱 힘주어 아뢰었다. 연경에서 만난, 흠천감에서 일하는 야소교 양이 신부들을 우리도 초빙하여 데려오자는 것이다. 그들을 관상감의 특별 관원으로 두고 천문과 의약과 다양한 기술들을 배워 후생(厚生)의 도구로 쓴다면, 우리나라를 부강하게 하는 데 큰 도움이 된다는 주장이었다. 야소교 신부들은 돈이나 벼슬에 관심이 없고, 결혼도 않은 채 오직 포교에만 관심이 있는 자들이니, 그들 수십 명을 한곳에 거처하도록 두면, 심각한 문제는 발생하지 않으리라는 것이다.

박제가의 제안엔 야소교 신부들로부터 이용후생의 다양한 기술을 얻을 수 있다는 부분만 도드라졌지, 그 신부들이 힘써 야소교를 포교할 것이란 점은 간과했다. 박제가가 야소교를 적대시한다면 할 수 없는 제안인 것이다. 야소교를 불교와 비교하며 천당과 지옥을 강조하는 종교 정도로만 언급한 것은, 유교에 비한다면 허황된 교리가 적지 않으나 아예 금지할 정도는 아니라는 입장이었다. 야소교도가 아니면서 야소교의 장점을 정확히 짚은 우호적인 의견이었다. 박제가는 금상의 위엄을 모독하지 않았을까 두려워하며 죽을죄를 무릅쓰고 삼가 글로 아뢰었지만, 금상께선 야소교 신부에 대해 이런 제안을 하였다 하여 박제가를 꾸짖거나 벌하지 않으셨다. 그로부터 불과 5년도 지나지 않아 신해년(1791년)에 몰아친 광풍을 떠올린다면, 병오년 정월 박제가의 제안들이 참으로 먼 나라에서 잠깐 불어온 훈풍처럼 느껴진다.

의빈의 장례를 치른 다음 달, 그러니까 병오년 10월에 김진을 쥐 영감 세책방에서 만났다. 해가 뉘엿뉘엿 지기 시작한 저녁이었다. 내가 점심부터 세책방에 죽치고 앉아 읽은 서책은 『금환재합엄씨후록』이었다. 『명주보월빙』과 『윤하정삼문취록』에 이어 나온 『엄씨효문청행록』까지 쓴 소설가가 너무 늙고 지쳐 『금환재합연』을 과연 지을 수 있을까 걱정하는 대목을 설암당에서 다시 읽은 뒤부터, 혹시 이런 제목의 소설이 세책방에 들어오면 곧바로 연락을 해 달라고 쥐 영감에게 귀띔해 뒀었다. 결국 그 소설가는 『금환재합연』까진 쓰지 못하고 죽었는가 보다 포기했었는데, 쥐 영감에게서 제목이 비슷한 소설이 들어왔다는 연락을 받은 것이다. 단숨에 달려가서 손을 깨끗이 씻고 정좌한 채 『금환재합엄씨후록』을 읽어 나갔다. 『명주보월빙』에서부터 면면이 이어 내려온 이야기가 확실했다. 이 거대한 연작을 쓴 소설가가 어디에 사는 누구인지 모르지만, 나는 눈물이 자꾸 흘러 소설을 읽다가 고개를 들어야만 했다. 소설가란 결국 쓰고 쓰고 쓰는 사람이다. 아무리 쓰더라도 쓰고 싶은 것이 남아 있는 사람이다. 이것까지 다 쓰고 갈 수 있을까 하는 걱정을 늙을수록 더 자주 하는 사람이다. 『명주보월빙』 연작의 소설가는 쓰고 싶던 『금환재합연』까지 쓰고 죽었을 가능성이 컸다. 물론 혹자는 누군가 『엄씨효문청행록』을 읽고 이어서 『금환재합연』을 썼다고 의심할 수도 있다. 그렇게 연작은 한 사람이 전부 다 쓰는 것이 아니라, 또 다른 소설가에 의해 이어지기도 하니까. 하지만 『금환재합연』만은 『엄씨효문청행록』 말미에서 늙음을 한탄하던 소설가가 노구를 이끌고 겨우 마친 작품이란 확신이 들었다. 문장 곳곳에 늙고 병든 자만이 아는 삶의 지혜가 담긴 것이다. '술작'에 나온 문장들과 비슷한 깨달음들이 이 소설에 가득했다. 눈물을 닦으며 소설을 읽어 나가고 있을 때, 김진이 세책방으로 급히 들어왔다.

"임 낭자가 우릴 초대했다네."

그리고 앞장을 섰다. 나는 쥐 영감에게 사정하여 『금환재합엄씨후록』을 빌려 소매 깊숙이 넣었다. 김진이 향한 곳은 필동이 아니었다.

"어디로 가는 겐가?"

"서두르세. 나도 목적지는 몰라."

우리는 신문으로 나왔고, 서강 나루에서 대기하던 판옥선에 올랐다. 배는 쌀 1000석은 거뜬하게 실을 정도로 컸지만, 사람은 우리 외에 배를 부리는 늙은 선원 서너 명이 전부였다. 선원들은 뱃멀미에 좋고 매서운 강바람을 견디게 해 준다며, 따듯한 국화차를 한 잔씩 권했다.

배는 마포, 용산을 지나 두모포로 나아갔다. 밤이 깊어 가는 데다가 도성에서 멀어지자, 강 좌우에도 불빛이 거의 없었다. 배를 타고 지나가긴 했으나 내려서 들른 적은 없었다. 한참을 더 내려가던 배가 갑자기 강 위에서 멈췄다. 갑판으로 나가 선원들을 찾았지만 보이지 않았다. 누군가 내 뒤에 다가와서 섰다. 표창을 쥔 채 돌아섰다.

"나, 낭자!"

임승혜였다. 호위하듯 세 여인이 펼친 부채처럼 섰다. 정영지와 화경희와 연복연이었다. 그리고 성큼 걸어 나온 사내는 성균관 유생 정약용이었다.

"인사가 늦었습니다. 작년 7월 광암 선생을 잃는 바람에 저희가 좀 정신이 없었습니다. 진작 찾아뵙고 작년 3월의 후의에 답해야 했는데, 이제야 두 분을 뵙습니다. 여기 모인 이들을 대표하여 다시 한번 감사를 드립니다."

나는 어떻게 답을 해야 할지 몰라 주저했다. 김진이 내 옆으로 쓰윽 나서며 입을 열었다.

"덕분에 살인범을 확정할 수 있었습니다. 주고받은 것이지, 일방적으로 도움을 드린 게 아닙니다."

정약용이 받았다.

"아닙니다. 두 분이 아니었다면, 저희는 참으로 큰 낭패를 보았을 겁니다. 보답하고 싶은데, 어울리는 답례품이 없어 고민을 했습니다. 한데 하삼도를 돌고 막 올라온 칙제리아(則濟利亞, 동정 순교자 세실리아, 임승혜의 세례명) 임 낭자가 두 분께서 무척 좋아하실 거라며, 그걸 드리고 싶다 하여서, 이렇게 연락을 드린 겁니다."

"뭡니까, 그게?"

임승혜가 앞장서서 갑판을 내려갔다. 우리가 머물렀던 자리 아래로 다시 사다리를 타고 내려선 순간, 김진도 나도 눈이 휘둥그레졌다. 서책이었다. 수백 권, 아니 수천 권은 족히 되고도 남을 책이었다. 임승혜가 가까이 와선 검지로 내 손등에 적었다. 손등에 담긴 글자를 나는 천천히 읽었다.

"대설 2000권이에요."

김진이 감격하여 떨리는 목소리로 물었다.

"대설? 『산해인연록』에 나오는 그 2000권을 설마 진짜로 임두 선생이 쓰셨단 말입니까?"

그녀가 다시 내 손등에 썼고, 나는 읽었다.

"남기지 않고 태운 초고는 2만 권 쯤 되지 않을까요? 그 중에서 두고 볼 만한 문장만 2000권으로 묶고 그걸 줄여 200권 정도를 쓰신 겁니다. 매병에 걸리기 전까진 정말 줄기차게 쓰셨습니다. 2000권을 쌓아 두기 위해 하하재를 만든 것이고요. 그런데 매병을 앓고, 또 그곳을 예배하는 곳으로 쓰면서, 2000권을 다른 곳으로 옮기셨습니다. 여기 계신 분들의 도움이 컸지요. 이 도사님은 탁월한 작품을 쓰는 게 소원이시죠? 할머니가 남긴 대설 2000권이 큰 도움이 될 겁니다. 부디 두고두고 읽으며 임두 작가님을 기억해 주세요."

나는 글자들이 머물렀다 사라진 내 손등을 내려다보았다. 머릿속이 복잡했다. 어디서부터 어떻게 2000권의 대설에 대해 이야기를 한단 말인가. 결국 이렇게 말을 꺼냈다가 얼버무렸다.

"이 많은 서책을 어디에다가……."

김진이 이어 말했다.

"마침 춘천 쪽에서 재를 하나 더 마련했습니다. 뱃길로 끝까지 가서 서책들을 거기에 옮겨 두도록 하겠습니다. 귀한 서책 감사합니다. 이 도사는 꼭 훌륭한 소설가가 될 겁니다. 한데 이 서책을 주고 나면 아쉬움이 크지 않겠습니까?"

그녀가 다시 내 손등에 썼고, 나는 읽었다.

"저는 잠시 이 나라를 떠나려고 해요. 이곳에도 야소교를 믿는 신도들이 많다는 걸 청국은 물론이고 다른 여러 나라들에게 알리고 싶거든요. 언젠간 꼭 돌아와서, 인왕산과 명례방에서 예배를 다시 드리고 싶습니다. 떠나기 전에 두 분께 대설을 선물로 드리게 되어 얼마나 다행인지 몰라요. 고맙습니다."

나는 그녀를 보내고 싶지 않았다. 귀도 멀고 말도 못하는 여자가 어떻게 연경까지, 또 더 먼 서쪽 나라들로 간단 말인가.

"낭자! 꼭 가야 하오? 그런 먼 길을 왜 그대가? 다른 이를 보내도록 하시오."

그녀가 손등에 썼고, 나는 읽었다.

"이 도사님과 둘만 있겠어요."

김진과 정약용 그리고 세 여인은 갑판으로 올라갔다. 흐릿한 등잔불 아래 둘만 남았다. 내가 먼저 말했다.

"나 는 당 신 이 임 작 가 님 을 이 어 뛰 어 난 소 설 가 가 되 리 라 여 겼 소."

그녀가 내 손등에 적었다.

—할머니는 제게 『명주보월빙』처럼 현실을 초월한 성스러운 날들을 담은 작품을 쓰라 하셨지요. 이 도사님이 제 대신 그와 같은 소설을 써 주셨으면 합니다. 부탁드려요.

"이 유 가 무 엇 이 오? 당 신 을 위 한 집 도 후 원 자 도 또 참 고 할 서 책 들 도 마 련 되 었 소. 나 도 야 소 교 서 책 들 을 읽 긴 했 었 소. 힘 겨 운 길 이 오. 완 전 히 새 로 시 작 해 야 하 는."

—10년쯤 전이었나 봐요. 『성경직해』를 구해 읽었어요. 부모님이 그 서책에 필요한 삽화 자료를 구하러 대국에 가셨다가 돌아오는 길에 압록강에서 목숨을 잃으셨거든요. 박 검서께서 필사하고 현은 선생이 삽화를 곁들인 『성경직해』도 구했답니다. 할머니께 보여 드렸더니, 한참을 우시더군요. 누군가에겐 약인데 누군가에겐 독이죠. 누군가에겐 희한한 소설일 뿐인데 누군가에겐 목숨을 걸고 따른 복음이고요. 이 나라에서 여자로 사는 것, 그것도 벙어리와 귀머거리로 사는 고통이 어떤 건지 아세요? 평생 궁궐에 갇힌 채 살다 죽는 여자의 슬픔을 상상해 본 적 있으신가요?

소설로는, 정성껏 상상의 날개를 펼치는 것만으로는 그 고통과 슬픔을 없앨 수 없답니다. 공맹의 도리로는 전혀 해결이 안 됩니다. 할머니의 가르침을 따르려고요.

"평 생 소 설 만 지 으 셨 소. 이 어 받 아 소 설 가 로 사 는 것 외 에 어 떤 가 르 침 이 또 있 단 말 이 오?"

—소설을 완성한답시고 삶에서 떼어 내지 않으셨죠. 바뀐 삶에 따라, 비록 걸작이 되지 않더라도, 과거가 아니라 현재의 느낌과 생각들을 소설에 넣으셨어요. 저도 그렇게 살 겁니다. 언젠가 글을 쓰게 되더라도, 제 삶과 일치하는 문장만 적을 거예요. 칙제리아의 삶을 살 거예요.

"칙 제 리 아? 그 삶 이 무 엇 이 오?"

—동정(童貞)의 몸을 평생 지킬 겁니다.

"동 정? 혼 인 하 지 않 겠 단 게 요?"

—부부로 정결을 지킨 이들은 하나를 뿌리면 서른 개를 거두고, 홀아비와 홀어미가 되어 정결을 지킨 이들은 하나를 뿌리면 예순 개를 거두고, 동정의 몸으로 정결을 지킨 이들은 하나를 뿌리면 100개를 거둡니다.

임승혜가 친구처럼, 오누이처럼 지내자고 한 말이 그제야 이해되었다. 다시 돌아온다고 해도, 나를 포함해서 그 어떤 남자와도 세속적인 사랑과 혼인을 하지 않겠단 뜻이다. 양이 중엔 평생 혼인하지 않고 야소교 포교만을 위해 사는 남자와 여자들이 있다고 들었는데, 임승혜가 바로 그 길로 가려는 것이다. 나는 그녀와 이렇게 이별하긴 싫었다. 하루라도 그녀와 단둘이 시간을 더 보내고 싶었다. 나는 그녀의 어깨를 당겨 꼭 끌어안았다.

"못 가! 보내지 않겠소."

그녀가 천천히 고개를 들었다. 입술이 더 붉고 고왔다.

고마웠어요.

그 입술에 내 입술을 맞추고 싶었다. 그런데 그녀의 입술이 갑자기 그네처럼 흔들렸고 곧 흐릿해졌다. 내 두 발을 누군가 잡아당기는 기분이 들었다. 몸이 자꾸 아래로 처졌다. 국화차! 배에 올랐을 때 선원들이 건넨 국화차가 문제였을까.

다음 날 새벽 깨어났을 때, 머리맡엔 고래 벼루가 놓여 있었다. 배엔 김진과 나 둘뿐이었다. 물론 그녀가 우리에게 선물한 대설 2000권도 함께 있었다. 나를 흔들어 깨웠던 김진에게 물었다.

"자네도 정신을 잃었었나? 그 국화차가……?"

"마시는 척했지. 또 정신을 잃는 척했고. 미련을 접게. 뛰어난 소설을 짓기 위한 아픔이라 여기게나."

멀리서 쾌선 한 척이 다가왔다. 임승혜가 이미 품삯을 치른, 이 배를 춘천까지 몰고 갈 선원들이 타고 있었다. 나는 바닥을 딛고 일어서려다가 다시 주저앉았다. 오른 소매가 유난히 묵직했던 것이다. 왼손을 넣었다. 쥐 영감 세책방에서 빌린 『금환재합엄씨후록』이 나왔다. 임승혜는 내게 『명주보월빙』과 같은 소설을 지어 달라고 했다. 그리고 그때 내 소매 속엔 『명주보월빙』으로부터 시작하여 『윤하정삼문취록』을 거쳐 『엄씨효문청행록』을 지나 만들어진 소설 『금환재합엄씨후록』이 들어 있었다. 나는 내가 결국 소설가가 될 수밖에 없고, 또 마지막엔 『명주보월빙』 연작의 마지막 편, 다섯 번째 이야기를 내 방식대로 새롭게 쓰리라는 예감에 사로잡혔다. 그때까진 부지런히 연습할 각오를 다졌다. 고래 벼루를 쳐다보며 손등에 손등을 비볐다. 다시 시작이었다.

참고 문헌

『대소설의 시대』는 국학자들의 뛰어난 연구 성과에 힘입어 창작되었다. 특히 정민, 안대회, 정병설, 이지하, 장시광, 한길연 선생님의 논저에서 많은 영감을 받았다. 《한국일보》에 연재되고 있는 「정민의 다산독본」을 1년 넘게 애독하는 동안, 이벽의 좌우에 선 박제가와 정약용의 같고 다름이 궁금해졌다. 멋진 인간 박제가를 가까이 느낀 것도 정민 선생님과 안대회 선생님의 꼼꼼한 번역과 연구 덕분이다.

정병설 선생님의 논저가 『대소설의 시대』의 길잡이가 되었다. 선생님의 다양하고 친절한 설명 속에서 18세기 상층 사대부 여인들과 궁중 여인들이 소설을 어떻게 접했는가를 생생하게 그려 볼 수 있었다. 천주교 순교자들에 대한 연구까지 따라가는 동안, '이야기의 본질'에 대해서도 더 멀리 생각했다. 이지하 선생님의 논

저를 통해, 지금보다 남녀 차별이 훨씬 극심했던 조선 후기 사회에서 소설과 더불어 숨 쉬고 즐기며 길을 찾아간 여성들의 다양한 모습을 확인할 수 있었다. 선생님을 따라 소설들의 행간을 읽는 맛이 각별했다. 장시광 선생님의 논저들로부터, 가문의 유지와 번성이라는 당대의 문제를 소설로 풀어내는 방식을 배웠다. 한길연 선생님의 작품론들을 따라 읽으며, 이 긴 옛 소설들이 현대 독자들의 삶을 일깨우는 '고전(古典)'이 될 수도 있겠다는 예감이 들어 행복했다. 선생님들께 감사드린다. 『대소설의 시대』를 쓰면서 소설에 직접 인용하거나 간접으로 녹인 중요한 참고 문헌은 아래와 같다.

1 자료편

1) 소설

현대어로 출간된 작품

『명주보월빙』(전10권), 최길용 옮김, 학고방, 2014.

『소현성록』(전4권), 조혜란 외 옮김, 소명출판, 2010.(『소씨삼대록』까지 포함되어 있다.)

『소현성록』, 지연숙 옮김, 문학동네, 2015.

『쌍천기봉』(전5권, 출간 중), 장시광 옮김, 이담북스, 2017.
『완월회맹연』(전12권), 김진세 옮김, 서울대학교 출판부 1994.
『유씨삼대록』(전4권), 한길연 외 옮김, 소명출판, 2010.
『유효공선행록』, 최길용 옮김, 교감본, 2018.
『임씨삼대록』(전5권), 김지영 외 옮김, 소명출판, 2010.
『조씨삼대록』(전5권), 김문희 외 옮김, 소명출판, 2010.
『창란호연록』(전12권), 김수봉 옮김, 한국학술정보, 2012.
『천수석』, 임치균, 임정지 옮김, 한국학중앙연구원 출판부, 2011.
『현몽쌍룡기』(전3권), 김문희 외 옮김, 소명출판, 2010.
『현씨양웅쌍린기』(전2권), 이윤석, 이다원 옮김, 경인문화사, 2006.

〈곽장양문록〉, 〈명주기봉〉, 〈보은기우록〉, 〈벽허담관제언록〉, 〈엄씨효문청행록〉, 〈옥원재합기연〉, 〈옥환기봉〉, 〈이씨세대록〉, 〈임화정연〉은 아직 출간되지 않았다.

2) 그 외 자료

『정조실록』, 국사편찬위원회 데이터베이스.
강희안, 『양화소록』, 서윤희·이경록 옮김, 눌와, 1999.
마누엘 디아즈, 『성경직해』, 한국교회사연구소, 1991.
마테오 리치, 『천주실의』, 송영배 옮김, 서울대학교 출판문화원, 2010.
박제가, 『정유각집』, 정민·이승수·박수밀 외 옮김, 돌베개, 2010.

박제가, 『북학의』, 안대회 옮김, 돌베개, 2013.
빤토하, 『칠극』, 박유리 옮김, 일조각, 1998.
완산 이씨 서, 김덕성 외 그림, 『중국소설회모본』, 박재연 편, 강원대학교 출판부, 1993.
유박, 『화암수록』, 정민 외 옮김, 휴머니스트, 2019.
혜경궁 홍씨, 『한중록』, 정병설 옮김, 문학동네, 2010.

2 연구편

강명관, 『책벌레들 조선을 만들다』, 푸른역사, 2007.
강미선, 「〈양문충의록〉 연구」, 가톨릭대 박사논문, 2010.
강우규, 「삼대록계 국문장편소설 연구」, 중앙대학교 박사논문, 2013.
강우규, 「삼대록계 국문장편소설에 나타난 공주혼의 유형적·시대적 특성과 의미」, 한국고전여성문학연구 32집, 2016.
강우규, 「〈유효공선행록〉 계후갈등의 서술전략과 의미」, 어문론집 57집, 2014.
강우규, 「〈임씨삼대록〉에 나타난 구미호 화소의 의미기능 고찰-'환상성의 의미변화'와 '악녀 형상화 방식'을 중심으로, 동아시아고대학 39집, 2015.
고은임, 「〈명주기봉〉의 애정 형상 연구」, 서울대 석사논문, 2010.
고은임, 「한글장편소설의 동성애적 감성 형상화 장면 : 〈소현성록〉, 〈하진양문록〉, 〈명행정의록〉 중심으로」, 민족문학사연구 66집, 2018.

구선정, 「공존과 일탈의 경계에 선 공주들의 타자의식 고찰-〈도앵행〉과 〈취미삼선록〉에 등장하는 공주들의 시댁 생활을 중심으로」, 한국고전연구 26집, 2012.

김강은, 「〈창란호연록〉의 세대 갈등 연구」, 성균관대 석사논문, 2017.

김경미, 「『열녀전』의 보급과 전개 : 유교적 여성 주체의 형성과 내면화 과정」, 한국문화연구 13집, 2007.

김동욱, 「서울대본 〈옥원재합기연〉 소재 소설목록에 대한 고찰」, 고전문학연구 47집, 2015.

김동욱, 「〈임화정연〉 연구」, 서울대 박사논문, 2016.

김두헌, 「김범우와 그의 가계」, 교회사연구 34집, 2010.

김명호, 「『열하일기』와 『천주실의』」, 한국한문학연구 48집, 2011.

김문희, 「〈성현공숙렬기〉의 '임유린' 서사를 읽는 재미」, 한국고전연구 25집, 2012.

김문희, 「〈유효공선행록〉의 인물에 대한 공감과 거리화의 독서심리」, 어문연구 39집, 2011.

김문희, 「〈현몽쌍룡기〉와 〈조씨삼대록〉의 웃음의 서사 미학」, 고전문학연구 52집, 2017.

김미선, 「17세기 한글 산문의 발전과 〈소현성록〉」, 고려대 박사논문, 2017.

김민정, 「〈유효공선행록〉에 나타난 우울증 발현 과정과 그 의미」, 동양문화연구 28집, 2018.

김봉남, 「다산과 천주교 관련 인물들과의 관계 고찰」, 대동한문학 41집,

2014.

김서윤, 「〈엄씨효문청행록〉의 모자 관계 형상화 양상과 그 의미」, 고소설연구 41집, 2016.

김서윤, 「〈완월회맹연〉에 나타난 천상계의 특성과 의미-모자 관계 형상화를 중심으로」, 한민족어문학 68집, 2014.

김수연, 「명말 상업적 규범소설의 형성과 조선 왕의 소설 독서-규장각본 〈형세언〉을 중심으로」, 고전문학연구 47집, 2015.

김수연, 「조선시대 여성의 감정노동과 미러링을 통한 '여성-자기서사'의 공유-〈옥환기봉〉과 〈한조삼성기봉〉을 중심으로」, 한국여성철학회 학술대회 발표자료집, 2016.

김수연, 「〈화씨충효록〉의 문학적 성격과 연작 양상」, 이화여대 박사논문, 2008.

김수영, 「영조의 소설 애호와 그 의의」, 인문논총 73집, 2016.

김영수, 「한국 가톨릭 전승의 형상화 방식-이벽과 〈여니벽선생몽해록〉을 중심으로」, 교회사학 4집, 2007.

김은일, 「양문록계 소설에 나타난 여성의 삶」, 고소설연구 42집, 2016.

김은일, 「양문록계 소설의 서사구조 연구」, 충북대 박사논문, 2016.

김정녀, 「〈창란호연록〉의 문제적 인물과 혐오의 시선들」, 한국학연구 58집, 2016.

김정호, 「천주가사의 어조와 서술방식 연구-18세기말 작품을 중심으로」, 남명학연구 57집, 2018.

김종철, 「17세기 소설사의 전환과 '가(家)'의 등장」, 국어교육 112집,

2003.
김태영, 「이승훈을 중심으로 본 천주교 수용과 유학자로서의 정체성 혼란」, 지역과 역사 29집, 2011.
김태영, 「18세기말 유학자들의 천주교 수용과 그 성격」, 부산대 박사논문, 2017.
김현주, 「〈조씨삼대록〉에서의 대대관계적 사유체계」, 고소설연구 34집, 2012.
류준경, 「조선시대 소설유통의 '혁명성'」, 인문논총 74권 4호, 2017.
박대복, 강우규, 「〈소현성록〉의 요괴퇴치담에 나타난 초월성 연구」, 한민족어문학 57집, 2010.
박영희, 「〈소현성록〉 연작 연구」, 이화여대 박사논문, 1994.
박영희, 「〈엄씨효문청행록〉에 나타난 갈등양상과 의미」, 어문연구 29집, 2001.
박은정, 「〈옥환기봉〉 연작의 갈등 구성 방식 및 주제의 변주 양상」, 한민족어문학 52집, 2008.
박재연, 「완산 이씨 『중국소설회모본』에 대하여」, 석헌정규복박사고희기념논문집, 1996.
박희병, 『한국한문소설 교합구해』, 소명출판, 2005.
서대석, 『군담소설의 구조와 배경』, 이화여대 출판부, 1985.
서인석, 「조선 중기 소설사의 변모와 유교 사상」, 민족문화논총 43집, 2009.
서정민, 「대하소설 속 여성 침묵의 양상과 그 의미」, 한국고전여성문학연구 22집, 2011.
서정민, 「〈명행정의록〉 연구」, 서울대 박사논문, 2006.
서정민, 「한글 대하소설 속 여성 그림 활동의 특징과 문화적 배경-〈소현성록〉과 〈유이양문록〉을 중심으로」, 한국고전여성문학연구 25집, 2012.
송성욱, 「혼사장애형 대하소설의 서사문법 연구」, 서울대 박사논문, 1997.
송성욱, 「〈옥원재합기연〉과 〈창란호연록〉 비교 연구」, 고소설연구 12집, 2001.
송혜란, 「가문소설에서의 인물 성품 변화에 대한 담화 방식과 그 배경적 인식-〈조씨삼대록〉의 경우」, 어문연구 44집, 2016.
심경호, 「낙선재본 소설의 선행본에 관한 일고찰 : 온양정씨 필사본 〈옥원재합기연〉과 낙선재본 〈옥원중회연〉의 관계를 중심으로」, 정신문화연구 13집, 1990.
안대회, 「〈성시전도시(城市全圖詩)〉와 18세기 서울의 풍경」, 고전문학연구 35집, 2009.
안대회, 「초정 박제가의 인간 면모와 일상」, 한국한문학연구, 36집, 2005.
유인선, 「〈벽허담관제언록〉의 속이기 양상과 의미」, 서울대 석사논문, 2011.
유인선, 「〈양문충의록〉에 나타난 가문회복 방식과 그 의미」, 국문학연구 31집, 2015.
유재빈, 「정조대 궁중회화 연구」, 서울대 박사논문, 2016.

유재빈, 「정조의 세자 위상 강화와 〈문효세자책례계병〉(1784)」, 미술사와 시각문화 17집, 2016.

이강옥, 「부부 짝 바꾸기 이야기의 존재 양상과 죽음명상 텍스트로서의 가치」, 우리말글 68집, 2016.

이경원, 「광암 이벽의 천주사상 연구-『성교요지』를 중심으로」, 한국철학논집 21집, 2007.

이근호, 「18세기 후반 혜경궁 가문의 정치적 역할과 위상」, 조선시대사학보 74집, 2015.

이민주, 「〈도앵행〉의 장면전개 연구」, 서울대 석사논문, 2017.

이상택, 「〈명주보월빙〉 연구 : 그 구조와 존재론적 특징」, 서울대 박사논문, 1981.

이상택, 「백영 선생이 보신 낙선재본 소설의 문학사적 의의」, 문학한글 11 12집, 1998.

이상택, 『한국고전소설의 이론』, 새문사, 2003.

이상택, 『한국고전소설의 탐구』, 중앙출판, 1981.

이선형, 「〈쌍천기봉〉, 〈이씨세대록〉 인물의 성장 의미」, 국민대 박사논문, 2011.

이승복, 「〈옥환기봉〉 연작의 여성담론과 소설사적 의미」, 고전문학과 교육 12집, 2006.

이영택, 「〈현씨양웅쌍린기〉 연작 연구」, 한국외대 박사논문, 2012.

이주영, 「늑혼을 둘러싼 사회 관계망과 전언 분석-〈소현성록〉, 〈유씨삼대록〉, 〈성현공숙렬기〉를 중심으로」, 국문학연구 32집, 2015.

이지영, 「조선시대 대하소설과 청대의 탄사소설의 비교를 통해 본 여성·문자·소설의 상관관계」, 한국고전여성문학연구 10집, 2005.
이지하, 「대하소설 속 여주인공의 요절과 그 함의-〈천수석〉과 〈유씨삼대록〉의 경우」, 어문연구 45권 4호, 2017.
이지하, 「〈소현성록〉의 이중성에 내재된 욕망의 실체」, 반교어문연구 40집, 2015.
이지하, 「여성주체적 소설과 모성이데올로기의 파기」, 한국고전여성문학연구 9집, 2004.
이지하, 「〈옥원재합기연〉 연작 연구」, 서울대 박사논문, 2001.
이지하, 「조선후기 여성의 어문생활과 고전소설」, 고소설연구 26집, 2008.
이지하, 「〈현몽쌍룡기〉의 음모구조와 소설적 의미」, 고전문학연구 47집, 2015.
이지하, 「〈현씨양웅쌍린기〉 연작 연구」, 서울대 석사논문, 1992.
이지하, 「18세기 대하소설의 멜로드라마적 성격과 소설사적 의미」, 국제어문 66집, 2015.
이지하, 「18·19세기 여성중심적 소설과 여성인식의 다층적 면모-국문장편소설과 여성영웅소설의 여주인공 형상화 비교」, 고소설연구 31집, 2011.
이창헌, 「방각소설 출판과 관련된 몇가지 문제-방각소설의 출판과 언어·문화의 표준화」, 고전문학연구 35, 2009.
이현아, 「18세기 조선 천주교 여성신자의 의식변화」, 중앙대 석사논문,

2005.
이현주, 「〈완월회맹연〉 연구」, 영남대 박사논문, 2011.
이현진, 「정조대 문효세자의 상장(喪葬) 의례와 그 특징」, 규장각 40집, 2012.
임치균, 「대장편소설의 수신서적 성격 연구」, 한국문화연구 13집, 2007.
임치균, 「사랑과 갈등에 대한 남성의 시각 뒤집어 보기: 〈옥환기봉〉과 〈한조삼성기봉〉을 중심으로」, 한국고전여성문학연구 9집, 2004.
임치균, 「연작형 삼대록 연구」, 서울대 박사논문, 1992.
임치균, 「〈취미삼선록〉 연구-〈옥환기봉〉, 〈한조삼성기봉〉과의 대비를 중심으로」, 고전문학연구 30집, 2006.
장시광, 「대하소설의 여성과 법-종통, 입후를 중심으로」, 한국고전여성문학연구 19집, 2009.
장시광, 「〈명주보월빙〉의 여성수난담과 서술자의식」, 한국고전여성문학연구 17집, 2008.
장시광, 「〈소씨삼대록〉의 여성반동인물 연구」, 온지논총 9집, 2003.
장시광, 「애착의 갈망과 분리불안의 발현-〈하진양문록〉 진세백의 경우」, 동양고전연구 66집, 2017.
장시광, 「〈윤하정삼문취록〉 여성반동인물의 행위양상과 그 서사적 기능」, 한국고전여성문학연구 9집, 2004.
장시광, 『조선시대 대하소설의 여성반동인물』, 한국학술정보, 2006.
장시광, 「〈현몽쌍룡기〉 연작에 형상화된 여성수난담의 성격」, 국어국문학 152, 2009.

전진아, 「〈청백운〉 연구」, 이화여대 박사논문, 2007.
정길수, 『한국 고전장편소설의 형성 과정』, 돌베개, 2005.
정길수, 「17세기 소설의 사랑과 운명-'적강 모티브' 활용의 맥락」, 고소설연구 41집, 2016.
정길수, 『17세기 한국 소설사』, 알렙, 2016.
정민, 『18세기 한중 지식인의 문예 공화국』, 문학동네, 2014.
정민 외, 『북경 유리창』, 민속원, 2013.
정병설, 『권력과 인간-사도세자의 죽음과 조선 왕실』, 문학동네, 2012.
정병설, 「사도세자가 명해서 만든 화첩, 『중국소설회모본』」, 문헌과 해석 47집, 2009.
정병설, 「사도세자와 화원 김덕성」, 문헌과 해석 48집, 2009.
정병설, 『〈완월회맹연〉 연구』, 태학사, 1998.
정병설, 『조선시대 소설의 생산과 유통』, 서울대학교출판문화원, 2016.
정병설, 『죽음을 넘어서-순교자 이순이의 옥중편지』, 민음사, 2014.
정병설, 「『혜빈궁일기』와 궁궐 여성 처소의 일상 」, 규장각 50집, 2017.
정선희, 「삼대록계 국문장편소설의 공주/군주 형상화와 그 의미」, 한국고전여성문학연구 31집, 2015.
정영신, 「〈윤하정삼문취록〉의 혼사담 연구」, 한국외대 박사논문, 2008.
정중호, 「17-18세기 한국 선교와 지혜문학-〈칠극〉, 〈기인십편〉, 〈성경직해〉를 중심으로」, 선교와 신학 39집, 2016.
조광국, 「〈벽허담관제언록〉에 구현된 상층여성의 애욕담론」, 고소설연구 30집, 2010.

조광국, 「〈엄씨효문청행록〉에 구현된 벌열가부장제」, 어문연구 32집, 2004.

조한건, 「〈성경직해광익〉 연구」, 서강대 박사논문, 2011.

조현범, 「마누엘 디아스와 〈성격직해〉」, 교회사연구 52, 2018.

조혜란, 「악행의 서사화 방식과 진지성의 문제-〈현몽쌍룡기〉를 중심으로」, 한국고전연구 23집, 2011.

조혜란, 「〈유효공선행록〉에 나타난 효제(孝悌) 수행이 부부 관계에 미치는 영향」, 고소설연구 39집, 2015

조혜진, 「〈몽옥쌍봉연록〉의 공간 인식 연구」, 서울대 석사논문, 2014

지연숙, 「『몽옥쌍봉연록』·『곽장양문록』 연작의 창작기반과 문제의식」, 『한국가문소설연구논총2』, 경인문화사, 1999.

진경환, 『조선의 잡지』, 소소의책, 2018.

채윤미, 「〈천수석〉에 나타난 영웅의 문제적 형상」, 국문학연구 27집, 2013.

채윤미, 「한글장편소설의 도교서사 연구-〈천수석〉 및 〈임화정연〉 연작을 중심으로」, 서울대 박사논문, 2018.

최기숙, 「여성 인물의 정체성 구현 방식을 통해 본 젠더 수사의 경계와 여성 독자의 취향-서울지역 세책본 〈하진양문록〉의 서사와 수사 분석을 중심으로」, 한국고전여성문학연구 19집, 2009.

최길용, 〈성현공숙열기〉 연작소설 연구-〈성현공숙열기〉와 〈임씨삼대록〉의 작품적 연계성을 중심으로」, 국어국문학 95집, 1986.

최길용, 「〈몽옥쌍봉연록〉 연작 연구-〈몽옥쌍봉연록〉, 〈곽장양문록〉, 〈차천기합〉의 작품적 연계성을 중심으로」, 국학연구론총 2집, 2008.
최길용, 「〈창란호연록〉 연작 연구-〈창란호연록〉과 〈옥란기연〉의 작품적 연계성을 중심으로」, 고전문학연구 7집, 1992.
최수현, 「〈명주기봉〉에 나타난 자매갈등의 형상과 그 의미」, 어문연구 42집, 2014.
최수현, 「〈보은기우록〉에 나타난 여성의식」, 한국고전연구 14집, 2006.
최수현, 「〈보은기우록〉의 구성과 갈등구조 연구」, 이화여대 석사논문, 2005.
최수현, 「〈임씨삼대록〉에 나타난 도술의 특징과 그 기능」, 고소설연구 43집, 2017.
최수현, 「〈임씨삼대록〉의 여성인물 연구」, 이화여대 박사논문, 2009.
최수현, 「〈현몽쌍룡기〉에 나타난 친정/처가의 형상화 방식」, 한국고전여성문학연구 15집, 2007.
최형국, 『조선후기 기병전술과 마상무예』, 혜안, 2013.
최형국, 『조선후기 무예사 연구』, 민속원, 2019.
탁원정, 「국문장편소설 〈완월회맹연〉에 나타난 여성 인물의 병과 그 의미」, 문학치료연구 40집, 2016.
탁원정, 「〈이씨세대록〉에 나타난 비례(非禮)의 혼인과 그 의미」, 한국고전연구 28집, 2013.
탁원정, 「정신적 강박증과 육체의 지병-국문장편소설을 대상으로」, 고소설연구 41집, 2016.
하태진, 「조선후기 이순이의 동정관 형성 과정」, 전북사학 37집, 2010.

한길연, 「대하소설 속 임신 및 출산 화소 연구」, 국어국문학 180집, 2017.
한길연, 「대하소설의 요약 모티브 연구-미혼단과 개용단을 중심으로」, 고소설연구 25집, 2008.
한길연, 「〈완월회맹연〉의 정인광 : 폭력적 가부장의 '가면'과 그 '이면'」, 고소설연구, 2013.
한길연, 「〈유씨삼대록〉과 〈임씨삼대록〉의 비교 연구」, 어문연구 38권 4호, 2010.
한길연, 「〈유씨삼대록〉의 죽음의 형상화 방식과 의미」, 한국문화 39집, 2007.
한길연, 『조선 후기 대하소설의 다층적 세계』, 소명출판, 2009.
한길연, 「18세기 문제작 〈옥원재합기연〉 연작의 재해석-'타자의 서사'와 '포월의 미학'을 중심으로」, 고전문학연구 48집, 2015.
허순우, 「국문장편 고전소설 〈조씨삼대록〉 속 노년의 모습과 그 함의」, 한국고전연구 40집, 2018.
허순우, 「〈현몽쌍룡기〉 연작 연구」, 이화여대 박사논문, 2009.
홍현성, 「사후당이 남긴 낙선재본 소설 해제의 자료적 성격」, 장서각 32집, 2014.
황지현, 「〈유씨삼대록〉 연구 : 부부갈등의 해소를 중심으로」, 성균관대 석사논문, 2017.

정민, 「정민의 다산독본」, 《한국일보》, 2018.3.9.~현재.

작가의 말

가지 않은 길을 걷다 온 기분이 든다.

1995년 진해 해군사관학교에서 가을비를 쳐다보며, 지금 쓰지 않으면 평생 남이 쓴, 그것도 수백 년 전에 나온 소설이나 읽으며 늙어 가겠구나 생각한 후론, 그 길로부터 점점 더 멀어진다고만 여겼다. 어설프게 장편과 논문, 작가와 교수에 양다리를 걸치고 30대를 보내다가 그마저 접은 것도 둘 다 잘할 자신이 없어서였다. 퇴로를 끊고 오롯이 장편 작가로 40대를 보내는 동안 나는 딱 두 가지만 해 왔다. 하나는 장편을 쓰는 것이고 또 하나는 내 장편을 읽은 독자를 만나는 것. 독자들의 질문은 다양했지만 결국 하나였다. 왜 당신은 그렇게 살아갑니까.

왜? 어려운 질문이다. 어쩌다가 나는 이렇게 되어 버렸을까.

장편의 호흡, 매력, 낭만에 언제 어떻게 젖어 들었을까.

어둠이라 여겼는데 빛이었던 순간에서부터 이야기를 시작하면 어떨까.

세상 일이 대부분 그렇듯, 투철한 사명감을 안고 연구실로 들어갔던 것은 아니다. 1990년 늦여름, 그 방 한쪽 벽을 가득 채운 것은 소위 말하는 '고전소설' 그것도 하염없이 긴 장편소설들이었다. 그로부터 5년 꼬박 읽고 또 읽었다. 그전까진 혼자 골방에서 웅크린 채 엎드려 읽는 것이 소설이라 여겼는데, 그렇게 읽기엔 너무 유장했다. 둘 혹은 셋 혹은 넷이 어울려, 띄어 쓰지도 않은, 세로로 휘갈겨 필사한 소설들을 돌아가며 소리 내어 읽었다. 논문으로 다룰 만한지, 작품성이 있는지 없는지도 완독 후 따질 문제였다. 하루에 한 권씩 독파해도, 열다섯 권을 읽으려면 보름이 걸리고 서른 권을 읽으려면 한 달이 필요했다. 180권 『완월회맹연』을 읽으려면 180일, 봄부터 가을까지 반년을 매달려야 했다. 그때 공책에 이렇게 적어 두기도 했다. '기억의 속도보다 망각의 속도가 더 빠른 소설.'

압도당했다. 아직 읽지 않은 고전 장편소설이 수천 권이었다. 그리고 그 긴 소설의 작가들이 툭툭 던지듯 적어 둔 문장들. '이건 소품이고, 더 길고 완벽한 이야기는 다른 소설에 나온단다. 그걸 보렴.'

『꿈꾸는 타자기』에서 폴 오스터가 떠들듯이, 읽는 자가 아니라 쓰는 자로 살고 싶었다. 저 어마어마한 상상의 세계에 파묻혔다가는 평생 읽기만 하다가 인생이 끝날 듯싶었다.

그리하여 탈주에 성공했는가. 멀리 가 버렸는가. 학자의 길도 교수의 삶도 접었으니, 이제 영영 그 어두킴킴한 벽을 가득 채운 소설들과는 작별한 것인가.

과학자로부터 흥미로운 이야기를 들었다. 멸종이 기회라는 것. 번성하던 종들이 사라져야 그 자리에 새로운 종들이 들어설 수 있다는 설명이 뒤따랐다. 그 말을 멋대로 내 탈주의 알리바이로 삼았다. 공룡의 멸종이 포유류에겐 기회였겠다고 알은체까지 했다. 과학자가 딱하다는 듯 내 눈을 들여다보며 보충 설명을 했다. 공룡은 멸종하지 않았다고. 창공을 휘젓고 다니는 저 많은 새들이 바로 공룡이라고.

자신이 공룡인지도 모르고 살아온 한 마리 뱁새였던가. 독자들의 질문은 내 길의 위태로움과 내가 지닌 터무니없는 자긍심에 쏠렸다. 어차피 예술은 본질을 향하는 것이니, 불안과 결핍을 견디며 나아가는 것 외엔 답이 없었다. 아니, 이런저런 답들이 제시되곤 했지만 내겐 하찮았다.

행정도 회의도 교육도 잡문도 없는 시간, 장편에만 집중한 채 10년을 보내고, 내 안을 다시 들여다보았다. 나는 왜 이 길을 당연하게 받아들이는가. 이렇게 살 수밖에 없다고 강변하는가.

예술관이라면 예술관이고 삶에 대한 철학이라면 철학인 원칙들을 스스로 가꾸며 지켜 왔다고 믿었다. 그러나 그 모든 불편과

외로움과 분노와 쓰라림이 그 어둠으로부터 왔다면?

공룡에겐 지극히 당연한 것들이 포유류에겐 낯설기 그지없어 보였던 것은 아닐까. 빛과 같은 어둠에 감싸여, 빛인지도 모른 채 여기까지 왔다면? 작별은 허구고 망각은 거짓이라면? 공룡이 멸종되지 않은 것처럼, 18세기 장편 작가와 독자로부터 배운 것들을 바탕으로 21세기를 버텨 내려는 뱁새여. 갈매기여. 붕새여.

멸종되지 않고 살아남은 족속은 그럼 무엇을 할까. 공룡에겐 화석밖에 남은 것이 없지만, 다행히 내겐 소설이 있었다. 읽다가 스러질 것만 같아서 달아났던 수천 권의 소설들 그리고 그 소설을 읽고 읽고 또 읽으며 연구한 논문들. 빈 책장에 그것들을 가득 채우고 시간을 쏟아부었다. 20대엔 읽다가 생을 마칠지도 모른다고 의심했지만, 이번엔 쓰겠다고 작정한 후 읽어 나갔다. 그리고 확인했다. 18세기, 아름다운 장편 소설의 시대는 멸종하지 않았다고. 19세기와 개화기를 거치면서 심각한 타격을 입긴 했지만, 여전히 살아남아 지금에 이른 작가와 독자들이, 나 아니고도 많다고. 그러니까 당신도 뱁새, 갈매기, 붕새라고.

'백탑파 시리즈'가 어느새 다섯 편, 열 권을 채웠다.

'나의 탐정과 함께 늙어가겠다.'며 2000년부터 준비를 시작해서 2003년 첫 책 『방각본 살인사건』을 내고 또 16년이 흐른 것이다. 탐정은 여전히 20대 청춘인데 작가만 늙었다. 불공정한 게임이지만 기분이 나쁘진 않다.

장편 작가로 사는 즐거움이자 괴로움 중 하나는 생물학적으로 우연히 주어진 삶의 시간 외에 자신이 원하는 시간을 택하여 들어갈 수 있다는 점이다. 고백하건대 나는 18세기 백탑파와 지내는 나날이 행복하다. 단행본 장편을 쓸 땐 그 시절을 진하게 살아내고 다신 돌아가지 않지만, 백탑파는 다르다. 오랫동안 말석에 앉아, 앞으로도 이 멋진 인간들의 우정을 지켜보고 싶다.

이것은 또한 '소설로 쓰는 소설사' 작업이기도 하다. 『서러워라, 잊혀진다는 것은』과 필사본 소설, 『방각본 살인사건』과 방각본 소설, 『열녀문의 비밀』과 소설들을 바탕으로 소설 쓰기, 『열하광인』과 독서 모임, 『이토록 고고한 연예』와 세책방 문화를 지나, 『대소설의 시대』와 한글 장편/대하소설의 세계에 이르렀다. 소설이 19세기와 20세기를 통과하여 현재에 이르는 여정도 계속 탐구할 것이다.

『대소설의 시대』에서 사건을 해결하기 위해 분주한 것은 김진과 이명방을 비롯한 남자들이지만, 걸작을 원하고 베끼고 쓰고 읽는 이는 모두 여자들이다. 『사씨남정기』의 김만중, 『창선감의록』의 조성기처럼 남자 작가가 쓰고 여자 독자가 읽던 구도는, 곧 여자 작가가 쓰고 여자 독자가 필사하여 읽는 구조로 바뀌었다. 위로는 정조의 어머니이자 사도 세자의 아내인 혜경궁 홍씨에서부터 아래로는 소설을 필사하는 궁녀에 이르기까지, 궁궐과 사대부

가문과 세책방을 가리지 않고 순수 소설 애호가들이 넘쳐났다. 여기서 '순수'라는 말을 붙인 까닭은, 그들에겐 소설이 자본주의 시스템에서 사고파는 상품이 아니기 때문이다. 그들은 남존여비의 세상, 하고 싶은 것을 마음대로 못하는 사회에서, 소설을 통해 그들만의 상상을 펼쳐나갔다. 함께 모여 베끼고 읽고 논하는 자리는 자연스럽게 소설을 즐기는 모임으로 이어졌다. 새로운 작가가 탄생한 텃밭이기도 했다.

누군가를 진정으로 알려면 나이나 직업 그리고 생활뿐만 아니라 상상하는 세계까지 파악해야 한다. 18세기 이 땅의 여자들은 무엇을 상상했을까. 그녀들의 손때 묻은 장편/대하 소설 들을 통해 우리는 그 상상의 진경을 맛볼 수 있다. 천상과 지상, 현실과 꿈, 결혼 이전과 이후, 가문의 안과 밖, 젊음과 늙음, 옳음과 그름, 삶과 죽음을 아우르는 거대한 세계!

이야기는 발전하지 않는다. 신화와 전설과 민담과 소설이 제각각이듯, 18세기의 소설과 21세기의 소설은 명백히 다르다. 이 낯섦이 두려움으로 다가오기도 하지만, 그 고비만 넘긴다면, 지금까지 접해 보지 못한 섬세하면서도 광대한 세계에 가닿는다. 또 그 세계를 소설로 즐기며 살아가는, 주로 여자들로 이뤄진 소설 애호가들을 만날 수 있다.

소설을 아끼고 사랑하는 여자들! 2019년에도 여전히 그들은 이야기판을 주도하고 있다. 18세기부터 지금까지 계속 이러했을지도 모른다. 그때와 지금은 어떻게 같고 다를까.

목차에 등장한 소설을 단 한 권도 읽지 않았다고 두려워 마시길! 당신만 모르는 게 아니다. 근대와는 어울리지 않는다며, 이미 멸종된 상상의 세계로 치부되던 소설들이다. 그러나 그 소설들을 쓰고 베끼고 읽던 이들은 멸종하지 않고 살아남아 내가 되었다, 당신이 되었다. 뱁새든 붕새든 살아남은 목숨은 전부 소중하다.

멸종이 곧바로 기회가 되진 않는다. 기회를 잡으려고 애쓰는 종만이, 멸종되었다고 오해받던 공룡까지 포함하여, 살며 즐기며 누리다가 떠날 수 있다. 나는 그 안간힘의 서사를 계속 쓸 것이다.

2019년 늦봄, 연희문학창작촌에서

김탁환

감사의 글

이지하, 장시광 선생님이 원고를 읽고 부족한 부분을 지적해 주셨다.

김준태, 이경아, 이선아, 최예선 님이 거친 초고를 읽고 의견을 주셨다.

박혜진, 정기현 편집자와 함께 '백탑파 시리즈'의 현재와 미래를 논의한 오후가 든든했다.

한의사 이상우 선생님이 매병에 관한 의견을 주셨다.

정혜신, 이명수 선생님이 설익은 몽상을 들어 주셨다.

23년 동안 한결같이 장편 작가의 길을 격려해 준 민수경 님.

고맙습니다.

이상택 선생님!

선생님의 넓은 품에서 소설과 다정하게 사는 법을 배웠습니다.

신성소설과 세속소설을 아우르는 작품을 계속 연습하겠습니다.

이 부족한 소설을 선생님께 올립니다.

소설 조선왕조실록 19

대소설의 시대 2

1판 1쇄 펴냄 2019년 5월 10일
1판 3쇄 펴냄 2020년 11월 11일

지은이 김탁환
발행인 박근섭·박상준
펴낸곳 (주)민음사

출판등록 1966. 5. 19. 제16-490호
주소 서울특별시 강남구 도산대로1길 62(신사동)
강남출판문화센터 5층(우편번호 06027)
대표전화 02-515-2000 | 팩시밀리 02-515-2007
홈페이지 www.minumsa.com

ISBN 978-89-374-4220-9 04810
ISBN 978-89-374-4201-8 04810(세트)

* 잘못 만들어진 책은 구입처에서 교환해 드립니다.